O NOME DO BISPO

ZULMIRA RIBEIRO TAVARES

O nome do bispo

Posfácio
Roberto Schwarz

3ª edição

Companhia Das Letras

Copyright © 2004 by Zulmira Ribeiro Tavares

Capa
Angelo Venosa

Foto da capa
Rua Florêncio de Abreu/Cristiano Mascaro

Preparação
Cristina Yamazaki

Revisão
Thaís Totino Richter
Carmen S. da Costa

Os personagens e as situações desta obra são reais apenas no universo da ficção; não se referem a pessoas e fatos concretos, e sobre eles não emitem opinião.

Dados Internacionais de Catalogação na Publicação (CIP)
(Câmara Brasileira do Livro, SP, Brasil)

Tavares, Zulmira Ribeiro
  O nome do bispo / Zulmira Ribeiro Tavares ; posfácio Roberto Schwarz. — 3. ed.— São Paulo : Companhia das Letras, 2004.

  ISBN 85-359-0535-9

  1. Romance brasileiro I. Schwarz, Roberto. II. Título.

04-4997   CDD-869.93

Índice para catálogo sistemático:
1. Romances : Literatura brasileira 869.93

[2004]
Todos os direitos desta edição reservados à
EDITORA SCHWARCZ LTDA.
Rua Bandeira Paulista 702 cj. 32
04532-002 — São Paulo — SP
Telefone (11) 3707-3500
Fax (11) 3707-3501
www.companhiadasletras.com.br

Sumário

Os cômodos inferiores 7
Mágicas 18
PC meu amor 44
Fantasmagorias 60
Camões no Recife 69
No solário 79
As visitas por ordem de entrada 90
O turno da noite 146
O turno do dia 180

Posfácio
Um romance paulista — Roberto Schwarz 228

Os cômodos inferiores

Heládio Marcondes Pompeu pouco se perguntara antes sobre a destruição dos velhos bairros ou o crescimento dos novos até essa noite da primavera de 1980 quando se dirigia em um táxi para o Hospital Santa Teresa. O táxi vindo de Cerqueira César chega a Higienópolis pelo Pacaembu, avança pela rua Piauí e no cruzamento com a rua Bahia Heládio vê, como se a visse pela primeira vez, ou como se a visse com os seus olhos da infância (mas de uma infância de antemão gasta e envilecida no seu projeto para a maturidade), a ondulação verde da praça Buenos Aires. O táxi pára no sinal com uma freada brusca e ele geme de dor, assustando o chofer.

O chofer vira-se com ar preocupado e Heládio acrescenta para tranqüilizar o homem, pois a incerteza que vê estampada na sua fisionomia ele a recebe de volta, aumentada:

— Uma coisa à-toa, sem importância, mas muito dolorida, sabe?

Esse homem maduro, próximo dos cinqüenta, sofre de um mal ridículo, uma pequena infâmia que se desenvolveu sorrateiramente à margem de sua consciência, nos cômodos inferiores do seu corpo e que até então merecera dele, Heládio, não mais que uma meia atenção, ociosa e ocasional. Isso há pouco menos de um mês quando subitamente ela, então plenamente desenvolvida, instalou-se no centro de seus pensamentos, afastando, por meio de sucessivas contrações de dor, cada vez mais freqüentes, o imenso e espraiado universo daquilo que a linguagem cotidiana convencionou chamar "vida interior" mas que nada mais é senão o próprio mundo debruçado sobre o homem, estreitado nos limites pulsantes do tecido vivo. Em Heládio esse estreitamento do mundo (ele mesmo, afinal) adquiriu — por meio da sensibilidade ganha na doença — uma consciência muito aguda de sua natureza duplicada. Se por meio de seu ânus (um outro conduto) e de tudo que a ele sempre se ligou, tinha ocorrido até então, sem maiores problemas, uma forma particular de interiorização-exteriorização de caráter muito local que, sendo o próprio Heládio, ainda assim a ele se acrescentava — isso só agora se fazia perceptível. Como Heládio está padecendo de uma fissura anal, a pequena estúpida ferida aberta, o nítido corte, tumultua e trunca não apenas essa como todas as outras formas de acordo que até então vem ele mantendo com o mundo.

Diante da suave ondulação verde, tão característica, que Heládio conheceu na infância mas que só lhe chegou à consciência de chofre por intermédio de uma dor muito física e localizada, ele percebe que talvez desde há muitos anos tenha estado preso como as plantas e as árvores (ou como os bichos de outrora?) ao chão daquela praça que perdura intacta, fora e dentro da sua cabeça (tão para si, tão para o mundo), quando tudo à sua volta mudou. O clínico lhe dissera: "Trata-se de uma região muito inervada e delicada, por isso tão sensível, mas a operação mesma é sem importância". Esse inervamento tem hoje alguma coisa a ver com a trama das raízes visíveis externamente sobre a verdura da praça, assim como com a das internas que se prolongam abaixo da superfície. Ele se percebe um homem-macaco possuidor de um prolongado, sensível e caracolante rabo. Um rabo-auscultador, com uma extremidade terna, atenta e frágil como uma concha auditiva. Ele ausculta com esse rabo-sensitivo os batimentos da infância recuada. Nunca vencida. Nunca vencida!

"Sim" — constata Heládio — "Nem uma pedra sobrou do velho casario." Ou melhor, as que ficaram se ajustaram tão bem ao conjunto dos prédios novos que a ele hoje pertencem sem memória. Nas casas remanescentes passou a circular uma modalidade diversa de vida, de tal forma que essa, de dentro para fora, alterou a natureza das fachadas tornando-as irreconhecíveis. A nova vida em seus interiores, feito uma erosão controlada, de impulso invertido, pressionou paredes, varandas e vitrais destruindo a correspondência externa das várias linhas do desenho e impedindo que olhos como os de Heládio (que nasceu e viveu parte da infância no bairro) pudessem em cada fachada reconhecer a feição familiar.

"A praça é feia" — compreende Heládio à medida que a dor reflui sem desaparecer de todo. "Inchadas, são como bolhas essas elevações que circundam o centro. E nele esse ridículo pavilhão branco. Mas *é* ela."

O carro penetra em uma rua estreita sem saída e desemboca na vila. O Hospital Santa Teresa ocupa quase toda a vila; uma ala nova foi recentemente agregada à antiga e, para quem desce na portaria e percorre com os olhos a fachada, as duas alas são solidárias e formam uma estrutura única e moderna. Mas na portaria lhe perguntam onde ele fez a reserva: "Ala nova ou velha?"

O número do quarto de Heládio é o 203; "ala velha", confirmam. O recepcionista indica um corredor à esquerda. Por uma das portas entreabertas do corredor, Heládio divisa um quarto desocupado: móveis claros, pequenos, as duas camas, mesas-de-cabeceira, armários, todas as formas como se fossem variações do próprio quarto, um retângulo saído de outro em uma banalização da simplicidade; o pé-direito baixo acentua as linhas horizontais, cúmplices dessas formas átonas, lisas, breves; transmite o quarto uma sensação de aconchego, intimidade, de "imaginação controlada"; mas no verão devem ser opressivos esses pequenos quartos, pensa Heládio. Ele e o recepcionista passam através de uma sala de espera envidraçada, com chão de linóleo, e no outro lado de súbito Heládio se vê diante de um ambiente completamente diverso. O teto recua bruscamente, as janelas se estreitam e crescem, ganham bandeiras; assim como o vento lá fora se introduz entre as árvores e torna os internados conscientes do exterior, da estação, da cidade que os circunda, assim também esse movimento de fuga para o alto introduz um tipo particular de mobilidade no ambiente; como se pela imaginação de quem ali estivesse passasse continuamente uma corrente de ar, como se houvesse sempre uma porta aberta às suas costas, cada corredor levasse a um outro corredor e viesse de um outro.

O 203 é o último quarto do lado esquerdo da ala velha, no segundo andar. Defronte a ele não há nenhum outro quarto. Na parede oposta, um pouco à direita da porta fica a enfermaria do andar; o corredor finda em um solário com algumas espreguiçadeiras e cadeiras de braços. O 203 possui duas camas antigas de ferro pintado de branco; a mais alta é a do internado; sobe-se nela por meio de uma pequena escadinha de ferro também pintado de branco. As persianas da janela estreita e alta têm antigas maçanetas em forma de arco, as aldravas.

— Acompanhante?

— Não — responde Heládio colocando a pequena mala em cima da cama do acompanhante. — Estou só.
O recepcionista agradece a gorjeta e se retira.
Heládio escuta o vento nas árvores. Abre a fresta da veneziana e observa o escuro lá fora; os ramos de uma velha árvore chegam até a janela; as folhas em movimento criam uma variação no escuro; uma trama diversa, ora mais clara, ora mais densa que a própria noite.
"Parece que estou no interior", pensa Heládio. "E estou no centro de Higienópolis!"
Pijamas e objetos de uso pessoal são retirados da maleta de mão e de uma sacola e guardados. "Só três, no máximo cinco dias" — pensa Heládio. Evita sentar; vem e vai pelo quarto, ligeiramente curvo, com cuidado para não distender a pele lá embaixo, com medo do sofrimento: "ridículo como um beliscão no cu", "ridículo como um beliscão no cu" — vai repetindo para lhe retirar o peso e a força caso a dor chegue assim mesmo. Coloca na gaveta da mesa-de-cabeceira: uma pequena lanterna, radinho de pilha, lápis, caneta, papel, uma caderneta de endereços, tesourinha de unhas, espelho de bolso, um outro pente além do que deixou no banheiro. Coloca os livros, os dois jornais, a revista, empilhados. Em três (ou cinco) dias não poderá ler ou simplesmente reler o que trouxe. Mas eles estão aí: uma velha antologia de contos americanos que sempre abre quando está um pouco ansioso. Nela existe um conto de Jack London, "O inesperado", passado no Alasca, que conhece de cor e é sempre o primeiro a ser lido quando pega a antologia; A *crítica da faculdade de julgar* de Kant, que também sempre retoma sem nunca ter dela feito uma leitura minuciosa; Lima Barreto, que quer, enfim, ler seriamente, nunca encontra tempo, acha revelador mas cacete, cuja leitura vai fazer, sempre adia. Para a qual procura um espaço diferente na vida, como o que se

abrirá nesses poucos dias graças a essa estúpida, desimportante operação; trouxe consigo *Histórias e sonhos*, que Lima Barreto chama de "coletânea de contos e fantasias de várias épocas", além do seu *Diário íntimo* e de *O cemitério dos vivos*. Não trouxe os romances, e sim esses escritos incompletos, nem sempre ficção, nem sempre reflexão aprofundada, nem sempre rememoração consistente; por quê? Heládio trouxe também um gravador Aiko, que guarda na parte de baixo da mesa, e algumas fitas cassete que coloca na gaveta junto com as pilhas e o fio de extensão.

O passado de Heládio se reproduz nessas leituras menos e mais "ajuizadas", nesses escritos sem ordem, nessas fitas de música, no modo como os livros se empilham. Não chegou a completar os estudos de Direito. Uma prolongada e reincidente doença infecciosa (uma mononucleose atípica) deu-lhe o pretexto. O pai lhe abriu um negócio de eletrodomésticos, ramificação do seu próprio. Casou-se; um filho do casamento. O negócio aberto pelo pai vingou, desenvolveu-se, depois, com o pai já morto, foi vendido com prejuízo. Desquitou-se; o dinheiro da herança foi mal aplicado; ficou pouco. Meteu-se em negócios diversos: imobiliária, venda de máquinas operatrizes, produtos agrícolas, esquadrias de alumínio, uma grande agitação. O "gosto" por música, leitura, o país, tudo, empilhado, essas leituras, esses anos, o trabalho. Fazer dinheiro, estabelecer-se, foi o caminho aberto quando desistiu do Direito. A mononucleose, o leito, as sestas obrigatórias, deram-lhe o gosto, a vontade de experimentar o entendimento das coisas. A fraqueza nas pernas, a febrícula insistente, a mãe sempre à sua volta: regimes, gema de ovo batida com conhaque, e uma outra vida apontando em segredo, do centro dessa fraqueza. Nos anos que se seguiram, esse gosto por cismar prendeu-se um pouco assim à lembrança da temperatura alterada, uma agitação de tipo especial, ligada ao seu corpo, aos seus centros nervosos, à sua imaginação, como a febre; uma agitação de movimento contrário ao fluxo do dia-a-dia, paralisando a outra, a do torvelinho dos negócios. Vencer a febre, a lembrança da febre, os pensamentos vagabundos, uma agitação mesclada à outra, essa fora até então a sua vida. Uma invalidação contínua e inacabada, produzida por uma forma de agitação na outra, um truncamento, como hoje o mundo das sensações, que, com suas cores cambiantes, passa pelo céu alto e curvo mas se filtra pelo seu rabo na forma de uma dor aguda e dilacerante.

— Mas o que é isso? O que é isso? — lhe diz o enfermeiro entrando — Vamos, vamos, o que faz o senhor aí de pé? Vamos, vamos deitando.

— Para quê? — pergunta estupidamente Heládio.

— Como para quê? — retruca o enfermeiro, homem de uns trinta anos, atarracado e moreno, com um riso rápido, branco e curto. — Como é isso "para quê"? Então quer ir feio deste jeito amanhã para a festa? Vamos fazer depressinha a barba "lá embaixo", está bem?

O enfermeiro enquanto fala vai empurrando Heládio para a cama com a mão espalmada em seu peito. — Não tem acompanhante? — pergunta olhando para os lados.

— Não. Estou só — informa Heládio, a segunda vez aquela noite. — Como é o seu nome?

— Roberto. Agora vamos tirando as calças e deitando logo.

— Seu... Roberto, estou com muita dor. O senhor vai fazer com cuidado, não é mesmo?

— Mas que medo é esse?

— É que mal posso me mexer. Mas para que raspar *aqui* se o machucado é *lá*?

— O doutor Macedo é muito exigente. Está na sua papeleta, doutor. Barbear para a festa! Cadê o seu pijama?

— Ali em cima da outra cama. Mas o que é aquilo ali no canto!?

— Ora, doutor, não me diga que nunca tomou uma lavagem!

— Nunca! Isso na minha família, sabe, se chama seringão. Mas um minuto, um minutinho! O senhor não vai pôr toda esta água dentro de mim, vai?

— O doutor tem sorte. Trouxe as coisas por distração, porque é da rotina. Mas na papeleta está só escrito: "Uma colher de sopa de Agarol".

— É claro! — respira Heládio com alívio. — Eu nunca agüentaria a dor de um,

— "Seringão" — arremata o enfermeiro Roberto, dando início à toalete com movimentos rápidos e seguros.

— Ai!

— Não me diga que doeu, ah, ah!

— É isso mesmo. O senhor puxa a perna aqui e repuxa lá.

— Ora, ora. Isto vai acabar logo. Amanhã vai ficar novinho. Jóia!

— É verdade? O senhor já preparou muita gente para fazer operação igual?

— Mas o que é que o doutor pensa? Isso nem merece o nome de operação! Operação sim é a do quarto 205.

— E do que é que foi operado o 205?

— Não posso dizer. É proibido. É contra a ética.

— Diga só para mim, eu não me impressiono fácil.

— Olha só quem fala!

— Vamos, diga que eu quero saber! Garanto como é câncer.

— Pois bem, é isso mesmo.

— Jesus! E onde?

— No escroto.

— No escroto!

— E por que não poderia ser no escroto?
— É que eu pensei, ... não sabia, eu nunca... E quando é que ele foi operado?
— No ano passado. Voltou agora (olhe, é bom mesmo que eu lhe diga, para o doutor não fazer fita com a coisa à-toa que tem), voltou agora para morrer.
— E que idade tem ele?
— Aí pelos oitenta. Pode ser mais. Pode ser menos. Agora vire-se assim e não se mexa. E não vai me trair, hein?
— Como trair?
— Sobre o 205.

Depois que o enfermeiro Roberto sai é servido a Heládio um chá com torradas. Sente-se reconfortado. A dor reduziu-se a um latejar regular mas suportável. Lava o rosto, escova os dentes. Observa satisfeito no espelho que o seu rosto ainda guarda um pouco do queimado de três semanas atrás quando teve de suspender a ida regular ao clube nos fins de semana. Os raros fios grisalhos misturam-se aos cabelos castanhos ainda fartos que o corte "curto cheio" mantém assentados só com a escova. Um rosto magro, de traços pouco acentuados, olhos escuros cuja expressão adquire um acento terno por estarem colocados fundo nas órbitas, detalhe anatômico que na sua família é conhecido como "olho de capota abaixada". Essa ternura — que não provém necessariamente de uma benquerença particular de Heládio para com o mundo mas, como foi visto, da simples forma com que o globo ocular se aloja na cavidade orbital — fica em parte neutralizada pelos óculos de míope, miopia pouca, dois graus em cada olho. De estatura mediana, o peso sob controle, ausência de barriga, dentes ainda bons e o cabelo suficientemente farto para permitir que o "curto cheio" venha a ser realmente cheio, Heládio tem boas razões para acreditar que aparente uns dez anos menos. E todavia a meia-idade, sem que se possa dizer, no caso, que resulte da soma de pequenos sinais denunciadores, ali está, ele bem o sabe, e o circunda por igual, como a uma segunda pele.

Mete-se na cama pensando: "Amanhã, a esta hora, já estará tudo acabado". Pega a velha antologia de contos e começa a ler:
O inesperado
Edith Whitlesey nasceu num distrito rural da Inglaterra, onde a vida se perpetua com tamanha regularidade que, quando algo de inesperado acontece, é olhado por todos como uma imoralidade.

Começou a trabalhar muito cedo e, embora ainda jovem, pelas leis naturais do

A porta se abre e entra outro enfermeiro, o enfermeiro João. Heládio tem curiosidade em saber onde está o Roberto.

— O turno dele terminou — explica o enfermeiro João, homem já grisalho, pequeno e discreto. — Dê aqui o seu braço para eu tomar a pressão.

Heládio põe o livro de lado e estende o braço.

— O doutor Macedo diz que minha pressão é de jovem.

— Pois então!

— É?

— Está tudo bem.

— Mas é?

— Desculpe. Não passamos informações ao doente. Mas está tudo bem. Tem acompanhante?

— Estou só — explica Heládio pela terceira vez.

— Agora coloque o termômetro. Assim.

Antes de sair o enfermeiro João lhe dá uma cápsula para tomar.

— É para o senhor relaxar. Para amanhã ficar bem calmo.

— Mas eu já estou! — se queixa Heládio. Todavia o ritual de medir a pressão e a temperatura lhe haviam trazido um pouco de angústia, uma angústia bem localizada e compacta, como um caroço plantado entre as suas costelas e o estômago.

— Vamos, tome.

A lâmpada do abajur é apagada e Heládio deixa acesa apenas a pequena luz azul embutida na parede atrás da cama para acompanhá-lo até o sono chegar. Desliza entre os lençóis e permanece virado para cima, os olhos pregados no teto.

Mágicas

Como se o quarto estivesse tomado por um vapor azulado. Nele, o fio comprido da luminária apagada que pende do teto se desfaz e esta, pequeno cálice emborcado, de vidro fosco, imitando o formato de uma flor (planeta do olho azul na parede), ganha uma esquisita fluorescência.

E ocorre o seguinte:

Heládio, homem-macaco aproximadamente há um mês, desde então possuidor de um prolongado e sensível rabo-auscultador, perde, de um momento para outro, a original sensibilidade adquirida. Os cômodos inferiores emudecem. A fissura do ânus nem ao menos lateja mais como há pouco, como se atrás de uma porta impressões antigas e persistentes forcejassem por penetrá-lo à sua revelia, traiçoeiramente, pelos fundos.

Liberto Heládio, por ato de vontade observa o teto. Olha-o com olhos que não são os do sono, uma vez que as pálpebras acham-se francamente descerradas, mas que também não são os olhos da vigília. A atenção com que Heládio examina o teto tem uma qualidade própria, de natureza particular, obtida por meio da mistura de algumas substâncias, entre as quais sem dúvida toma importante parte o conteúdo da cápsula ingerida, assim como sua própria química cerebral, sem todavia se poder afirmar que ambas a expliquem de forma satisfatória. Já a imaginação, ela mesma, poderia, com propriedade, ser chamada "substância"?

Há também uma qualidade substancial, espessa, na irradiação azul que se dissemina pelo quarto e aos poucos pressiona o teto. Os ornamentos no friso de estuque, ovais, banhados pela luz, ganham a transparência de bagos. O teto solta-se, gira sobre si mesmo no eixo da luminária de vidro fosco e dá lugar a um outro: também antigo e alto, igualmente circundado por um friso com ornamentos, mas diverso sob vários aspectos.

Heládio, ofuscado pelo esplendor da luz que se irradia do lustre de cristal na casa dos avós Pompeu, mantém as mãos firmemente sobre os olhos.

O bispo d. Heládio Marcondes Pompeu, tio-avô pelo lado paterno, fala, de dentro do esplendor da luz:

— Tirem esta criança esparramada do chão.

Quem o ergue imediatamente pelas axilas, quem o arrasta o faz impulsionado por um legítimo sentimento de obediência, admiração, respeito; pois não dera ao próprio filho, o primogênito, o nome de indiscutível sonoridade? Assim é ele varrido do tapete aos quatro anos de idade, os pés em ponta calçados com meias de seda branca e botinhas de verniz preto arrepiando o veludo do tapete, é carregado através dos anos por braços firmes, mas ao mesmo chão se vê de volta aos dez, devolvido e depositado sobre o mesmo tapete, apanhado por um súbito sentimento de vergonha e todavia com direitos adquiridos ao longo do tempo de participar de agora em diante das funções que porventura vierem a ter lugar ali.

A sala de seus avós em dia de festa é um céu aberto, e hoje

há um espetáculo de mágicas; o palco foi montado na pequena sala dos retratos que se abre para esta, a principal, por meio de um arco.

D. Heládio Marcondes Pompeu encontra-se em Roma, onde nesta noite de 1940 terá uma audiência pessoal com Pio XII. Não aprovaria esse gênero de espetáculos se tivesse sido consultado. Mas não houve ensejo. D. Heládio, grande estudioso da história de São Paulo, atribui ao demônio alguns traços que seriam também (conclusão necessária caso sua ampla fronte eclesiástica tivesse a oportunidade de se curvar e meditar profundamente no conjunto dos aspectos teológicos e socioculturais implicados) os traços característicos dos primeiros paulistas, como: grande mobilidade e capacidade de penetração ("gente inquieta dotada de extrema mobilidade, correndo em todas as direções do continente...", lembremos Jaime Cortesão em *Raposo Tavares e a formação territorial do Brasil*!). Ainda que esses, os bandeirantes, perseguissem o Paraíso Terrestre e não, como o outro, o Maligno, o Reino da Danação. Se consultado a respeito do espetáculo que dali a pouco irá ter início, d. Heládio teria advertido que: justamente ali, na candura e inocência de um espetáculo de mágicas, "Ele" poderia se infiltrar para confundir os presentes com os "Seus" truques! Pensar na "Sua" presença em uma noite como esta com o fito único de imprimir um conteúdo verdadeiro ao logro apenas para lograr os espectadores!

As sessões de mágicas dignas de tal nome acham-se divididas em dois tipos de apresentação: a que comporta efeitos produzidos por meio de prestidigitação e a dos efeitos produzidos por ilusionismo. A prestidigitação implica grande destreza e habilidade do mágico na manipulação de cartas, lenços, moedas e toda sorte de objetos pequenos. Já os efeitos que caracterizam o ilusionismo são obtidos por meio de engenhosos aparelhos, assim como de recursos de cena: biombos, luzes coloridas, espelhos, cortinas. O conjunto pode provocar a ilusão de uma mulher levitando, serrada ao meio, etc.

Ambos os desempenhos e não apenas os de prestidigitação participam estreitamente do que os estudiosos chamam de "psicologia da fraude" e que consiste basicamente na criação, pelo mágico, de um espaço cênico de polarizações falsas; assim, se ele induz os espectadores a fixarem sua atenção em um determinado ponto, na verdade não é lá que o evento aguardado irá ocorrer, mas exatamente no extremo oposto, e a atenção fixada não terá sido mais do que uma atenção desviada, deslocada do seu verdadeiro alvo. E se o mágico ergue o braço direito e agita um lenço repetidas vezes no ar, provavelmente o braço esquerdo, abaixado, e a mão esquerda, no bolso, é que estão *realmente* agindo, apesar de o interlocutor, diante dessa explanação, poder, e com razão, argumentar que os esforços para induzir alguém a concentrar a atenção no alvo errado *já* constituem a própria produção do evento, uma vez que se trata exatamente de produzir "ilusão".

Muito bem. Imagine-se agora a presença do demônio em uma noite festiva como esta, o uso indevido e altamente suspeito que viesse a fazer da "psicologia da fraude", fraudando as expectativas dos participantes de usufruir de uma simples noite de puro divertimento, sem qualquer peso de realidade. Dar à levitação, autenticidade; à mulher serrada ao meio e recomposta, o cunho real de uma *séria* transgressão na ordem natural das coisas! Pode-se bem pensar nas conseqüências funestas; e não apenas para as crianças presentes! D. Heládio teria advertido.

A sala dos retratos, onde irá ter lugar a função de hoje, comunica-se também com outra pequena sala, à esquerda de quem entra.

Na sala principal, o jorro de luz que se irradia do lustre aviva a tonalidade dos reposteiros e estofamentos, empresta uma qualidade espelhada à superfície das mesinhas polidas, destaca os entalhes na madeira, produz um brilho irisado no cristal da vitrine e duplica os seus reflexos a ponto de dificultar a visão do interior. A sala inteira cintila aqui e ali. Há uma mobilidade no jogo da luz, semelhante à movimentação das pessoas, às vozes altas da parentela e dos amigos que sempre afluem para essa sala em dias de reunião. Apesar da variedade das cores quentes e claras desses reposteiros, almofadas, tapetes, gobelins, apesar da quantidade de objetos de bronze, mármore, alabastro, marfim, porcelana, Heládio guarda intacta na memória a sala como um espaço intensamente azul, com um centro radiante.

A sala dos retratos é bem diversa. Transmite ao mesmo tempo as sensações opostas de aconchego e distância. Aconchego porque suas dimensões modestas, a luz difusa dos abajures e do lustre de opalina aproximam os objetos e móveis, fechando-os em um círculo íntimo. Distância porque essa é a sala dos mortos. São bebês de colo, é uma menina de vestido branco, laço na cabeça, inclinada pensativa em uma almofada de veludo, o queixo apoiado na mão, são figuras jovens e sorridentes. Os parentes aí representados nem sempre morreram crianças ou jovens, mas foram salvos do esquecimento dessa forma, afastados do seu fim e incluídos em uma infância e juventude comuns. Esse artifício, proposital ou não (não se sabe pois o assunto nunca foi comentado em família e é como se os tios não tivessem se dado conta de tal particularidade), empresta à sala uma qualidade única. Olhando essa galeria irregular, de retratos pequenos dispostos sem simetria em espaços diferentes da parede, a morte se apresenta como uma forma de involução temporal (uma "outra" decomposição), uma descida em parafuso para o nada, surpreendida antes da anulação absoluta pela emulsão fotossensível.

Há uma tristeza particular na representação desses mortos desafinados de sua própria morte, não-coincidentes do seu termo — a que as crianças da casa sempre foram particularmente sensíveis. Não só porque foram trazidos para perto deles em geração como porque são elas que mais freqüentam a sala. Pois a sala dos retratos também funciona como um quarto de brinquedos improvisado, que se pode utilizar com reservas. Nas tardes chuvosas ou muito frias é para lá que os menores são mandados. Forma-se logo uma conversa ciciada sobre os mortos, conversa de informações incompletas e sempre modificadas, de mistura às outras do dia-a-dia.

A sala ao lado liga-se ao exterior por uma porta de madeira clara que dá para uma pequena sacada e possui também um pouco da penumbra e do aconchego da sala dos retratos. Lá estão acumulados objetos que, por uma razão ou outra, foram retirados de outras partes da casa. Nela encontra-se uma vitrine, menor que a da sala principal e que além das preciosidades usuais (miniaturas orientais de marfim, objetos de Gallé e de Lalique, leques de sândalo e de finíssima renda) inclui reminiscências familiares: uma pedra trazida por um neto, o dente de outro, uma flor murcha, um caramujo. Em um canto existe uma caixa de música sobre uma mesinha de laca; em outro, uma ampulheta de prata. No chão, perto de uma almofada castanho-dourada com borlas, há um gato de louça preta que acende os olhos. Eufêmia, a pajem portuguesa de tia Santinha, estava um dia sentada no chão perto do gato. O primo Lucas ligou a tomada, os olhos do gato se acenderam e clarearam lá dentro entre as pernas de Eufêmia. Ela deu um grito e fechou as pernas como se tivesse sido mordida. Mas todos tiveram tempo de ver qualquer coisa assim como uma taturana preta e peluda entre as pernas da empregada, pois, pasmem, Eufêmia não trazia calças! No futuro a taturana preta se incorporou às conversas sussurradas sobre os mortos e pode-se dizer que passou a suscitar a mesma ordem de curiosidade, o mesmo sentimento espesso de apreensão e vertigem que o provocado, por exemplo, pela imagem da menina de branco inclinada na almofada. (A menina de branco cresceu até os 22 anos para então morrer de morte obscura nunca razoavelmente esclarecida pelos adultos.) Assim, a sala pegada à dos retratos, quando se está bem familiarizado, revela o que tem de comum com a outra. Pois ali se encontram partes de ambientes desfeitos, extintos, usos que a casa já teve. Os objetos, deixados de lado mas não oficialmente encostados, compõem esse ambiente secundário, cujo conteúdo é muito semelhante àquele dos retratos. As crianças passam de uma à outra sala, exploram uma e outra, sem nunca esgotá-las por completo. (Com habilidade, iludindo a vigilância dos adultos, pode-se chegar a brincar de esconde-esconde lá dentro.)

Daqui a instantes terá início a função.

Hoje os papéis estão trocados. O lustre da sala principal será apagado e a sala dos retratos intensamente iluminada afastará seus reposteiros. Circulam notícias contrabandeadas pelo primo Afonso, que é o ajudante do mágico, o tio Oscar. O primo Afonso assegura que a uma determinada hora a porta da sacada da "sala pegada à dos retratos" será aberta e por ela entrará gente estranha. Que gente? Para quê? Primo Afonso não sabe responder.

Tio Oscar é maravilhoso. Louro como um inglês (na própria Inglaterra, no hotel onde se hospedou, chegaram a pensar que ele fosse inglês), sabe uma porção de coisas curiosas aprendidas em suas viagens pela Europa. É formado em advocacia mas suas paixões são muitas: fotografia, cinema, mulheres, literatura, espiritismo, homeopatia ("um poeta", "um artista", "comediante", "eclético", "pitoresco", "versátil", são alguns dos adjetivos que também lhe aplicam) e entre elas, em lugar de destaque, a mágica. Na Europa chegou a conhecer os famosos mágicos Nate Leipzing e Gondin. Conviveu com gente que trabalhou ao lado de Harry Houdini, cujo nome artístico, esclarece, foi inspirado no de Jean Eugène Robert Houdin, tido como o iniciador da mágica moderna. No Brasil é amigo íntimo de Peixoto, o famoso Peixoto. Várias vezes nos ajantarados de domingo (aqui em casa de sua mãe, a casa dos avós Pompeu de Heládio) ergueu-se no meio da refeição e exibiu algum novo truque, ou então chegou propositalmente atrasado à mesa para ter um auditório já formado e, de longe, no umbral da porta, pela maneira como nessas ocasiões se detinha e acenava, a família compreendia que "havia novidades". Assim há muito tempo a família sabe que Oscar se prepara para o espetáculo desta noite, na verdade apenas uma primeira modesta experiência para um segundo espetáculo, que será, conforme informação passada por primo Afonso, positivamente aterrador. Só os adultos da família o verão. Mesmo assim, hoje vão acontecer coisas impressionantes. Por isso não quis abrir exceção para as crianças menores de dez anos. Você tem sorte, Heládio, de ter completado dez a semana passada, comenta primo Afonso condescendente do alto dos treze anos e do recente cargo de ajudante de mágico.

A função vai ter início.

Acham-se todos sentados em semicírculo diante da sala dos retratos. As crianças, à frente, sentadas no chão, e os adultos atrás, espalhados em assentos variados. As cadeiras da sala de jantar e duas poltroninhas da "sala pegada à dos retratos" foram requisitadas para a noite. Vovó Maroquinhas (Maria Amélia Duarte Pompeu) senta-se no seu lugar de sempre, no canto direito do sofá grande perto da janela. Tem oitenta anos, cabeça boa, mas muito surda. Vovô Pompeu (Onofre Marcondes Pompeu), falecido há doze anos, se fosse vivo estaria sentado ao lado dela na poltrona, onde, hoje, senta-se tia Clara, mulher do tio Oscar.

Tia Clara é um mulherão de pele muito branca e olhos negros. Tem um perfil grego, perfil "de medalha". Trescala perfume francês. Como o perfume é de ótima qualidade e tia Clara tem pele saudável, o resultado não é mau, mas, segundo os padrões da família Pompeu, "uma mulher fina em hipótese alguma cheira, nem para cá nem para lá". "Para cá é o perfume e para lá é o fedor, ou é o contrário?" — quis saber um dia prima Vivi, pelo que recebeu imediatamente um cascudo de tia Maria da Glória (forma de reprimenda eficaz e que consiste em uma rápida pancada na cabeça, dada com o nó dos dedos ou mesmo com o dedal, muito em uso na infância dos pais de Heládio mas menos comum na sua, na de prima Vivi e de outros primos; de onde se pode avaliar o grau de descontrole de tia Maria da Glória, pois no círculo familiar a palavra "fedor" é infinitamente mais fedida que o próprio, ou melhor — em respeito à área vocabular do círculo —, trescala um cheiro muito mais "ativo", muito pior). "O vidrinho de extrato nas mãos de uma senhora deve durar anos; um nadinha nos pulsos, outro nadinha atrás das orelhas." "*Para quê* se ela *não deve* cheirar?" — insistiu prima Vivi apesar da reprimenda eficaz, tendo então recebido o espantoso esclarecimento: "A finalidade do perfume é produzir uma 'sensação agradável', mas a origem ou causa dessa sensação deve permanecer ignorada". "Por que *deve* permanecer ignorada?" "Porque sim! Porque sim! Porque sim! Ô que menina astuciosa e impertinente! Sua mãe lá do céu está vendo você me atazanar deste jeito!" — Hoje prima Vivi não se encontra presente ao espetáculo de mágicas. Como perguntas do tipo acima descrito começaram a se alastrar feito impetigo (afecção cutânea a que aliás a menina sempre foi muito sujeita a despeito dos esforços despendidos por tia Maria da Glória para lhe descobrir a origem ou causa), resolveu a família que ela permanecesse por alguns tempos no internato em Itabira, onde a disciplina e o ar saudável sem dúvida contribuiriam para uma melhora geral no seu estado.

Tia Clara apresenta outras particularidades: pinta as unhas de prateado e usa rotineiramente dois anéis, um de rubi e outro de safira, além do imenso solitário. O seu gosto pelas jóias faz par com o gosto pelas cores fortes. De idade não definida, ainda bela, cabelos "certamente tintos", tia Clara destoa dessas mulheres Pompeu vestidas de meios-tons, algumas com o cabelo estriado de branco e cujas jóias permanecem a maior parte do tempo nos respectivos escrínios. (Jóias "de família", festejadas, amadas, cobiçadas, permutadas umas pelas outras no próprio grupo e ainda assim com lugar certo dentro da crônica familiar; submetidas constantemente a um tipo de olhar que é tão objetivo e avaliador quanto o de um joalheiro, assim como carregado de afetividade; e todavia usadas sempre de forma muito parcimoniosa.) Mas o que decididamente espanta e cria uma separação definida entre as mulheres Pompeu e tia Clara é o fato irrespondível de seu sobrenome de solteira ser Nardelli e não Freire, Duarte, Queiroz, Cerqueira, Souza ou outros nomes igualmente pronunciáveis e tranqüilizadores. Nardelli! Nome sempre novo naquela sala ainda que o casamento de tio Oscar já tenha uns vinte anos de existência, e tanto assim é que os parentes a mencionam sempre como Clara Nardelli, e não Clara Pompeu.

Esse casamento foi fruto de um acaso, um mal-entendido.

Oscar Pompeu namorava a filha caçula dos Magalhães, Adelaidinha, menina um pouco sonsa mas muito bem-nascida e quase bonita. No primeiro dia de um longínquo carnaval, no corso da avenida Paulista, seu carro alinhou ao lado do carro da namorada; ela e as irmãs sentadas na capota arriada formavam um lindo bloco de tirolesas. Adelaide lhe gritou por entre serpentinas e confetes, enquanto o seu carro arrancava e o de tio Oscar permanecia, "Vai ao Brás?", mas tio Oscar entendeu, "Vou ao Brás". Logo mais, quando a noite caiu, foi para o Brás na sua baratinha amarela. Nas avenidas Amaral Gurgel e Rangel Pestana as famílias italianas haviam posto as cadeiras nas calçadas para verem passar os donos de São Paulo, os moradores de Campos Elísios, de Higienópolis, da própria avenida Paulista. Lá, entre outros, na companhia de parentes e amigos, estava Clara Nardelli, na calçada; ele a viu e um ano depois se casavam. Não houve propriamente oposição na família uma vez que Clara não pertencia exatamente ao meio onde fora encontrada. Filha de imigrantes em ascensão, comerciantes ligados ao ramo dos têxteis e que poderiam mesmo, com alguma boa vontade, ser considerados "italianos finos", tinha naquele carnaval ido visitar um tio no Brás. A possível oposição foi substituída por certa reserva e mal-estar que obrigava os parentes a se policiarem quando ela se achava presente, já que nessas ocasiões não poderiam mais se considerar inteiramente "entre si". Por exemplo, os Pompeu quando se presenteavam evitavam agora desfazer afetadamente no próprio presente como antes, com a frase costumeira: "Desculpe o presente de italiano". Não diziam mais também na presença de tia Clara "Fulano é um casca-grossa", pois lhes parecia evidente que ela, como ocorria com eles, tomasse o termo simplesmente como sinônimo de "italiano".

 A surdez, a idade, a viuvez cavaram aos poucos, ao longo dos anos, um certo espaço entre vovó Maroquinhas e o conjunto da família, o que faz com que ela dê expressão hoje a uma antiga, alegre (e supostamente extinta) predisposição "carnavalesca" do seu temperamento. E sendo assim vovó inclina-se na direção de tia Clara Nardelli e se permite lhe dizer olhando com real prazer para o seu longo e belo pescoço branco salientado pelo decote baixo do vestido rosa-maravilha:

— Minha filha! Que linda você está! Uma verdadeira rosa! E como cheira bem!

Alguém pede silêncio.

Vovó Maroquinhas vai dizer ainda uma coisa, mas detrás da cortina cerrada batem palmas três vezes.

Tia Clara com uma pressão de sua mão nas mãos que vovó Maroquinhas mantém cruzadas no colo, e um sinal de cabeça na direção da sala dos retratos, dá a entender que o espetáculo terá início.

O perfil de medalha de tia Clara Nardelli está mais acentuado do que nunca. Ela lança a poderosa cabeça para a frente em um movimento de expectativa a que se mistura certa ansiedade. Ninguém mais do que ela sabe o quanto tio Oscar pode ser versátil, artista e pitoresco em uma única noite.

Primo Afonso, as calças curtas muito apertadas, o rosto vermelho, corre a pesada cortina.

Tio Oscar está de pé no centro da sala, atrás de uma mesa estreita coberta por toalha rendada; veste-se da forma habitual, traz a indefectível gravata borboleta de cor clara, mas cai-lhe dos ombros como sinal distintivo longa capa preta forrada de vermelho. A cartola também preta e brilhante não se encontra em sua cabeça mas em cima da mesa, junto a vários objetos, entre eles uma cesta de lenços coloridos.

Tio Oscar dá a volta à mesa, aproxima-se da sala principal, tira a capa que entrega a primo Afonso, respira fundo e diz:

— Minhas senhoras e meus senhores,

E sua fala, pronunciada com voz solene, um pouco rouca, faz com que os olhos de Heládio encham-se de lágrimas e uma violenta vaga de felicidade tome-lhe o peito e se expanda. Mágicas!

Tio Oscar tem nesta noite a mesma idade com que Heládio, internado no Hospital Santa Teresa, aguarda uma intervenção sem importância. O corpo alongado, os braços compridos sempre em movimento, os cabelos grisalhos misturados com o cabelo claro, um rosto pequeno, lábios carnudos, olhos à flor da pele de um castanho quase amarelo. Diversamente do Heládio do quarto 203, a meia-idade não o cobre por igual como a uma segunda pele; veste-o, bem ao contrário, feito a fantasia que um menino descuidado usasse sem grandes cerimônias. A que se deve essa velhice-fantasia de corte irregular e que tecido lhe dá a necessária espessura? E em que medida os diversos amores: literatura, espiritismo, homeopatia etc., têm parte com ela? De natureza muito diferente do "temperamento carnavalesco" de vovó Maroquinhas (reprimido na mocidade e ganhando alguns poucos direitos no fim de sua existência), essa velhice é impostura porque os degraus para se chegar até ela são de discutível armação. De que Brasil tio Oscar veio e a que Brasil chega nesta noite de mágicas, debaixo deste lustre incandescente nesta sala feericamente iluminada? O "temperamento carnavalesco" de vovó Maroquinhas manifesta-se como verdade em uma velhice de fato. Mas a velhice-fantasia do tio Oscar é uma epiderme que murcha sem adesão à sua natureza mais profunda, dentro da qual os ossos dançam soltos e desarmados.

Seu conhecimento do mundo não caminha para alguma disciplina conquistada; pactua com a erudição como agitado comparsa comediante, as veiazinhas vermelhas dos olhos à flor da pele repetem impressos em minúscula os diferentes mapas de suas explorações desordenadas, o emaranhado cheio de agitação das suas procuras, olhos afoitos que como os de Heládio menino enchem-se de lágrimas mas porque fulminados pela claridade cegante do mundo, da sala.

Atenção,

Tio Oscar tira, um a um, os vários lenços coloridos da cestinha de vime. Joga-os na cartola. Faz alguns passes e murmura coisas incompreensíveis com a cabeça inclinada. Os adultos riem; as crianças estão imóveis, os olhos voltados para a cartola. Todos sabem muito bem o que vai acontecer, mas nem por isso o prazer é diminuído. Tio Oscar finalmente retira os lenços de dentro da cartola e eles saem amarrados uns nos outros, tio Oscar agita-os no ar traçando grandes arabescos com os braços. As crianças gritam: "De novo!"; os adultos batem palmas. Um a um, todos os truques mais conhecidos e populares desfilam diante dos olhos dos Pompeu: baralhos que aumentam e diminuem de tamanho, cartas que aparecem e desaparecem sem maiores explicações, moedas que entram pelos ouvidos de tio Oscar para serem retiradas miraculosamente de dentro do nariz de primo Afonso. E a tudo isso as crianças gritam sempre "De novo!" e os adultos batem palmas.

— Atenção, agora, distinto público — pede tio Oscar, — vamos encerrar esta primeira parte do nosso programa com uma fritada à moda da casa!

As crianças se cutucam. Heládio espreme uma risadinha.

— Sssschut! — pede tio Oscar com o dedo erguido. — Não estamos aqui para brincadeiras! Não se esqueçam de que se trata de uma fritada mágica! Sim senhores, má-gi-ca!

Compenetradamente, tio Oscar tira o paletó e arregaça as mangas.

— Traga-me a outra cestinha de vime com os ovos frescos! — ordena a Afonso com a autoridade do cargo.

Primo Afonso com os passos lentos e regulares exigidos pela ocasião vai até a sala-pegada-à-dos-retratos e traz o que lhe foi pedido.

— Muito bem, muito bem, meu rapaz — agradece tio Oscar com voz afetada. — E agora, por favor, vire-me a frigideira para cima, sim? Quem a deixou emborcada?

Afonso olha desamparadamente para todos os lados sem ver

qualquer frigideira. Quando dá as costas ao público e caminha para a sala-pegada-à-dos-retratos, tio Oscar, às suas costas, aponta acintosamente com o dedo para a cartola várias vezes, com movimentos vigorosos.

As crianças chamam a atenção de Afonso aos gritos:
— É ela, é ela! Volta, ela está aqui! Aqui!

Afonso caminha de novo para a mesa. Pede com o olhar o auxílio de tio Oscar que agora se mantém imóvel, na expectativa, com ar de impaciência.

— Ali, ali em cima! — gritam as crianças histericamente, apontando a cartola.

Primo Afonso cai em si. Vira apressadamente a cartola, muito vermelho.

— Arre! — se queixa tio Oscar. — Até parece que ela estava invisível. Vamos, rápido, passe-me um ovo, jovem!

Afonso lhe passa o ovo que tio Oscar quebra e joga com satisfação dentro da cartola. Pede desculpa por não usar óleo nem manteiga mas, infelizmente, a vida austera de mágico não lhe permite esses luxos. Risos da ala feminina. Os ovos continuam a ser quebrados até que finalmente tio Oscar dá-se por satisfeito. Enxuga as mãos delicadamente na beira da toalha de renda, o que ocasiona novas manifestações, de protesto, da mesma ala.

— Agora — diz tio Oscar satisfeito — a fritada está pronta e é só servi-la. — Para Afonso: — Aproxime-se jovem!

Tio Oscar inclina perigosamente a cartola em direção à cabeça de primo Afonso. Primo Afonso está sereno. A platéia também. Todos sabem que cartolas mágicas têm fundos falsos, passagens secretas e, enfim, constituem abrigo seguro para os mais variados objetos.

As gemas e as claras misturadas formam uma matéria espessa, viscosa, estriada e luminosa que, partindo do alto da cabeça de primo Afonso desce-lhe majestosamente pelo rosto abaixo e já lhe alcança os ombros. Primo Afonso está estático. Também a platéia. Tio Oscar com um movimento repentino ergue a cesta e começa a atirar os ovos restantes na platéia. Dirige os dois primeiros na direção de vovó Maroquinhas e tia Clara Nardelli. Elas gritam e cobrem a cabeça. Tia Maria da Glória levanta-se ofegante. Balbúrdia; mais gritos. Mas os ovos atirados, miraculosamente não rebentam. Vovó Maroquinhas, pasma, examina o que lhe caiu no colo. São ovos de borracha; leves, macios.

— Importados — acrescenta com orgulho tio Oscar. — Enviados diretamente para mim da Sociedade dos Mágicos de Berlim "Robert Houdin".

E tendo descartado à queima-roupa essa informação paralela, tio Oscar, ainda sob o impacto causado pela chuva de ovos falsos, arranca com um movimento ágil a toalha da mesa agora vazia e envolve com ela, à moda oriental, a cabeça de primo Afonso.

Com outro movimento, preciso e certeiro, empurra primo Afonso, duplamente aturdido, pela mistura viscosa e pela toalha, para os braços abertos da mãe, tia Santinha, que, segurando-o firmemente pelo pulso e sem um olhar para o irmão, sobe as escadas para limpar o filho no banheiro do andar superior, na grande banheira de ferro pintada de branco com pés de leão.

Tio Oscar, ele mesmo, corre rapidamente a cortina e desaparece por trás dela.

As luzes da sala principal são acesas para o intervalo.

Adultos e crianças estão muito excitados. Escutam-se ruídos de passos e arrastar de móveis vindos do lado de lá da cortina. Heládio lembra o que lhe disse primo Afonso sobre gente estranha que virá de fora, pela sacada. Corre sorrateiramente para o jardim. A noite está fria e sem estrelas. A porta de madeira clara da sacada da sala-pegada-à-dos-retratos encontra-se entreaberta. A luz da sala acesa e a fina cortina rendada permitem a Heládio distinguir vultos que se movem no interior. Há mais de uma pessoa com tio Oscar; alguém se aproxima muito da cortina, uma mão afasta o tecido rendado; percebe-se agora claramente contra a luz uma silhueta de mulher; Heládio dá um passo atrás com medo de ser pressentido e olha fixamente para a sacada; o gradil de ferro forjado com desenho de flores circunda a sacada, sem qualquer portinhola ou escada. Heládio imagina pernas femininas tão brancas quanto a mão entre as cortinas, a saia erguida pelo esforço de pular o gradil, o corpo inclinado, o impulso do corpo vergando-o na direção do interior da casa, os braços abertos de tio Oscar à sua espera. A porta da sacada se fecha e Heládio volta silenciosamente para dentro.

Dez minutos decorrem, as luzes da sala principal são novamente apagadas. Primo Afonso não participa da segunda parte do espetáculo. Destituído, interessa pouco ao Heládio que retorna do jardim. Para Heládio, o que viu e imaginou lá fora empresta à sala-pegada-à-dos-retratos, assim como à própria sala dos retratos, uma luminosa qualidade transitiva. São Paulo e por extensão o mundo penetram insidiosamente pela sacada, vindos de fora; uma população estranha, anônima, habita as duas pequenas salas pegadas à principal; escoam para dentro das duas salas, num fluxo regular, contínuo, os desconhecidos participantes do mundo de tio Oscar: homeopatas, fotógrafos, cinegrafistas, atrizes, espíritas e finalmente mágicos, mas todos travestidos na figura de uma silenciosa mulher branca, sem volume, assexuada, figuras trêmulas como projeções luminosas vêm de fora, acumulam-se umas sobre as outras, e por pressão, como um vasto universo aquoso e indiferenciado, rompem a intimidade dos Pompeu e invadirão dali a minutos a sala principal.

Um instante de tensão e silêncio.

O pesado reposteiro é aberto por mãos estranhas. A sala dos

retratos acha-se mais uma vez modificada; agora, diversamente da primeira parte do programa, há um selo de distância marcando a cena.

A sala dos retratos encontra-se nua. Atrás, uma espécie de biombo negro, da largura da sala, veda as janelas e cria para o ambiente um novo espaço. No centro, apenas uma curiosa armação de ferro. Tio Oscar curva-se sem dizer palavra e indica sempre em silêncio o jovem moreno ao seu lado, vestindo um blusão de inspiração russa, de tecido brilhante; à indicação de tio Oscar, o jovem por sua vez se inclina, também em silêncio.

A sala dos retratos não está mais fortemente iluminada; não retoma a atmosfera que lhe é habitual, produzida pela luz difusa dos abajures; ainda assim, há nela uma queda de luminosidade que, sem propriamente confundir a platéia, escamoteando os cantos da sala ou diminuindo os contrastes, exige porém dos olhos um acréscimo de atenção.

Tio Oscar indica a sala-pegada-à-dos-retratos e em seguida ele e o novo ajudante vão até ela e de lá trazem ampla caixa comprida, de madeira com relevos em dourados e azuis; depois de ser exibida ao público, abertos os seus quatro lados e mostrado o seu interior, é colocada sobre a armação de ferro. Novo gesto indicativo, nova ida em conjunto à outra sala. Voltam acompanhados de uma mulher moça e bonita, de roupa justa, longa, os cabelos ruivos soltos. A pele é muito branca, o rosto muito pintado. Heládio sabe por onde ela entrou, pensa na sacada, na noite escura e fria. Ela se curva, cumprimenta. Tio Oscar afasta-se para o lado, deixa os dois jovens no centro da sala, diante da caixa, e fala pela primeira vez:

— Esta jovem e este jovem vieram de longe, atravessaram o oceano para apresentar hoje aqui o grande espetáculo de ilusionismo da Mulher-Serrada-ao-Meio! Peço agora, estimado público, o máximo de atenção ao número que irão presenciar com a participação dos talentosos artistas Iuri e Olenka.

Alguém, entre os adultos, murmura:

— Não é possível! Oscar está ficando louco? É aquela polaca!

Heládio se vira, mas ninguém parece ter falado. Tia Clara Nardelli está muito atenta. Seu rosto claro, em comparação com o da mulher ruiva ao lado do tio Oscar, é escuro e pesado, tão indistinto na penumbra como a voz que Heládio pensou ter ouvido.

Com movimentos rápidos e precisos, a ruiva Olenka salta para dentro da caixa, que é fechada em seguida por Iuri e trancada com grande ênfase por tio Oscar. Seu rosto e seus pés ficam de fora. O gato de louça oculto pela dobra do reposteiro afastado acha-se colocado estrategicamente em cima de uma banqueta; ele acende os seus olhos pelas mãos de Iuri e ilumina o rosto de Olenka, cujos cabelos parecem labaredas.

— Russa? Mas se eu estou dizendo que é aquela polaca!

Outras palavras, e outras, tão baixo pronunciadas, vêm novamente de trás, do lado dos adultos, pressionam a nuca de Heládio, que se vira para ouvir melhor e tendo-se virado fica mais uma vez em dúvida se alguém chegou mesmo a dizer qualquer coisa.

— Traga o serrote, por favor — pede tio Oscar a Iuri.

As crianças se apertam entre si, se mexem, mas atrás os adultos guardam um silêncio esquisito, encrespado por murmúrios que parecem antes ser a respiração mais ruidosa de um ou outro tio, um bocejo reprimido no limite da fala.

O serrote começa a cortar a madeira da caixa. Agora o barulho do aço entrando na madeira absorve todos os outros ruídos. O aço vai descendo na madeira, chega ao meio da caixa, ultrapassa o meio. A mulher ruiva solta um grito prolongado e lancinante, o serrote não pára. Na esteira do grito da mulher res-

surgem aquelas falas indistintas, vindas por trás de Heládio, sobem no prolongamento do grito, Heládio se vira, uma fala se recorta nítida, somada ao grito:
— Mas é ela! A putona!
— O que a tia Clara gritou, mamãe? — pergunta o primo Carlos, sentado mais atrás.
— Nada, meu filho, ela se assustou foi com o grito da moça!
— Mas eu ouvi!
— Ah, a desgraçada putona!
— Ouviu de novo, mãe? Olha a tia Clara lá de pé!
— Psst!
— Mas quem está gritando desse jeito?
— Não vê que é ela, para fingir que está sendo serrada ao meio?
— Mas não é a tia Clara que está sendo serrada ao meio!
— Isto é espetáculo que se apresente às crianças?
— Que espetáculo?
— Eu não tenho medo, tia.
— Afonso, você, que é o mais velho, vê se faz o Carlinhos ficar quieto.
— Psst!
O grito cresce.
Iuri se assusta. Faz um gesto desastrado, no seu canto perto do gato. O gato de louça vai caindo da banqueta, Iuri o agarra a tempo pelo fio, ele fica balançando, produz sombras móveis nas paredes, a mulher sendo serrada ao meio ganha uma projeção oscilante e aumentada que bate no teto. Vovó Maroquinhas lembra-se e da larga manga de seda preta ergue um braço de vôo na direção do teto que vacila; e ela vê:
Um outro passado, de dentro desse passado que se apresenta como presente, inflar feito vela hasteada vedando completa-

mente o que veio depois (essa mesma sessão de mágicas) como se fosse o seu tempo anterior.

1912. Santos, a praia do José Menino diante da grande casa de verão. Olham para o mar, à luz da tarde. Vovó Maroquinhas na cadeira de lona não dispensa o amplo guarda-sol de praia. Tia Maria da Glória está sentada ao lado, na esteira, usa um vestido de fazenda leve, clara, mangas compridas ajustadas nos pulsos. Risca a areia com um pedaço de madeira escura encontrada na beira d'água. Longe, na linha da espuma, uma figura feminina caminha de pés descalços. Tio Oscar, de pé atrás do guarda-sol, acena para a figura ao longe, que se detém um instante e logo recomeça a andar. Minutos depois avisa tio Oscar então solteiro e muito jovem:

— Vou dar uma caminhada para os lados de São Vicente, mamãe. Volto daqui a pouco para ajudar com o guarda-sol.

Mas a luz oblíqua da tarde havia mudado o discreto aceno de tio Oscar atrás da lona do guarda-sol em uma agigantada e oscilante sombra na areia, e assim vovó Maroquinhas soube e surpreendeu a filha ao dizer com segurança e uma tristeza pouco expressa:

— Lá vai ele. Vai ao encontro dela: a mulher casada.

A mulher casada!

O grito se alonga e morre.

Iuri repõe o gato na banqueta, tio Oscar afasta o serrote. Inacreditável! A talentosa artista, Olenka, a ruiva, acha-se perfeitamente dividida ao meio em duas partes distintamente visíveis. Já não parece sofrer mais. Na extremidade esquerda seus pés se agitam alegremente, e na extremidade direita seu rosto se volta para a platéia e sorri, pisca mesmo um dos olhos.

Um silêncio perfeito para um espetáculo perfeito, de cristal. Trincado ao meio pela voz que repete no momento seguinte:

— A putona!

As veias do pescoço de tio Oscar estão inchadas, o rosto congestionado. Não se contém. Do outro lado do fosso cavado aquela noite entre a sala dos retratos e a sala principal (pela natureza diversa e ainda assim complementar dos papéis que ambas desempenham), ele fala:

— Você está completamente enganada, Clara! Ela *não* é polonesa!

— Polaca e puta!

— Minha querida, ela é russa! Não entende nada do que você está dizendo, chegou ao Brasil há apenas três meses, ela

— Polaca e puta!

Olenka, a ruiva, continua sorrindo e envia à platéia um beijo com os lábios apinhados em feitio de coração.

E então acontece uma coisa curiosa com Heládio. A tensão que ele sente atrás, a tensão dos adultos pressionando sua nuca passa para ele e muda de natureza. Olha adiante, à sua frente, para o rosto de tio Oscar, fora de si, os olhos de botão à flor da pele, como se os visse pela primeira vez. O embaraço de tio Oscar imprime uma mobilidade maior e descontrolada aos braços, ele leva uma das mãos à boca em um movimento nervoso.

A tensão dos adultos atrás de si torna Heládio receptivo ao adulto que está à sua frente; olha atentamente o rosto do tio; depois olha o rosto branco e pintado da Mulher-Serrada-ao-Meio, iluminado em fogo; inclina a cabeça e percebe atrás da dobra da cortina os olhos acesos do gato; vê de novo as pernas abertas da empregada Eufêmia, onde a taturana preta e peluda — à medida que Heládio cresce vertiginosamente através desses anos todos até alcançar o décimo aniversário e conquistar o direito às funções noturnas na sala principal — recua e se apresenta como um buraco sem fundo, uma descida incontrolável, uma queda para um futuro sem nome, um vórtice.

Devoradora como o meio sem fundo das pernas de Eufêmia é hoje a fisionomia de tio Oscar. Enigmática parecença, absurda aparentemente como o são as mágicas dos aparatos engenhosos importados da Europa mas que se vêm reduzidas, quando explicadas, a uma lógica menor de natureza simples, apoiada na técnica.

E acontece o seguinte:

A extrema acuidade e concentração de Heládio nesta noite permite-lhe ver o segundo rosto de tio Oscar por detrás do rosto inglês. O rosto inglês solta-se como uma máscara e mostra o outro, o submergido, o rosto negro. Esse rosto negro, interior, sempre esteve escondido por detrás do rosto da superfície, mas sempre o marcou aqui e ali em uma modelagem discreta todavia firme e bastante perceptível: o crespo do cabelo, a conformação das narinas. Tio Oscar é um mulato loiro! Como pôde ser confundido com um inglês na Inglaterra? Quem divulgou pela primeira vez essa história? Ah, sim, há tantos anos. Ele teria escrito à vovó Maroquinhas dizendo que estava com saudades do Brasil, queria voltar, não que não se acostumasse por lá, pois até passara por inglês na pensão onde estava hospedado. E vovó respondera: "Não volte agora, meu filho, fique um pouco mais. Setembro é o mês dos naufrágios". Sim, e ele ficara um pouco mais e como voltara definitivamente inglês! As expressões ditas casualmente: "Isn't it?", "Isn't it?", em vez de "Não é?", "Não é?" e que as crianças da família imitavam quando ele não se encontrava por perto: "Is in diti? Is in diti?". As lavandas, o tabaco, a gravatinha-borboleta — tudo tão perfeitamente inglês! Não *simplesmente* inglês. Mas *perfeitamente* inglês. Com um travo excêntrico, nobre. Aliás, os Pompeu sempre se sentiram deliciosamente estrangeiros no Brasil, uns como tio Armando, mais americanos, outros mais franceses, uma curiosa forma de ser estrangeiro, solidamente apegada aos velhos nomes e usos e que nada tinha a ver com a presença concreta de tia Clara Nardelli e dos seus parentes do Brás. E tio Oscar foi assim como a confirmação, a legitimação dessa etnia fantasiosa que os fazia tão orgulhosos. O cabelo de Sinhana ia mesmo um pouco para o pixaim, tia Neusa era muito morena, de lábios um tanto arroxeados, o velho Joaquim, quando transpirava, exalava um cheiro esquisito, francamente falando, sim *muito* esquisito sem dúvida, o bebê de Cotinha era uma criança anêmica, amarela, apesar do médico insistir que não tinha absolutamente nada; se não tinha absolutamente nada por que teimava em ser amarela e não rosada? Mas, enfim, de forma geral, não dando muita importância a esses poucos sinais esparsos, e, principalmente, não pensando nesses sinais em conjunto, poderia se dizer que os Pompeu todos passariam perfeitamente por europeus e americanos do Norte. E tio Oscar, então! Em criança, com seu tipo sangüíneo, um inglesinho perfeito!

Mas hoje Heládio vê tio Oscar e vendo, os vê, a todos. O rosto inglês solta-se e deixa a descoberto uma passagem para velhas lembranças quase esquecidas; e na pista desse novo rosto mulato que se abre para outras paisagens ele enxerga: fundos de quintal modestos, casas porta e janela, uma parentela pobre, freqüentada às vezes nas sobras dos domingos; a velha Juraci e seu xarope de mastruço conhecido em toda São Paulo; os primos do interior, o tio-avô materno, o "cobreiro" (o que conversava com as cobras e lhes tirava o veneno), e atrás da pobreza e misturada a ela, frases soltas, hoje lembradas como aquelas falas sem som, feitas de murmúrios, ouvidas ainda há pouco, atrás de Heládio, na sala principal: "Fulano coça a orelha com o pé", "Beltrano tem um pé na cozinha"; "Fiz Nhonhô terminar o namoro com Hortência. Você ainda me pergunta por quê? Uma pardavasca!".

A cabeça inglesa do tio Oscar hoje flutua por cima de sua outra cabeça, desencarnada. E essa nova cabeça, plantada nos ombros, sofre um prolongado embaraço. Uma cabeça nua e exposta a críticas como uma bunda de criança virada para cima com as calças arriadas. E como Heládio gosta dela! Dessa nova cabeça-bunda! Pronta para levar uma surra de se tirar o sangue! Mas Heládio percebe de repente que a qualquer momento as três salas podem ficar escuras como sangue velho, com cheiro de coisa ruim, estragada, fica com medo.

Vovó Maroquinhas diz à tia Clara Nardelli enquanto segura sua mão:

— Minha filha, você sempre fala alto! Gente surda se atrapalha mais com fala gritada. O que você falou ainda há pouco?

— Nada, "mamãe".

Parece que dentre as inúmeras falas sem som ouvidas nesta noite Heládio ainda escuta:

— Tinha que ser. A carcamana!

O reposteiro é fechado rapidamente.

Os adultos aplaudem. A sala principal de novo lembra um céu aberto. O lustre de cristal lança suas mil luzes.

Será debaixo desse lustre que, de pé (sem aceitar o oferecimento da cadeira de encosto alto), d. Heládio Marcondes Pompeu irá relatar em ocasião próxima, com minúcias, sua visita ao Vaticano, sendo hoje, nesta noite de mágicas, a data em que deverá entrevistar-se pessoalmente com Pio XII. A cada vez que sofrer alguma interrupção, ainda que breve, sua extrema educação não lhe permitirá outro sinal de contrariedade que o de apertar ligeiramente os lábios.

Hoje, três meses antes, Heládio vê d. Heládio por meio desses lábios nobres que sempre disseram com propriedade frases apropriadas às circunstâncias. Lábios que sabem latim, lábios úmidos do vinho consagrado; lábios de púrpura capazes de aspirar à dignidade cardinalícia?

"Não" — pensa o Heládio menino no homem. Lábios roxos, lábios negros, lábios torcidos, colados pelo cuspo velho não lançado, pelo desprezo.

Lábios soltos no sono, esquecidos.

Pela madrugada, antes de mudar o plantão, o enfermeiro João entra no quarto de Heládio para ver se está tudo bem. Heládio ressona tranqüilo. O enfermeiro apaga o olho azul e sai do quarto com desenvoltura.

Heládio acorda com a batida da porta do enfermeiro que sai. A fissura anal, já sem o efeito do remédio, lateja um pouco, mas o espírito permanece liberto de preocupações, descansa.

A irradiação azul da plena noite no quarto é substituída pela luz pobre da madrugada; ao quarto azul, um quarto cinzento. Os ornatos do teto perdem a transparência de bagos, pesam na sua opacidade sob os móveis do quarto e prendem o teto em seu eixo firmemente o que dá a impressão do pé-direito ser menor.

PC meu amor

— Rebaixaram o teto?

À entrada do sobrado da Polícia Federal para depor em 1969, Heládio, bem barbeado e de paletó esporte por cima da camisa aberta, quer aparentar desenvoltura; insiste, dando uma rápida vista de olhos pelo vestíbulo:

— Que interessante! Morei aqui em criança nesse bairro. Esta casa deve ser bem antiga, não? Modificaram alguma coisa, rebaixaram o teto?

— Não senhor — responde o sujeito, um gordo mal-encarado, debruçado no gradil de ferro forjado com desenho de flores, da pequena varanda de entrada — Levantaram o chão; puseram assoalho no ladrilho.

— Ah, muito bem! Fizeram outras modificações?

— É, acho que tiraram o lustre de cristal; tiraram também o elevador do lado da escada.

— Que interessante! — repete Heládio. — Na casa de minha avó também tinha elevador; parece que naquele tempo em muitas casas daqui existia elevador.

— Pode ser.
— Esta casa é de vocês? Da Polícia Federal?
— Não senhor, é alugada do Instituto de Aposentadoria. O primeiro dono foi Rodrigues Alves. Dizem.
— Que interessante, muito interessante.
— O senhor está aqui para quê?
— Bom, eu vim depor em uma questãozinha...
— Mas então o que está fazendo aí? Vai entrando.

Heládio com a mesma desenvoltura imposta entra resolutamente, mas leva um tropeção logo na entrada.

— Eu disse — repete o mal-encarado — eu disse: que o chão tinha sido levantado, não o teto rebaixado. Vai entrando, vai entrando.

A casa de esquina da rua Itacolomi com a Piauí, onde se acha instalado o DOPS, a Delegacia de Ordem Política e Social, é uma construção alta, estreita, com jardim cimentado em toda a volta mas com vários canteiros onde foram plantadas samambaias, hortênsias, pequenas palmeiras. O jardim é cercado por grade alta de ferro trabalhado, o portão também de ferro permanece aberto com uma sentinela ao lado. Quando há instantes atravessou o portão em direção à escadinha da varanda de entrada, Heládio observou no alto da fachada principal, próximo ao beiral do telhado, o frontão, um alto-relevo com rechonchudas figurazinhas infantis aladas devorando cachos de uvas.

No vestíbulo, Heládio ainda hesita. Examina com atenção: as salas acham-se ligadas por passagens em arco. O batente das portas é de madeira envernizada, mas há alguns ornamentados com vitrais; a iluminação do vestíbulo se faz também por vitrais que acompanham os lances da escada para o andar superior. O balaústre dessa escada é de ferro forjado *art nouveau*, como o da varanda. Os vitrais devem ser muito antigos. Coam uma luz rica e pesada: ouro velho, um verde espesso de folha pisada, o vermelho-escuro da amora madura. Uma porta nos fundos da casa se abre e joga uma fatia de luz crua e branca no vestíbulo. Heládio percebe que no cômodo à direita, ligado ao vestíbulo por um arco de onde os batentes foram arrancados, encontram-se pessoas sentadas. Adianta-se. Em um banco tosco, encostado à parede, estão Gisela e Clotilde. As duas têm uns quatorze, quinze anos menos que Heládio. Gisela está muito quieta. A pele de loura sem cor, as narinas avermelhadas como se estivesse gripada. Heládio senta-se ao lado e fica também calado. Clotilde lhe sopra no ouvido:

— Isto não é um velório. Podemos conversar.

Sua franja crespa faz cócegas no rosto de Heládio.

— Muito bem — diz Heládio. E continua quieto.

— Que bobagem você estar assim! Você que não tem nada com nada! Não é o que você diz sempre?

Heládio confirma: — É isso. Nada com nada.

— Escuta — lhe diz Clotilde. — Veja bem. Sabe onde está instalado o DOPS? No porão!

— O DOPS já existia antes em outro lugar — informa Heládio sem vontade.

— Se já existia era junto a um outro poder, uma outra autoridade. Deste jeito é que não. O que mudou não foi só o lugar.

— Por quê? Como?

— Por quê, por quê, não faça perguntas idiotas, Heládio. "Desse jeito" só depois do ano passado. Isto aqui é a Superintendência da Polícia Federal, e acho que tem mais umas três delegacias instaladas nessa casa. Por exemplo, eu sei que está aqui a Delegacia de Policiamento de Fronteiras, Aeroportos e Descaminhos.

— Descaminhos?

— Contrabandos. Descaminho é contrabando.

— Um termo bonito — opina Heládio com a cabeça inclinada. — Eu nunca imaginaria.

— Acho que ela está aqui no térreo. Lá em cima a Fazendária, e suponho também que a própria Superintendência.

— E quem lhe contou tudo isso?

— No escritório do doutor Meira. Eles estavam conversando, a Rosa, o Mauro, todos os outros.

Heládio se apruma no banco. Gisela esfrega o nariz avermelhado com as costas da mão. Fala baixo, mais baixo que Clotilde:

— O doutor Meira também está lá no porão. Chegou junto com a Rosa. Ela está depondo faz duas horas.

— Duas horas! — Heládio se espanta. — Tanta coisa para contar?

— Eles são enrolados para tomar o depoimento — diz Clotilde. — Você não viu o doutor Meira dizer? E você se lembra do que ele recomendou? — Clotilde repete: "Nunca dar uma resposta mais comprida do que a pergunta. Se eles perguntam cinco coisas, respondam quatro. Se perguntam quatro, respondam três. Não despertem a curiosidade deles. Nunca. E se possível induzam eles ao sono. Façam o escrivão ficar morto de sono. Façam o delegado bocejar". E ele também alertou: "Quando o escrivão ler o depoimento, não se aborreçam com pequenas lacunas, truncamentos casuais, falta de lógica. Não liguem para o absurdo. Ele faz parte da vida nas delegacias. Como, aliás, da própria vida". E me pareceu, Heládio, que o doutor Meira ficou muito satisfeito mesmo e até envaidecido com a própria observação.

— Que observação?

— Ô, homem de Deus, estou falando, esta, de ligar tão estreitamente a vida às delegacias, ainda que por meio do absurdo, o que, à primeira vista pode por sua vez parecer um absurdo, mas Tito, Mauro, Léo e Martinha, que já depuseram no começo da semana acharam pelo contrário a observação muito boa, muito a propósito, muito filosófica até. O escrivão quando transcreve quase sempre não entende, só reproduz; por isso pode deixar escapar uma palavrinha vital, não para o inquérito, para a sintaxe. Olhe à sua volta com vontade, para todos os lados. Vá até a janela e olhe para fora, para a rua. O que você está vendo? Vida, vida à beça! Alguma sintaxe? O doutor Meira pediu, literalmente nestes termos: "Não compliquem. Se eu assentir com a cabeça, aprovem, assinem e saiam". A você particularmente eu digo, Heládio, não complique. Siga as instruções dele.

— Eu complico?

— Conheço bem esta sua maneira de pôr o dedo na ferida. Esta sua minúcia de velho, me desculpe, nheque, nheque, nheque, nheque.

Heládio se irrita:

— Não sei aonde você está querendo chegar.

— Sabe muito bem. Nem sempre o que faz nexo livra, liberta. Às vezes, até pelo contrário.

Heládio suspira. Olha para o alto, para o lugar onde esteve o lustre de cristal, ao lado, no teto do vestíbulo. Diz:

— O meu caso é simples. Não existe propriamente qualquer implicação, alguma coisa mesmo. Tudo não passou de um erro de interpretação, resumindo, uma questão semântica. É isso, semântica. A sintaxe no caso é o de menos. Mas... — suspira de novo. — Devido à natureza do problema, da confusão,

Clotilde se manifesta com certo ardor. Fala quase alto:

— Você é engraçado. Nós aqui jogando franco. Nossa defesa está sendo feita em conjunto. O doutor Meira comparou os nossos depoimentos todos. Não só dos colaboradores, até do revisor, dos gráficos. Como ele diz, assim fica tudo sob controle. Mas o de você é particular. Não está implicado, não tem implicação nenhuma mas não pode contar para a gente. — Clotilde arremata — Não entendo.

Gisela olha para os lados, preocupada. Um homem pequeno e calvo, no outro lado da sala, levanta a cabeça.

Heládio fica nervoso:

— Já disse, é particular. E é tudo... fantasia. E não fale alto assim.

Clotilde arruma os cabelos com os dedos. As mãos abertas como um ancinho, penteando a franja para baixo.

— É isso aí, a gente ter um amigo velho, trinta e nove anos, hein Heládio? Logo quarenta! A discrição de um cavalheiro. A propósito, política para você é um negócio entre cavalheiros?

— Ora, Clotilde...

Clotilde começa a ficar agitada:

— Incrível! As celas, os xadrezes, como eles dizem, são as subdivisões da parte inferior do porão. São compartimentos minúsculos, baixos, mal dá para os presos ficarem de pé. Está claro que eles (digo, o DOPS, não os presos) se instalaram aqui às pressas. Até há dois meses o Mauro disse que só tinha *uma* cadeira, *uma* mesa, *um* cabide, *o* delegado e *o* escrivão, ah! ah! E digo mais: o delegado que estava aqui há dois meses — não sei se é o mesmo doutor Tarcísio — foi designado por um general, um sujeito tão deslumbrado com o AI-5 que, imagine só, quando falava por telefone para o Rio com algum superior, permanecia de pé, em sinal de respeito. Mas que demora! Eu preciso ir no banheiro.

Clotilde se levanta, vai até uma das portas, olha em volta. O rosto de Gisela se anima, ganha cor. Heládio lhe põe uma das mãos no braço, toca-a de leve, diz:

— Não tenha medo. Vai dar tudo certo. Fique calma.

Gisela controla com os olhos os movimentos de Clotilde, que pergunta ao homem pequeno e calvo do outro lado onde fica o banheiro. Tira um lenço da bolsa, assoa o nariz, ajeita a saia, fala baixo com certa irritação:

— Mas eu estou calma! Não precisa fazer assim como se eu fosse dar escândalo.

— Eu sei. — Heládio endireita-se, cruza os braços, encosta-se contra o frio da parede, afasta sua atenção de Gisela. Pensa para trás, de forma confusa. As tardes, a livraria, os encontros; e a jovem amante. Nenhuma participação de qualquer tipo; apenas amiga de um e outro na livraria. Quem o apresentou a ela, Mauro? Tito? Rosa? Não se lembra. Combinaram aquela forma original de correspondência. Numa só direção. Dele para ela. Muitas vezes ela chegava, ele já tinha partido. Ele lhe deixava então um bilhete naquele pequeno monte de revistas do estoque velho, a terceira a contar de baixo. Depois tornaram a brincadeira mais difícil. Ele deixava o bilhete em alguma das revistas do estoque na salinha ao lado. Poderia estar no último número, poderia estar no penúltimo, em qual exemplar? Quis complicar ainda um pouco mais a procura. Passou a deixar os bilhetes dentro de algum livro da parte interna da livraria, dos que não estavam à venda; geralmente algum volume que, segundo ele, ela deveria ler. Ela acertava sem muito custo. Conhecia os gostos dele e a bem da verdade na salinha o espaço era pouco; o grosso do estoque ficava na casa de Mauro. Depois começou a não encontrar mais tão facilmente os bilhetes. Deixou mesmo de encontrá-los. Queixou-se, no pequeno quarto alugado para os encontros semanais, que ele estava se tornando um preguiçoso com os bilhetes. Ele retrucou que ela é que já não se importava com os gostos dele e por isso não os encontrava. Ela insistiu na sua versão. Ele na dele. Jurou que continuava escrevendo com a mesma assiduidade. E continuava. Assim, quando houve a devassa na livraria, junto com os livros e as revistas foram os bilhetes. Um tinha sido escrito em papel timbrado, um apenas, mas esse identificou os demais. (Heládio tinha o hábito, assim que ocupava um novo emprego ou se decidia por um novo tipo de trabalho, de imediatamente providenciar papéis e cartões timbrados que anunciassem à sociedade paulistana o acontecimento. Um amigo programador visual, um argentino de ascendência alemã naturalizado brasileiro, muito talentoso, o Otto Straub, fazia-lhe bonitos e modernos papéis de carta e cartões personalizados. E ele com prazer se deixava iludir tomando o espaço branco do papel pela cidade de São Paulo, e o seu nome nitidamente impresso ao lado de alguma especificação do tipo "Representante Geral" ou "Representante Exclusivo" ou "Assessor Técnico de Diretoria" como uma inserção garantida e estável no mercado de trabalho da cidade.) A amante, essa, nunca foi identificada. Ele tinha uma maneira própria de se dirigir a ela nos bilhetes, cuja razão e circunstância remontavam às prolongadas sestas e conversas no quartinho alugado. (As noites eram reservadas à sua vida então de casado.) A polícia política o encontrou facilmente na firma especializada em projeto e execução de esquadrias de alumínio, Dimensol, e o convidou a se explicar. Que se explicasse; se explicasse. Explicasse, explicasse o quê?

Teria que começar pela pele. Aquele ventre chato, liso e de temperatura tão fresca, igual a uma fronha de linho rasa e vazia; o triângulo de cabelos escuros, centro dos dissabores atuais, responsável pelo seu prazer anterior. E, exatamente no meio, o buraco, uma descida incontrolável, uma queda para um espaço sem nome como, um dia, no passado perfeito, o meio das pernas da portuguesa Eufêmia. Vinte e quatro anos a amante, mas parecia dezesseis quando a conheceu há três anos. O que era o seu nervosismo então? Apenas sua inexperiência na cama, no mundo. Ela ciscava avidamente nos dois as sensações todas possíveis. Era comovente. O seu ciúme? Comovente. Tinha ciúme de tudo. A começar pelo buraco; o seu negro buraco pouco discernível no meio dos cabelos escuros não fosse a orla formada pelos grandes lábios, de coral intenso: vulva, boceta, periquita, perereca, xoxota, muitos nomes nas dobras da carne, um sobre o outro, forçando o caminho para um sulco mais maduro e uma imaginação mais rica. A imaginação se abrindo a partir desse nítido corte na carne. E por aí, exatamente por aí o alcançaram. Eles, os da polícia política.

Heládio está muito nervoso. Sente culpa de não ter nenhuma. Vai salvar a pele explicando o quê, meu Deus do céu? Nuvens, sonhos, histórias da própria pele.

Clotilde encontra-se de novo ao lado dele e Gisela, mas Heládio não lhe presta atenção. Àquela hora da tarde o calor está muito forte. No vestíbulo, o verão, vindo tanto do céu, do ar, como das sobras dos velhos jardins de Higienópolis, filtra-se pelos vitrais e se deposita no assoalho, misturado em uma poça de luz e cor. Abre-se uma porta à direita, por ela vem Rosa. Ergue o dedo para dizer que está tudo bem; tem um ar compenetrado; segue as instruções do dr. Meira a todos os indiciados no inquérito sobre a revista: não formar grupinhos depois dos depoimentos tomados; ir para casa. Rosa vai para casa. Dá as costas aos três sentados no banco, passa pelo vestíbulo, sai. Seus passos na escada e depois o silêncio.

Comenta Heládio:

— Vocês repararam o olho roxo?

— Ai ai Heládio, ela deve ter esfregado o olho e com o calor borrado a pintura. O que você imaginou?

— Bom... — diz Heládio. Ele se cala. Sente um crescente descompasso entre as suas apreensões difusas e as pequenas realidades que se vão acumulando aqui e ali à medida que a tarde avança. A distância entre ele e o "grupo" aumenta. Está sozinho, muito sozinho. E ridículo. Tem ganhado a vida e perdido dinheiro de formas diversas. Está sempre no limiar da competência. Se esticasse o dedo com vontade e decisão poderia alcançá-la, mas se distrai pelo caminho. Está sempre se distraindo pelo caminho. ("Eis o Mal", teria dito o seu tio-avô e homônimo d. Heládio Marcondes Pompeu, bispo, se vivo fosse — "A vida é um caminho reto. O diabo tenta pelas margens"—.) Mas hoje ele promete ao escrivão, ao delegado, ao advogado, um depoimento competente. Ele já o tem na ponta da língua. Um depoimento claro, nítido, minucioso nos detalhes ainda que pouco razoável. E todavia verdadeiro. Rigorosamente verdadeiro. Um depoimento que não dará margem a dúvidas. Sem considerações à margem. Com começo, meio e fim. Explicável nas suas partes e no seu todo. Curioso, leve, dissociado dos problemas do "grupo". Tão bem articulado que não provocará suspeitas ainda que, o que é de se lamentar, dificilmente leve ao sono.

Ele, Heládio, começa a ter sono.

O dia declina. O sol ainda está forte, alto, mas dentro há menos luz, os vitrais têm menos força para fazer passar a claridade exterior, mudá-la nas suas cores quentes. Heládio, olhando da sala para o vestíbulo, tem a impressão de que aos poucos eles não filtram mais o dia e se fazem opacos. Como se neles corressem persianas. Como pálpebras descidas. O interior do recinto o interior de suas pálpebras. Os pensamentos talhados sem imaginação, iguais aos móveis toscos, depositados, inertes. Um interior fechado e escuro.

Uma sonolência. Um sono vertical, imóvel, plantado nas horas de espera. Uma vareta de sono que o segura por dentro no banco e o mantém artificiosamente consciente.

Desce Clotilde. Um tempo. Desce Gisela. Um tempo. Voltaram, passaram pelo vestíbulo, foram-se embora.

Heládio também já desceu ao porão. Permanece sentado na cadeira diante da mesa do escrivão como esteve sentado no banco. A mesma atitude entre atenta e desligada, mistura de sono e medo, própria das ante-salas dos consultórios médicos, mistura de sono e irritação, comum à espera nas repartições públicas. Um pouco das duas salas ali: irritação, medo, sono, presença atenta. E ele escuta sua própria fala devolvida pela voz do escrivão em um discurso que se desenrola inteiro por igual, como uma passadeira sendo estendida, estreito, sem caminho de volta:

    Heládio Marcondes Pompeu, com trinta e nove anos de idade, brasileiro, natural desta Capital, filho de Alfredo Duarte Marcondes Pompeu e Carmem de Souza Pompeu, casado com Sônia Guedes Marcondes Pompeu, comerciante, residente à rua Motta Pessanha, nº 247, sabendo ler e escrever. Aos costumes disse nada. Testemunha compromissada na forma da Lei, inquirida pela autoridade, respondeu: que o depoente freqüentou regularmente a livraria Apoio desde a sua formação em 1967 por razões de amizade; que foi colega no Colégio São Bento do proprietário Mauro de Castro; que o encontrando casualmente na cidade reencetaram relações de amizade; que passara a comprar a revista *Apoio*, editada bimestralmente pela editora-livraria Apoio, pelas mesmas razões de amizade; que não tinha condições de dizer o que pensava da revista porque raramente a lia; que a última coisa que o depoente lera e se lembrava havia sido o poema "A cabeça do palhaço"; que não gostara do que havia lido; que não entendera bem o que havia lido. Não sabia mesmo dizer se o palhaço era um palhaço mesmo ou representava outra coisa; que lhe parecia um palhaço mesmo; que não via nenhuma relação entre a cabeça do palhaço e o governo da revolução de 1964 e muito se espantava com a natureza da pergunta. Que o depoente não sabia informar por que a revista, a editora e a livraria Apoio tinham esse nome; não sabia informar o que a revista apoiava, a quem a revista apoiava, como a revista apoiava, por que a revista apoiava. Não sabia mesmo informar se a revista apoiava de fato alguma coisa ou alguém ou se o nome era força de expressão; que não tivera nenhuma curiosidade a respeito porque nem pensara no significado da palavra; que guardara o nome da revista pelo som; que para ele a revista era *apoio*, como podia ser *arroio* ou *aboio*; o depoente se reconhecia muito sensível aos sons; gostava muito de poesia, um dos seus passatempos prediletos assim como, por exemplo, filosofia; o depoente nega o mesmo interesse pela política. O depoente nega qualquer ligação com o proscrito Partido Comunista Brasileiro; que até 1964 votara sempre no PSD (Partido Social Democrático); que na sua família ou se votava no PSD ou na UDN (União Democrática Nacional); que os membros de sua família pouco sabiam a respeito do proscrito Partido Comunista Brasileiro, mesmo os mais velhos; que um tio-avô pelo lado materno, já falecido, Jesuino de Souza, havia militado no antigo PRP (Partido Republicano Paulista) e depois entrara para o PSD; que em 1965 e 1966 o depoente votara por candidato e não por partido; que, assim, as iniciais PC que antecedem todos os bilhetes de sua autoria encontrados dentro de revistas e livros da livraria Apoio nada tinham a ver com o Partido Comunista Brasileiro; não eram as iniciais do Partido Comunista Brasileiro; não eram as iniciais de partido algum; que isso ficava claro porque depois de PC vinha sempre, ou quase sempre, colocado "Meu Amor"; que *P* dizia respeito a "Paisagem" e *C* a "Circundante"; que assim, PC significava literalmente "Paisagem Circundante", e não "Partido Comunista". Que essa "Paisagem Circundante" ou PC vinha a ser uma mulher cujo nome não declinava para não comprometê-la assim como à sua família, uma vez que ele, depoente, era casado, e ela, PC, solteira e muito jovem. Que o depoente usara as iniciais justamente por essa razão; que a natureza dos bilhetes deixava bem claro que não se tratava de bilhetes políticos; que seria de fato inconcebível tratar um partido por "meu amor"; o depoente reconhece que de fato em um dos bilhetes estava escrito "PC do B" e não "PC Meu Amor", mas reafirmou que o destinatário vinha a ser sempre a mesma jovem mencionada, e não o Partido Comunista do Brasil (PC do B), do qual sabia ainda menos que sobre o PCB (Partido Comunista Brasileiro); que em verdade no bilhete em questão estava escrito "PC *da* B" e não "*do* B", o que uma releitura atenta iria confirmar. O depoente assegurou que os bilhetes não vinham a ser correspondência cifrada coisa nenhuma; que absolutamente não estava utilizando nenhuma linguagem-código; que tinha condições de explicar detalhadamente o significado do termo "Paisagem Circundante" ainda que isso lhe fosse bastante penoso e constrangedor; que lhe era igualmente constrangedor e penoso revelar que o *B* aposto ao PC (Paisagem Circundante) não vinha a ser o *B* de "Brasil" mas sim o *B* de "Boceta"; que também este *B* podia ser explicado facilmente e que pertencia juntamente com PC à mesma constelação de problemas conforme descrição que se segue: que a citada jovem designada por PC, devido justamente à sua juventude e inexperiência, tinha muitos ciúmes das relações que o depoente mantinha não apenas com outras mulheres mas com ela própria; que, devido possivelmente a uma noção errônea sobre sexo adquirida no seu meio familiar ou a alguma insegurança psicológica de origem desconhecida do depoente, ela insistia em afirmar que ele, depoente, só estava ao lado dela por causa do sexo; que diante disso o depoente lhe explicara que isso era verdade, mas que era justamente com ela e com nenhuma outra que gostava de manter relações sexuais; que a citada jovem lhe perguntara então inúmeras vezes no que a sua vulva, por extensão toda a sua genitália, era assim tão peculiar, tão diferenciada que pudesse prender um homem; que inúmeras vezes ela o atormentara com a mesma questão perguntando sempre a mesma coisa de forma obsessiva a ponto do depoente ser levado quase ao desespero; que ele então lhe dissera o seguinte: que de fato as vulvas, por extensão as genitálias, ainda que variassem em tamanho, volume, cor — o clitóris de algumas mulheres como sabemos muito bem, lembrou o depoente, pode alcançar apreciáveis dimensões, assemelhar-se mesmo a um pequeno pênis, assim como os bordos da vulva, os pequenos lábios, disse, os grandes lábios, possuem uma gradação variada de vermelho, que vai do vermelho-claro ao vinho, quase ao preto, dependendo isso de vários fatores, não simplesmente do tipo físico da mulher, loira, mulata, morena, como também de ter ou não uma regular prática sexual, ser ou não experiente etc. —, em suma, completou o depoente, ainda que variasse a genitália, essa variação de fato por si significava pouca coisa; que era toda a paisagem circundante, tudo aquilo que circundava a genitália, ou a B (boceta) é que emprestava a ela, genitália, uma qualidade especial. Que ventre, coxas, pernas, braços, rosto, lábios, olhos, cabelo, implantação dos cabelos, cor dos cabelos, voz, timbre, fala, conteúdo da fala, pensamentos (sim, por que não? pensamentos também), em suma, a *própria mulher* é que iria tornar ela, genitália, única entre mil. Sendo assim, o depoente disse à jovem que ela não precisaria ter medo de que ele utilizasse seu sexo, mais particularmente seus órgãos genitais, como se fossem de outra, vale dizer, de qualquer uma; ele os utilizava antes de tudo como uma homenagem, uma manifestação intensa e sincera de profundo apreço à paisagem circundante. Que foram a partir disso muito felizes; que como tinham que guardar discrição dadas as circunstâncias, pois o depoente vive praticamente separado da mulher mas a bem da verdade não completamente, correspondiam-se muitas vezes por bilhetinhos, ou melhor, o depoente os escrevia e a livraria Apoio lhes servia de contato; que se é verdade que alguns bilhetes foram encontrados dentro de livros os quais o depoente admite francamente que poderiam ser chamados "de esquerda" ou mesmo "vermelhos", como muito especialmente *O livro vermelho dos pensamentos do presidente Mao*, é preciso não esquecer que *um* bilhete foi deixado dentro do livro infantil de Monteiro Lobato, *Reinações de Narizinho*, *um* dentro do *Guia de medicina homeopática* do dr. Nilo Cairo, *um* no tratado *Histeria e demonologia* de autor desconhecido do século XIX, Philippe Bresson — o que vem provar apenas que o depoente é homem curioso, de certa forma amante da cultura, mas tem família para sustentar e assim faz dela não mais que um passatempo, disse, a cultura; o depoente informou ainda que apesar dos ciúmes doentios iniciais, a jovem PC recentemente havia se interessado por outro homem, no que foi correspondida, sendo essa a razão do descaso em procurar seus últimos bilhetes; que o depoente, em vista da circunstância, deu por encerrada a ligação e reitera o desejo de manter o nome da jovem no anonimato uma vez que declina-lo nada acrescentaria ou esclareceria ao exposto, podendo ao contrário confundir os ânimos e incitar à desordem levando a confusão não unicamente aos respectivos lares como mesmo à firma onde foi o depoente recentemente admitido. Nada mais disse, nem lhe foi perguntado. Lido e achado conforme vai devidamente assinado, pelas autoridades, pelo depoente e por mim, escrivão que o datilografei.

....

    Por trás do ombro do escrivão, o advogado inclina a cabeça; ao sinal de assentimento Heládio responde assentindo; seu corpo por sua vez se inclina, assina o papel, afasta-se.
    Os aposentos acima de sua cabeça estão em silêncio. Algumas luzes teriam sido apagadas.

Indicam-lhe uma porta externa que liga diretamente o porão ao jardim.
Sai.
No exterior, a noite —
... mas o dia clareia no quarto 203 do Hospital Santa Teresa; invade e paralisa o movimento dessa noite encantada por obscuros significados pendurados na trama das árvores. Na ponta dos galhos, sobre as hortênsias, na copa das palmeiras, equilibram-se estrelinhas pisca-piscas: pequenos e ridículos enigmas não resolvidos ressoando pela voz dos grilos. Abrem as boquinhas-bocetinhas e falam, falam loucamente de amor, paixão e política para o anfiteatro de uma cena cada vez mais clara. Falam na sua voz ligada, rouca, sem sintaxe, uma única massa sonora tão densa como a carne e sua animada vida submersa, movida por níveis de variada composição.

Assim como se observa em geologia com o estudo da litosfera, assim no corpo humano a série de camadas de um mesmo tecido ou de tecidos diferentes resulta sempre numa construção sobreposta. Mesmo numa víscera tubular ou cavitária, em qualquer órgão, sempre se chega a uma construção desse tipo. E no sistema tegumentar o tegumento comum (pele, pêlos, penas, escamas) limita o corpo dos vertebrados no meio ambiente: um peixe, uma ave, um homem, destacam-se de um fundo igual, ganham e afirmam com o tegumento sua identidade. Assim Heládio, no quarto 203, observado em suas condições pretéritas de formação e também na sua paleografia: na história de sua escrita, de uma escrita antiga, lida sempre mais fundo, entranhada na carne, nas vísceras, textos de datação e decifração duvidosas.

Fantasmagorias

— Estou com vontade de fazer xixi. Quero fazer xixi antes que a maca venha me buscar.
— Isto é paúra, meu santo. Todos têm. Espera que eu ajudo. Não trouxe acompanhante?
— Não, estou só — responde Heládio pela quarta vez. A língua está enrolada. A cabeça pesa. Faz um movimento para se levantar e quase cai.
O enfermeiro Nicanor açode. É um albino comprido, muito jovem, desengonçado.
— Que é isso!? Não pode ir ao banheiro! Não vê que está sob o efeito do pré?
— Que "pré"?
— O pré-operatório, a injeção que lhe deram ainda há pouquinho. Espera aí que vou pegar o papagaio.
— Não quero nenhum papagaio! Eu posso ir muito bem ao banheiro sozinho.
— Mas o que é que eu estou vendo, meu santo!? Um gravador Aiko no lugar do papagaio! Quem botou ele aí?

A porta é aberta inteiramente para dar passagem à maca empurrada por dois outros enfermeiros.

O albino Nicanor abre e fecha gavetas procurando o papagaio. Um dos enfermeiros se aproxima de Heládio, passa-lhe o braço à volta dos ombros para auxiliá-lo; o outro o segura pelos pés enquanto fala:

— Você não dá sossego a doente, hein, Nico Aço. Vem cá, me dê uma ajuda.

— Mas onde botaram o papagaio do 203? Esperem aí que ele está precisando.

— Não preciso mais — responde Heládio, a voz vinda de longe, de dentro de um funil de sono —, passou a vontade.

Mas na sala de operações Heládio volta a ter vontade. Meia-vontade já que a vaga de sono refluindo não tem força suficiente para deixá-lo ali inteiramente a descoberto sobre a mesa. Parte da sua consciência permanece no escuro como se todo um lado do corpo não fosse atingido pela clara luz da grande e chata lâmpada circular. Ainda há pouco chegou na maca, realizando, em sentido contrário, o percurso da noite anterior: da ala velha para a ala nova. Corredores, um saindo do outro, rápidos, deslizantes, vistos de forma espelhada, rebatidos para o teto que, de início recuado e cheio de sombras movediças, tornou-se cada vez mais próximo até vir a alcançar a perfeição fechada e a eficiência circunscrita da sala de operações.

Seus olhos de míope enxergam a lâmpada da sala como um claro sol fixo e próximo, de bordos difusos. O dr. Macedo, com a parte inferior do rosto coberta pela máscara, entra no seu campo de visão e lhe faz um ligeiro aceno. Heládio aproveita para lhe informar com a convicção de alguém cuja atenção se acha parcialmente desviada para uma área de sombra:

— Lamento muito lhe dizer, mas não sinto sono nenhum, doutor Macedo. A propósito, nem durante a noite posso dizer que verdadeiramente dormi com o calmante que me foi dado; e agora cedo, se fiquei um pouco sonolento já não estou mais nem um pouco. Ao contrário. Isto é normal? Será que eu vou dormir com a anestesia? Será que ela não vai falhar comigo? A propósito, estou novamente com um pouco de vontade de urinar, suponho que não tenha nenhuma importância, na verdade não há propriamente urgência, mas achei que tinha a obrigação de lhe informar.

Nada nem ninguém lhe responde. Todos se movem embuçados. A instrumentadora faz algum ruído mexendo em uma mesa ao lado. O discurso de Heládio continua, mas agora sem articulação audível, no limite entre a zona de luz e a de sombra de sua consciência:

"Confesso, doutor Macedo, que tenho verdadeira cu-ri-o-si-da-de em saber, grande curiosidade na verdade em saber em que posição vocês vão me deixar para eu poder ser operado. Como uma mulher na sala de parto? Como um boi no matadouro? Como um par de calças no varal? Ah, ah, seus safados, até que vocês se divertem, não é mesmo? Reconheço que não é para qualquer um esta profissão. Mão firme e não se entregar ao riso desenfreado mesmo que a posição exigida seja insólita, o que, sem dúvida, é o caso. Como em certas posições que o manual de sexo ensina: o parceiro tem uma potência assim-assim, a parceira é nervosinha e acabou de ser operada de apendicite, a coisa então só funciona desse jeito: meio de lado, ele com a perna semi-erguida, como se fosse levantar vôo, ela com o cotovelo direito apoiado no travesseiro, o ventre em outro, o meio das pernas com outro (travesseiro demais, doutor Macedo? — não minto, está lá no manual) e, imagine só o senhor: se os dois de repente tomarem consciência das respectivas posições, perceberem o conjunto assim, como eu estou agora lhe descrevendo, hein? Se vier o riso, onde fica o gozo? É o que lhe digo, em ambos os casos (intervenção cirúrgica ou intercurso sexual — ah, ah, 'intercurso'!) é preciso cabeça boa, muito poder de concentração. Outra curiosidade que eu tenho; caso finalmente eu consiga dormir e possa *de fato* ser operado, como vou acordar, hein? O mais provável a meu ver é na posição do pijama no varal, pendurado pelas pernas, de ponta-cabeça. Em qualquer outra vai haver fricção, e o senhor não me venha dizer que cortam e depois lavam as mãos. Pegaria mal para o seu lado. Bom, o senhor me advertiu, é verdade, que eu sentiria *alguma* dor; disse que se tratava de uma região muito sensível. Certo, mas 'alguma' significa uma dor discreta, suportável, e para isso francamente não consigo imaginar outra posição que não a do pijama; contudo ela me preocupa; além de muito incômoda poderá acarretar danos circulatórios, problemas cerebrais mesmo, o que o senhor acha? Estou com medo. Não contei a ninguém que vinha para cá. A natureza da intervenção não comportava. Me sinto ridículo, é isso. Ouso mesmo afirmar: é um abuso de confiança eu estar aqui à mercê. Ponto".

O ponto final da variada e inaudível digressão de Heládio coincide com a espetadela da agulha na veia do braço esquerdo. Como se a pequena ferroada de dor fosse provocada por uma ponta de caneta que marcasse, com decisão, o fim. Tudo vai adquirindo um enorme peso, muito em particular o seu corpo, modificado em campo gravitacional do espaço à volta e que nessa condição "puxasse" móveis e objetos para baixo, prendendo-os firmemente ao chão; os braços, as pernas, pesam desmesuradamente; pessoas e objetos ganham um contorno luminoso. Alguém lhe dá uma reviravolta brusca no corpo, tem a impressão exata de que vai cair da mesa. Não consegue descerrar os lábios para gritar desesperado:

"Não comecem ainda! Estou sentindo tudo! Ainda não dormi, pelo amor de Deus!"

— Prontinho — lhe diz gentilmente uma enfermeira. — Acabou-se. Não foi tão ruim, não é mesmo? Duas horas exatas, apenas.

O dr. Macedo já sem a máscara lhe dá uma pancadinha amistosa no braço:

— Foi o.k. Perfeito. Ainda vai ter muito sono mas se for preciso lhe dão mais tarde um remedinho para a dor. Já vou deixar receitado; e de noite não tem problema. Vai dormir que nem um bebê.

Heládio está com as pernas estendidas, cobertas por um lençol e um leve cobertor. Mais em ordem do que quando o trouxeram.

O que há de espantoso na inconsciência produzida pela anestesia é que ela, diversamente do sono, não recupera, para o paciente, a noção do período percorrido. Pela manhã, quando alguém acorda, mesmo tendo tido um sono só, profundo, e mesmo não recordando os sonhos, toma posse, de certa maneira, do tempo transcorrido, do curso das horas na noite. Na anestesia, não. Nela, esse período é um período verdadeiramente morto, jogado fora, amputado da vida do paciente. O antes e o depois são justapostos sem *nada* entre eles. E é assim que o paciente se retira da mesa de operações. Aliviado mas diminuído. O alívio é tão grande que oculta por muito tempo (às vezes para sempre) o conhecimento que ali teve da morte como uma forma de anulação perfeita. O não-espaço, o não-tempo. Um estreitamento sempre menor que o menor espaço pensado.

O que há digno de menção também é que essa absoluta e espantosa supressão clinicamente não tem o seu equivalente em termos de registro no organismo. Uma espécie de fraude. Uma pequena imitação da morte sem grande ônus para o paciente. É que hoje em dia a anestesia chamada "balanceada" utiliza formas conjugadas, de anestesia propriamente dita e analgesia. Enquanto a analgesia implica apenas redução da sensibilidade, a anestesia leva ao estado de insensibilidade com inconsciência. Os tiobarbituratos, por exemplo, possivelmente o que tenha sido ministrado a Heládio por via endovenosa, induzem rapidamente ao estado de inconsciência sem mal-estar mas nas operações um pouco mais prolongadas devem ser complementados com outros tipos de medicamentos dessensibilizantes, ministrados por via respiratória, e ainda pela utilização de relaxantes musculares (o que também deve ter sido ministrado a Heládio). Portanto, segundo a técnica balanceada, o paciente tem o seu corpo dividido em áreas de insensibilidade de tipo e nível diversos, sem jamais no conjunto chegarem ao ponto zero. A inconsciência é completa, perfeita, eficaz, mas o seu correspondente clínico mostra ao contrário uma topografia irregular, incompleta, um desenho por assim dizer "de superfície", sem nada contar sobre a irreversível perda sofrida. Assim aquele pequeno "apêndice de vida" jogado fora não fica de forma alguma registrado nos anais da anestesiologia. A tentativa de descrição correta da não-sensação poderia facilmente resvalar (diriam alguns) para o âmbito das fantasmagorias pseudocientíficas. Mesmo para o paciente a exata compreensão do que se passou (ou melhor, do que *não* se passou) é difícil.

Dessa forma, Heládio Marcondes Pompeu, operado com êxito, volta ao quarto 203 sem saber exatamente, de forma suficientemente nítida, que a extensa e sinuosa cauda de sua existência (solidamente presa hoje ali ao seu ânus e perdendo-se para trás nos idos tumultuosos de 1930) foi diminuída em dois segmentos; para sermos mais precisos, em dois elos idênticos, de sessenta minutos cada um. A razão para essa parcial ignorância, entre outras (como o alívio já mencionado), é compreensível. É que o gosto pela vida (a absorção na vida), dilatado pelas amplas vagas de sono artificial que fluem e refluem em quase todos os pós-operatórios, faz esquecer a pequena e curiosa experiência anterior. Pois o que vem a seguir é o contrário da anulação. Um conjunto de sensações variadas, modificações na percepção: assim como um redemoinho, um vórtice de certos fluxos comuns à existência, uma espécie de enredamento desses fluxos em um espaço e períodos limitados pela convalescença. Um *espessamento* da vida.

O pós-operatório de Heládio, de acordo com as anotações registradas na sua papeleta, guardada com as outras na enfermaria do andar (exatamente defronte do quarto do vizinho, o 205, o "paciente do escroto"), correu dentro do normal. Para o próprio Heládio, porém, as coisas não se passaram exatamente assim, ou por outra, os critérios de "normalidade" e "anormalidade" nada tiveram a ver com as experiências ali sofridas e sobre as quais a designação de "subjetivas" poderia ser considerada justa apenas para os apressados participantes da vida aos quais repugna examinar mais detidamente a natureza particular do vivido.

As horas que se seguiram ao pós-operatório ligaram-se às do dia seguinte formando um estirão de tempo não muito definido. Heládio estava ainda no hoje ou já no amanhã? Intercaladas às horas de sono profundo, emergiam aqui e ali as ilhotas de vigília, geralmente anunciadas por um bater brusco de porta e a entrada de alguém: médico, enfermeiro, arrumadeira, copeira, assistente, ajudante. Surgiram, misturados às porções de sono e de vigília, probleminhas pequenos e cacetes. Quanto dar de gorjeta a cada enfermeiro? E copeiro? E...? O dinheiro trocado e deixado em pequenos montes de notas de vinte cruzeiros, de cinqüenta, cem, seria suficiente? Dar a gorjeta maior no fim, quando saísse? E se o enfermeiro que o tivesse ajudado em alguma coisa muito importante estivesse de folga no dia? A higiene do pós-operatório seria mais importante do que os preparativos do pré? A copeira que acabara de entrar para retirar a bandeja era a mesma que a trouxera? Como parecia outra! Pouca gorjeta e a gente passa por sovina. Muita, por bobo. Só o fato de se preocupar com o assunto já mostra que a pessoa não está muito "por dentro". De quê? Eis a questão. "De quê?" Pois se Heládio pegar como centro ou eixo social de sua vida a casa dos avós Pompeu e a sociedade florescente que por lá passava nos idos de 20, 30, 40, 50, compreenderá que de sua mocidade até hoje, lentamente, começou a se deslocar desse centro, a perder o "eixo de realidade" desse centro.

"Um homem bem-nascido, seguro de si, jamais se preocupa com gorjetas ainda que o dinheiro escasseie." Máxima atribuída a vovô Pompeu e muito citada por tio Vicente. Diminuise o teto, o limite máximo, mas a hierarquia das gorjetas, essa nunca é posta em dúvida. Se essa hierarquia deixa de parecer óbvia, se a própria instituição da gorjeta deixa de ser fonte de tranqüilas alegrias (uma interessante variação de outra instituição: a da caridade), o assunto merece alguma reflexão.

Entre a papeleta colocada na enfermaria (dentro de um funcional e moderno arquivo de plástico) e a cama de Heládio, há um "febril" curso de ocorrências que ultrapassa em muito a singeleza dos gráficos de temperatura e de outros registros. A hierarquia das gratificações passa pelos vários plantões que se alternam de forma a não permitir que a rotina de Heládio sofra qualquer solução de continuidade. Um mundo de "desprogramações" (um folgou, outro entrou de férias, aquele outro está de licença, este aqui terminou o seu turno), uma freqüência regular de entradas e saídas no quarto 203 com serviços que incluem: comadres, papagaios, pomadas, bandejas, termômetros, sorrisos, advertências, resmungos e mesmo um dedo ou dois de prosa acesa com alguma informação contrabandeada. (Lembremos o 205 — tema não esgotado.) Várias vezes Heládio estendeu as mãos com uma nota e um obrigado de viés. Quase sempre enrubesceu. Nesse quarto que também lhe parece oscilar ligeiramente como um barco ondulando no extenso líquido das analgesias e anestesias, a precisão desses serviços, a dúvida sobre eles, confundem-se com o próprio estatuto profissional de Heládio. E vão além: misturam-se a problemas intrincados da carne e da existência. É possível diagnosticar a totalidade da vida por apalpação, como fazem os clínicos com uma sua diminuta parcela, o corpo humano? Quem sabe! Mas se as mãos de Heládio, hoje que ele se aproxima dos cinqüenta anos, hesitam e sofrem diante das notas de dez, vinte, cinqüenta, cem cruzeiros, se até as pontas dos dedos parecem enrubescer quando ele as toca, se apalpa tão de leve essas notas e se mal roça as mãos do enfermeiro quando as entrega, como poderá ir em frente com o seu diagnóstico? Essas mãos preguiçosas, irresolutas, que oscilam entre "O inesperado" da velha antologia e o volume de Kant; que nessas horas hesitaram entre as várias leituras possíveis e acabaram por utilizar Lima Barreto como um apoio à lâmpada de cabeceira para leitura de Jack London, o conto sempre amado da distante mocidade.

Camões no Recife

Nessas horas passadas, ocorreram também alguns pequenos incidentes, variações dentro de um quadro normal, segundo o médico e os enfermeiros; profundamente perturbadores, contudo, para Heládio.

Um deles, por exemplo, já que seria impossível assinalar todos, foi produzido pela colher do laxante tomado na noite anterior à operação. "Em pacientes desse tipo" — explicou depois o dr. Macedo —, "e que além da fissura são naturalmente portadores de hemorróidas internas (o senhor tinha uma assim 'desse tamanho'), a lavagem é contra-indicada. Mas por que o senhor não advertiu o enfermeiro que o seu organismo não estava habituado a laxantes? Teria tomado um quarto da dose. O resultado aí está."

O "resultado" havia sido uma sucessão de evacuações líquidas, assustadoramente líquidas. "O medo de evacuar depois do pós-operatório" — explicou-lhe o dr. Macedo — "não deve existir. Trabalhamos com uma técnica moderna. O corte não leva pontos; fica aberto. As fezes é claro não devem ficar excessivamente duras; aliás, cuide disso daqui por diante na sua vida se não quiser repetir o programa; em suma, não muito endurecidas, mas também não moles. É o bolo fecal, na sua devida consistência, preste atenção, 'devida consistência', que irá acelerar o processo de cicatrização."

— Mas isso é simplesmente espantoso! — dissera-lhe então Heládio (o momento exato em que esse diálogo se passara, muito tempo depois, logo depois das sucessivas evacuações, ou bem mais adiante, quase no momento da alta, perdeu-se para Heládio, da mesma forma que se perderam outros pequenos elos na cronologia do pós-operatório).

— Absolutamente não — respondera-lhe o dr. Macedo, homem maneiroso, muito bem tratado e vestido. — Absolutamente. É que a consistência exata, a perfeita ligadura, atua assim como uma esponja que no seu percurso limpa o conduto anal, apressa a remoção de sangue coagulado, partículas de pele, cascas já formadas mas que precisam de uma fricção adequada para serem removidas, para se soltarem sem ocasionar novo ferimento. Então, e o que irá proporcionar essa fricção adequada? A mão do médico intervindo com algum elemento estranho? Nada disso! Simplesmente o *bolo fecal*!

Uma pequena porta acendeu-se na memória de Heládio. Como um pequeno palco intensamente iluminado, nela se apresentou uma antiga empregada, dele e de Sônia, que permanecera por um ano em sua casa, lá pelos fins da década de 60, pouco antes do desquite. Uma mulherinha minúscula, quase uma pigméia, de idade indefinida. Muito escura mas difícil de se dizer se nela predominava a ascendência índia, negra ou branca. Nariz largo, olhinhos vivos e estreitos, cabelos alisados presos em dois pequenos birotes no alto da cabeça. A idade permanecia indefinida porque, apesar do corpo atarracado de velha, das pernas ligeiramente abertas, das rugas do rosto, do grisalho do cabelo, das bolsas sob os olhos, essa mulher possuía grande agilidade de movimentos, as costas retas e uma fala rapidíssima.

Migrante do interior de Pernambuco para o bairro do Pina em Recife e de lá para São Paulo, trazida por uma das filhas que viajara na frente — Abérsia Maria de Jesus trouxera também junto consigo uma série de relatos que ela sabia de sua terra e que corriam por regiões de Pernambuco, histórias de Camões no Recife. Essa pequenina mulher, devota de São Longuinho, tinha, conforme ela mesma os denominava, os seus "momentos". Um dia, de inopino, fez uma pergunta a Heládio quando lhe foi levar o café no escritório e o viu arrumando mais uma vez os livros de acordo com um novo plano de leitura (posteriormente abandonado) que tinha em mente. Ao vê-lo trepado na escadinha de mão, ao lado da estante, Abérsia teve um dos seus momentos; perguntou-lhe:

— Me diga, seu doutor, o senhor já ouviu falar em Camões?

— Sim. Já — respondeu Heládio, tomado de espanto.

— Camões era um homem muito ladino, não sei se o seu doutor sabe. Um homem que conhecia todas as coisas dos livros. Um dia o Rei mandou dizer...

E então Abérsia começou a narrar com gestos largos, como se tirasse do ar um livro de histórias com muitas figuras desenhadas pelo corpo em movimento e as mãos ligeiras.

— O Rei? — estranhou Heládio. — Que Rei?

— O do Recife. O Rei mandou chamar todos os moços e disse: "Aquele que fizer a bosta mais bonita ganha a mão da minha filha". Camões, homem que conhecia as coisas, um doutor, não ficou correndo às tontas de lá para cá como os outros. Sabe o que ele fez? Foi a uma plantação de jerimum e comeu jerimum a mais não poder. No dia seguinte todos chegaram diante do Rei carregando a sua bosta dentro de um prato. Era gente a mais não acabar, de formar uma fila que ia das portas do palácio até os cafundós de Pernambuco. Mas a bosta de Camões era a mais bonita, linda, brilhando dentro do prato, vermelha, da cor do jerimum! Ele se apresentou diante do Rei, curvou-se e disse: "Aqui está o que me pediu, Senhor meu Reis!". E foi assim que Camões casou com a princesa.

Depois desse dia, Abérsia teve outros momentos em que relatou mais histórias de Camões, como esta:

— Um dia o Rei...

— Qual Rei? — perguntou de novo Heládio, na luz aconchegante do seu pequeno e atulhado escritório.

— O do Recife. O Rei mandou chamar Camões e lhe disse: "Camões, amanhã me apareça aqui no palácio, nem nu, nem vestido, nem a pé, nem a cavalo! Se não fizer desse jeito que eu digo, morre enforcado!". Já viu, seu doutor, se pode? Atentou bem? Nem nu, nem vestido! Nem a pé, nem a cavalo! Como pode, hein? Como pode? E o que fez Camões? Naquela noite foi para um canto, pensou, pensou, e sabe o seu doutor como Camões apareceu diante do Rei no dia seguinte?

Heládio não tinha a menor idéia e o confessou francamente a Abérsia. Estava muito curioso.

— Ele despiu toda a roupa, colocou por cima do corpo uma rede de pescador e chegou diante do Rei montado em um porco! E disse para o Rei: "Eis-me aqui, Senhor meu Reis!". E foi assim que Camões escapou da forca.

Em uma outra tarde, triste e chuvosa, na qual Heládio passava o seu primeiro dia em casa depois de ter saído da firma especializada em projeto e execução de esquadrias de alumínio, Dimensol (a firma, de um amigo achegado, tinha falido), Abérsia se apresentou à porta com o café e teve outro momento:

— O Rei chegou e disse para Camões: "Camões, amanhã se você bem cedinho não vier aqui no palácio e diante de todo o mundo tirar leite de boi, vai para a forca!". Já viu se pode, seu doutor? Leite de boi; assuntou, pegou a coisa? Heládio disse a Abérsia que dessa vez tinha sérias dúvidas de que Camões se saísse bem.

— Desculpe, mas o seu doutor está muito enganado — respondeu triunfante Abérsia. — Camões foi aquela noite para a casa e pensou, pensou. Tinha uma cabeça, esse Camões! No dia seguinte estava assim de gente diante do palácio esperando Camões. As horas foram passando e nada de Camões. Por fim ele chegou correndo. O Rei foi logo gritando com ele: "Camões, eu não lhe disse que chegasse bem cedo? Por que esse atraso?". "Senhor meu Reis" — disse Camões com grande respeito, fazendo uma curvatura — "é que eu tive que passar a noite ajudando meu pai parir." Compreendeu, seu doutor? Percebe? Leite de boi e parto de homem, viu só que cabeça? O Rei perdeu o jeito e perdoou Camões.

Nos dois meses seguintes que permaneceu desempregado Heládio arrumou e desarrumou várias vezes o pequeno escritório e pensou seriamente em iniciar algum estudo sistemático sobre o folclore brasileiro. Sua jovem amiga Clotilde, se conhecesse as histórias de Camões (pena que se tivesse auto-exilado em Paris depois de 68), sem dúvida o teria incentivado. Como o nome do poeta teria assim caído de chofre sobre Recife e se misturado tão bem à narrativa oral? Por que o dele e não de algum outro? E como perduram, de país a país, as histórias de apostas, enigmas, desafios, sempre com o rei que tinha uma filha, que manda para a forca, que pode e que faz? Por que as repetições? E como, de mistura aos temas que sempre voltam e se mantêm os mesmos nas várias partes do mundo, e como de mistura às coisas da terra como "bosta de jerimum", entra a idéia de cultura, de gente estudada, de homem lido, como a do homem que vence tudo, todos os desafios, e decifra todos os enigmas? E a idéia de cultura mesmo como...? E se ele, Heládio, se procurasse a fundo a pista de Camões do Recife, como chegou, como fez e aconteceu; se procurasse mesmo saber por que bosta de jerimum tinha a ligadura perfeita para fazer Camões ganhar a mão da princesa; se, em suma, como um rastejador seguisse pacientemente a pista não só de Camões mas também dos narradores de Camões? — como de Abérsia Maria de Jesus, que um dia desceu para o Sul com os seus gestos intactos, suas mesuras, seu jeito airoso de imitar a curvatura de Camões diante dos descomedimentos do Rei, sua maneira de saltar para trás, sua paixão acesa nos olhinhos para com todos aqueles de "muita leitura": Jesus Cristo, Todos os Santos e muito em particular São Longuinho de sua devoção. O direito de Abérsia a ter os seus momentos, mesmo durante o trabalho, escurinha, pigméia, vinda de um recesso, um grotão, para São Paulo, de fazer saltar no *seu* momento a própria vida como representação — Se Heládio conseguisse, a partir desse pequeno palco armado ali na porta do escritório, nas tardes ociosas e cheias de expectativa de alguém que "procura trabalho" — se Heládio conseguisse traçar dali para trás o percurso de Abérsia, talvez começasse a pisar um pouco de terra firme e a conhecer um pouco de Brasil. Pois a pista insinuada um dia a partir das façanhas de tio Oscar fraudou-o quando ainda muito jovem. A sala principal, a sala das mágicas dos avós Pompeu, sempre o cegou com suas luzes.

Mas Sônia irritou-se finalmente com aquela mulher ignorante, analfabeta, maluca e que provavelmente mais dia menos dia teria um ataque epilético sem escolher hora. Não soube esclarecer a uma amiga se de fato ela era epilética, mas assegurou que Heládio com suas incessantes perguntas acabaria ainda por provocar nela "uma coisa". Mandou-a embora porque "Heládio, sinto muito, meu caro, mas não posso decidir os pratos do jantar com um 'objeto de pesquisa'!". Heládio simplesmente calou-se. Anotou mentalmente mais aquele golpe que a vida lhe pregava (agora na pessoa de sua mulher, "preciso me decidir e acabar de vez com esse casamento") e lhe frustrava o entendimento das coisas. Claro, sempre poderia retomar os estudos de folclore, procurar pesquisar a fundo o vínculo entre ele e o todo social (frase que bem poderia ter sido pronunciada por Clotilde), mas qualquer um veria que a ausência da devota de São Longuinho lhe retirava grande parte do entusiasmo, da motivação. Nos dias que lhe restaram de "desemprego" outras coisas lhe ocuparam a mente. Tendo se gripado fortemente e lembrando-se da antiga mononucleose "atípica" e estando com o seu INPS atrasado (ora era, ora não era autônomo), seguiu o conselho de um parente da mulher e entrou para um seguro-saúde particular. ("É para quem pode!", comentou na ocasião um ex-companheiro da falida Dimensol, o que o aborreceu extraordinariamente.) Esse mesmo seguro que hoje lhe permite a estada no Hospital Santa Teresa e garante aos seus cômodos inferiores a devida atenção e os correspondentes cuidados.

Assim, nas horas subseqüentes à intervenção cirúrgica a preocupação de Heládio, como vimos (com alguma inevitável desordem cronológica), concentrou-se particularmente nos problemas ligados ao seu bolo fecal ou, para se ser mais preciso, à completa ausência de. Como se toda sua seiva e pensamentos lhe escoassem pelo ânus, para fora. Apesar das cheias e vazantes de sono, com o auxílio de um enfermeiro (ou vários, sucessivamente, João, Roberto, Nico Aço, outro?) foi da cama para o banheiro, do banheiro para a cama. Acocorado na privada e depois no bidé, ali ficou, fraco, suando frio, trêmulo, cagando a alma, cagando tudo o que tinha guardado de reserva como adulto, cagando o seu RG, cagando o seu título eleitoral, cagando o seu CIC, suas economias ridículas, também as suas aspirações mais ocultas, sua elegância bronzeada da meia-idade, sua pose.

Por quanto tempo permaneceu assim? Quantas vezes sujou o lençol da cama? Uma das vezes que estava no bidé, pareceu-lhe ouvir ruídos vindos do outro quarto, o do "paciente do escroto", de muita gente lá dentro. Perguntou ao enfermeiro: "Como vai o paciente do 205?" — E teve a nítida impressão de que por causa da pergunta abreviavam os cuidados com a sua higiene, o retiravam às pressas do bidé apesar da resposta em cima, largada com indiferença: "Vai do jeito que pode". Voltou para a cama, da porta do banheiro viu a grande árvore na janela, ela não o alegrou com sua ramagem contra o céu. Sentiu muito medo, muita tristeza diante dessa árvore verde, dessa ramagem difusa para os seus olhos míopes. Não saberia explicar por quê. Muita gente diz: "Estou pouco me cagando para a vida". Mas Heládio achava que estava cagando era a própria vida. Que ela lhe saía inteirinha por baixo e o despojava de tudo.

Depois teve alguma paz, ainda que tremendo sob os lençóis. Primeiro o medo, depois o medo de ter medo foram aos poucos cedendo a uma outra vaga de sono.

E recomeçou outra fase, a da lenta reconstrução da matéria de suas entranhas, a das refeições regulares, muito leves de início, depois mais e mais consistentes: água, chá, suco, leite, sopa, frango. Da tristeza de defecar líquido à alegria de começar a ingerir sólidos. Saía de uma vaga de sono com a batida na porta. As copeiras ainda perguntavam: "Está só? Não trouxe acompanhante?". E diante de sua negativa lhe erguiam a cama, lhe punham a mesinha, lhe partiam o frango. Ele sentia um particular prazer em escorregar o traseiro (agora enxuto, digno e empoado) do alto da cama até o centro, para mostrar a si mesmo que "não doía nada", fazendo vistas grossas ao fato de que de três em três horas engolia uma forte dose de analgésico, algo assim como Dolifene (e à noite teremos mais Sedalene, prometia-lhe amistosamente o Nico Aço). Tinha a impressão de que fazia alpinismo com o traseiro e que escorregava pelo alvo lençol como em uma fresca pista de neve.

A passagem de um a outro momento — da perda líquida para a reconstrução do sólido — embaraçou-se à complicada prática das gorjetas. Na primeira fase confundiu-se ela à sua angústia, à sua perda de um centro vital. Deveria dar "tudo" que estava na mesinha-de-cabeceira? O "acontecido" não merecia isso? Sua mente estonteada acreditava naquele momento em uma correspondência obrigatória entre esvaziamento intestinal e desprendimento. Deveria se desfazer de todo o dinheiro miúdo e mandar buscar mais, trocar mais no banco do hospital, que viesse mais, tudo o que fosse necessário para que sua consciência e suas entranhas se apaziguassem? Na segunda fase, ao contrário, segurava mais e mais a gorjeta, sentia-se ridículo em dá-la; como fezes endurecidas, petrificadas, os trocados custavam a passar de sua mão para a bandeja ou algum bolso de avental.

No fim da tarde (da segunda, da terceira?), ele passou a sentir um bem-estar mais acentuado. "Vai doer em casa, não aqui", pensava com segurança. "E lá, quando doer, já não vai doer tanto. A primeira vez que eu fizer cocô" — ao pensar na casa, pensava "cocô", uma palavra doméstica, misturada à ternura dos empenhos da infância, a aprendizados lentos e seguros, às vitórias acumuladas dia após dia pelo exame regular e interessado do conteúdo do pequeno penico branco de ágate — "a primeira vez que eu fizer é que vão ser elas. Mas o doutor Macedo disse também que as fezes líquidas são ácidas, irritantes." Assim, de mistura a outras sensações — à música ouvida no radinho de pilha e no gravador Aiko, música de câmara e os sambinhas falados do tempo de seus pais, agora regravados, aquelas coisas tão simples, uma espécie de conversa maliciosa, de fala um pouco desviada de sua trilha comum, cantadas pelo mesmo Mário Reis das gravações originais, "Pelo telefone", "Mimi", — começou a pensar com otimismo nas horas que viriam quando saísse dali. Entre o sono e a vigília sonhava com uma resplandescente bosta de jerimum, formada por muito estudo, muito esforço e disciplina e que, apresentando a cor, a consistência perfeitas, lhe desse finalmente como prêmio, de volta, em uma salva de prata, a vida cagada esses anos todos, o entendimento das coisas, a mão da filha do Rei.

E tão grande foi a sua bem-aventurança que por algum tempo (aqui não se irá falar tanto em dias como em horas; Heládio ficou um pouco mais do que os dias indicados devido não só à diarréia como a uma intolerância a uma pomada analgésica que lhe produziu desagradável irritação, felizmente cortada no início), que por algum tempo ele não percebeu o muro de silêncio e reticências que começou a crescer entre os outros quartos do corredor (entre a rotina do andar) e o 205. Um silêncio formado, curiosamente, de pequenos ruídos os quais poderiam trazer algum sentido se Heládio fizesse um esforço nessa direção e que ele escutava sempre ao se demorar um pouco mais no banheiro. Um levantar de sobrancelhas do enfermeiro Roberto, que desconversava. Do enfermeiro João um mutismo, uma discrição mais cerrada. E o Nico Aço, que simplesmente repetia: "Vai como pode". Não que Heládio perguntasse muito. Mal falava nessas horas. Mas havia uma conversa murmurada entre a copeira que saía e a arrumadeira que entrava, alguma coisa comentada na passagem da porta. E assim, na curva dessas horas que se erguiam e desciam cada vez mais suavemente como um sono tranqüilo, nessas horas de sesta prolongada em que a luz do dia se filtrava pelas ramagens da velha árvore e pintava de manchas amarelas o leve cobertor, nesse quarto que inflava cada vez mais suavemente como um pulmão de criança — alguma outra experiência nos limites dela para o exterior preparava um novo dia para Heládio.

No solário

As pálpebras dos olhos de Heládio não estão completamente fechadas. Em uma espreguiçadeira do solário, ele, único ocupante do recinto àquela hora, aguarda o momento do suco de laranja servido entre o lanche e o jantar. As cortinas de correr, de lona amarela, descidas, aumentam o peso da luz do sol mas lhe retiram as arestas, as pontas de aço, as frechas cruéis de uma claridade sem gradação. Não fossem as cortinas, como agulhas muito finas, de vidro, aço, prata, a luz teria se estilhaçado ao romper a retina dos olhos de Heládio, feito explodir por dentro de sua cabeça uma intensidade branca próxima ao azul-violeta, insuportável. Mas a lona coa o sol como a um sumo de fruta, ele ocupa o espaço de forma igual, ganha uma qualidade densa, necessária como o alimento que virá. As pessoas enfraquecidas, convalescentes, tomadas mesmo de uma leve depressão, dão-se mal com uma luminosidade sem rebuços, escancarada, com a visão de um céu perfeito, violáceo, aberto, com o sol no zênite. A luminosidade despudorada e sem disfarce de um dia perfeito os fere como arma de fogo. A esses corpos enfraquecidos serve melhor uma sombra longa caprichosamente desenhada na tarde, uma nuvem escura, baixa, fácil de ser apontada, o círculo claro e regular projetado pela lâmpada de cabeceira à noite, pingos de chuva em uma janela fechada apressadamente e que ainda assim deixa passar um pouco de vento fresco — ou o cálido interior de gema de ovo desse solário. Formas da luz e da temperatura que, por se apresentarem em situações bem definidas, por meio de experiências limitadas, afastam o pavor do espaço aberto, cavado sempre mais fundo na luz do dia pleno, em expansão.

Súbito, porém, a natureza das impressões produzidas no solário se altera; por uma interferência que de início Heládio não consegue precisar, o interior pesadamente amarelo do recinto adquire uma qualidade diversa, apavorante. Quando muito pequeno havia sido operado das amígdalas e arrastara consigo durante anos a horrível sensação provocada pela máscara embebida em clorofórmio descendo sobre o seu rosto; lembrava-lhe um interior amarelo, sufocante, opressivo. Um interior amarelo-vermelho que gritava e zunia feito uma goela escancarada, uma imagem invertida, aumentada e monstruosa, da própria garganta. Observado pela fresta das pálpebras, o interior do solário é hoje o interior da máscara opressiva sufocando-o. Na anestesia por clorofórmio não se alcança a perfeita anulação da consciência como a provocada em Heládio na recente operação; e a inconsciência, incompleta, tumultuada, riscada por meias alucinações, é antecedida de um estado de puro terror.

No momento seguinte Heládio localiza a origem da sensação incomum e que o levou a tomar a luminosidade do solário pela transparência iluminada da máscara de tarlatana embebida. Alguém se encontra muito próximo a ele e sua roupa exala um cheiro semelhante ao do clorofórmio, essa antiga e possivelmente extinta forma de anestésico.

Abre completamente os olhos. Distingue diante do rosto um pulso fino, de homem, que sai de uma camisa puída. O braço acha-se inclinado diante de seu rosto, corta obliquamente o seu campo de visão, um braço paralisado como se o tivesse sido no início de um golpe. Bem perto dos olhos ele vê o pulso magro, de pêlos eriçados. O cheiro de clorofórmio cede a um outro cheiro, um cheiro de... pobreza. Sim, é isso, um cheiro "difícil", árduo, puxado, de roupa muito lavada e passada, um cheiro também que não chega a ser de suor mas de corpo cansado; um conjunto que fala de roupa muito sovada com sabão de pedra, desinfetante; a pobreza envergonhada que circulou por tantos anos na periferia dos avós Pompeu; a pobreza intimidada que fazia genuflexão e tomava a bênção de seu homônimo, d. Heládio Marcondes Pompeu, bispo da diocese de Barras; e uma outra pobreza, não a intimidada mas a intimidante... a que às vezes, poucas vezes, ele conseguiu distinguir casualmente. (Um dia, pelo espelho retrovisor pegou a expressão do rosto do motorista de tio Vicente vindo dos fundos da casa para o carro; um olhar obcecado, um olhar dirigido, de bala mandada.) O braço erguido desce e deixa ver o rosto que o fita com a mesma intensidade de bala mandada interceptada na infância de dentro de um Rolls-Royce preto.

Diante de Heládio se encontra um homem pequeno, magro, roupa escura, cabelos ralos de um castanho-desbotado, o pomo-de-adão saliente. Que idade pode ter? Qualquer idade. Não é jovem, mas isso constatado pode-se arriscar qualquer número entre a meia-idade e a velhice. Nele os anos não somaram a maturidade, não cresceram para lhe dar apoio, substância, e sim nele se comprimem entre pele, osso e o terno. O rosto se aproxima mais do de Heládio e o desconhecido lhe diz, articulando baixo mas com intensidade:

— Escroto!

Heládio pasma; não se move.

— Escroto! Sim, escroto é o que você é. E agora vai morrer, desgraçado, você que subiu pisando sem olhar para os lados, morre, morre desgraçado, morre e eu sei como. O seu escroto está bichado, fede, é podre, ainda não lhe disseram? Ninguém lhe contou? Você está morrendo de câncer no escroto!

Heládio faz um esforço para se erguer, segura com firmeza os braços da espreguiçadeira de vime, volta a se encostar.

E esse novo dia de uma forte convalescença estanca. O solário muda de lugar e de sentido. O cotidiano, rasgado do alto a baixo, deixa escapar de seu invólucro murcho um outro ambiente, letal, irrespirável. Seu coração bate também nas têmporas, na ponta dos dedos.

1929:

Tum-tum-tum.

Por um caminho aberto no mato ralo vem vindo um homem. É um jovem forte, sacudido, rosto queimado, acaboclado, roupa de linho. É o prático da ferrovia; anda, anda, anda. O prático tem as mãos nos bolsos, a direita fechada.

Adiante, de chapelão na cabeça, à entrada do sítio, espera-o sorridente o dr. João Batista Cascalho, casado com uma senhora amiga da mãe de Heládio. O prático é primo do doutor João Batista e é o seu empregado. Um prático tem experiência de engenharia de campo, trabalha com o "trânsito", aparelho de medição, mora no local de trabalho. O prático está contratado para a execução da estrada de ferro que vai de Poços de Caldas à cidade de Botelhos. Os gastos com a ferrovia são grandes, o dr. Batista Cascalho pede sugestões para negócios paralelos que a sustentem. O dr. João Batista tinha acenado para o prático e para o outro, o engenheiro responsável pela obra, o jovem recém-formado Anísio Chagas, com uma firma menor, ligada àquela, da qual seriam sócios, a Fornecedora. Eles que apresentassem sugestões. E à medida que elas chegavam o dr. João Batista respondia animadoramente por cartas de São Paulo (poucas vezes era encontrado no sítio em Poços de Caldas, de propriedade da família da mulher). Tinha sido comprada pela Companhia Construtora uma locomotiva diesel-elétrica, o que permitia que se transportasse areia do ponto onde a estrada já havia chegado, para Poços. Cartas do seguinte teor: "Respondo sua carta de onze do corrente. Sobre a extração de areia no rio Pardo, segue junto a esta o desenho de uma bomba de extração. Precisamos adiantar logo as cousas. Daqui a uma semana lhe remeterei também catálogos sobre uma máquina que fabrica blocos de cimento e areia e que aqui em São Paulo está sendo usada com grande sucesso. Isso é muito mais vantajoso do que construir com tijolos comuns. Vejam tudo muito bem e pensem no que poderemos ganhar com esse material entregue às obras oficiais e particulares. Aguardo notícias mais pormenorizadas de vocês" etc. etc.

Mas o tempo foi passando. O dr. João Batista enquanto acenava aos empregados com uma saída para cobrir os gastos, que viesse deles, de baixo, tramava por cima outra saída de maior vulto e que deu certo. Assim, a Companhia Construtora para a Estrada de Ferro Poços de Caldas Botelhos foi encampada pelo governo do dr. Antônio Carlos Ribeiro de Andrada. O dr. Batista Cascalho, paulista aparentado com mineiros, articulador da encampação, foi aproveitado na nova empresa em cargo de direção. A Fornecedora morreu antes de ter nascido. Os empregados foram dispensados. A liquidação final levou a muitas outras trocas de cartas: "mais alguns dias de prazo", "segurar essa duplicata", "acrescentaremos os juros" etc. O prático era "parente"; teria muitas outras oportunidades na vida. Ficaram-lhe devendo. Também o engenheiro não recebeu o devido. Mas tinha as costas quentes, poderia se sustentar algum tempo até novo emprego, dava valor a relações com gente ligada ao governo, ficou quieto, manteve a amizade, um pouco tímido calou tão fundo o desapontamento que chegou quase a crer que se tratava de um problema apenas seu e que ele não havia sabido resolver. Os empregados menores foram ou não pagos? O prático e o engenheiro nunca levaram esse assunto para fora. Nada transpirou.

Em uma tarde de setembro de 1929 o tio espera sorridente o sobrinho na porteira do sítio. Sorridente também, o prático retira do bolso a mão direita armada de soco inglês. O prático ficou conhecido na crônica dos Pompeu como o "homem do soco inglês". (Uma história interpretada assim: "Aquela gente toda tem sangue quente; o ramo mineiro da família é de briga".)

Para Heládio, o caminho aberto no mato ralo, o tio e o prático se aproximando, juntam-se a um tipo só de história. Passa um sopro pelo atalho. Um sopro quente, noroeste. Gente cansada, maltratada, "esses parentes pobres" dos Pompeu, de outros, de vários ramos, mineiros, gaúchos, avançam para o centro, sobem para o Norte, ramificam-se, cobrem o Brasil. Uma parentela pobre, suada, vivida das sobras, mal-agradecida, enfadonha ("Gosta de contar passadas grandezas"; "passadas ou emprestadas?", teria acrescentado um dia o próprio dr. Batista Cascalho com um travo de bile). O Brasil é uma grande família. Muitos olhares enviezados, tortos. Olhar de bala mandada. Tocaia. Gente ruim. Com o mesmo cuidado com que foram estudados os catálogos das bombas da Companhia Lindgerwood do Brasil: "sendo bombas muito sólidas e caprichosamente construídas, são aplicadas também em movimentar areia acompanhada de pedregulhos, podendo esses ser do tamanho até de um ovo. Cada bomba é fornecida com sua polia, mancal e uma curva de ferro fundido. A válvula de retenção só é fornecida a pedido", com igual cuidado foi lido o guia manuscrito de instruções (redigido de São Paulo por um velho amigo) "para um correto uso do soco inglês".

Em 1933, quando estava à frente do governo de Minas o interventor Benedito Valadares, também grande amigo do dr. Batista Cascalho, o prático, esse, não se sabia onde andava. O dr. João Batista já por essa época costumava dar as alegres e barulhentas reuniões que o iriam tornar conhecido mais tarde como "homem muito festeiro" e às quais nenhum parente, mesmo o mais afastado, sequer pensaria em faltar. Na família do dr. Batista Cascalho o prático ficou conhecido como a ovelha, negra e ausente. Naturalmente, se tivesse comparecido a alguma reunião não teria podido entrar. Mas o dr. Batista Cascalho, homem de muitas relações, nunca desceu a detalhes sobre ocorrências desse tipo. Os amigos mais distantes sabiam apenas (sem que ele se tivesse pronunciado a respeito) da existência de um primo mal-agradecido que havia jogado o futuro fora porque quis, "na latrina e ainda deu a descarga".

A estradinha ganha vida hoje, o ritmo de vingança no andar do prático, o mato ralo se inclina, a terra cede sob os pés do prático. O rosto em sangue do dr. Batista Cascalho (um "homem de visão" que enxergou longe a industrialização do país) é o de Heládio. A sua discutível competência carrega essas histórias do passado, da mocidade de seus pais (mantida viva pelo relato de um e outro), como uma culpa sua. Ele *é* o prático, *é* o fracasso do prático, *é* o olhar de bala mandada, mas também *é* o rosto em sangue do dr. Batista Cascalho, *é* o dinheiro no bolso de um, *a* falta, o dinheiro devido, no bolso de outro. A vergonha pelos dois lados. Porque, tendo se voltado para o mundo da cultura mas não o bastante (um "hobby", um passatempo como deixou registrado no depoimento ao DOPS em 69), tem na objetividade mal digerida não um processo de isenção mas, muito ao contrário, de imersão! Heládio se espalha para todos os lados como o próprio Brasil. Está em todas essas extremidades que não alcançam parte alguma, não chegam a termo, não levantam fronteiras para a construção do entendimento.

Ninguém se acha mais à sua frente. Respira fundo. Procura calma. Um pouco de bom senso. Mas é claro que não é dele o escroto! É o do 205! Ele é o 203! Não é nem nunca foi nenhum dr. Batista Cascalho, morto já faz quinze anos de uma embolia fulminante. O que teme? Seu escroto está são e sua consciência íntegra (não fosse um "sensitivo"... como o alertou a família Pompeu). Quem ocupa hoje o lugar do prático de ontem armou o soco para o rosto errado. Não é o dele. É o do outro. Quem quer que se oculta sob o número 205 e se denuncia por uma moléstia tão terrível como um estado de demência alastrando-se por entre as pernas — nada tem a ver com ele, Heládio. Vizinhos duas vezes: de quarto e de região anatômica (afinal o baixo-ventre inclui igualmente ânus e escrotos) — a ligação resume-se a essa proximidade superficial.

O solário lhe parece agora muito quente, caminha para o quarto. Entra junto com a copeira que lhe traz o suco. Transpira abundantemente. Bebe sem prazer. Volta para a cama depois de ter lavado o rosto. Nenhum ruído vem do outro quarto pela parede do banheiro. Silêncio no 205.

Toca a campainha.

O enfermeiro Roberto se apresenta; o sorriso rápido e branco no rosto moreno.

— Nenhuma visitinha hoje?

— Não avisei nenhum parente; ninguém.

— Que é isso? E por quê?

— Para não dar trabalho. Já lhe falei disso.

— Trabalho quem tem somos nós. Então, como vamos?

— Estou um pouco fraco, com o estômago embrulhado. Será o coração?

— Mas que besteira, meu Deus do céu! Dê cá o pulso.
— Me diga uma coisa — pede Heládio com cautela —, como vai o 205? Você mesmo me contou no primeiro dia que ele não tinha jeito.

O enfermeiro Roberto não responde, o seu dedo médio pressiona levemente o pulso de Heládio.

— Hein? — se impacienta Heládio.

O enfermeiro Roberto com a mão livre lhe faz um gesto para que aguarde. Longe, em alguma parte do hospital, o ruído de um instrumento batendo no chão, um riso abafado. O enfermeiro solta o pulso mas prende-lhe o braço para verificar a pressão.

Heládio pensa em contar ao enfermeiro Roberto o que ocorreu no solário, mas recua. Tem pudor e depois... não acha que o enfermeiro seja a pessoa indicada. E quem será a pessoa indicada para esse tipo de confidência? Pois se o ocorrido possui a mesma natureza íntima — há um só tempo, tola e séria, desimportante e vital, da sua própria operação —, na verdade é bem outra coisa. Narrar ao enfermeiro Roberto o episódio seria o mesmo que jogar no rosto de um transeunte eventual as últimas sobre o seu sofrido cu. (Um pequeno, gritante escândalo.) Pois enquanto a operação possui para o enfermeiro Roberto evidente transparência, uma função, uma finalidade óbvias que lhe armam o sentido — o episódio do solário permanece até certo ponto mergulhado na obscuridade. Com aspectos tão repugnantes quanto um ânus doente, uma fissura infectada, um corte de bisturi, sua inteligibilidade oblíqua, contudo, emprestaria ao enfermeiro Roberto (fosse ele o ouvinte) a inépcia de um transeunte casual.

O enfermeiro Roberto lhe está contando, à medida que enrola o aparelho de tomar a pressão:

— Pode ouvir sem susto que não vai ter nenhum infarto. O 205 morreu hoje. Não faça esta cara! Não sofreu nada. Há três dias que estava fora do ar! Vi quando o senhor foi hoje para o solário; pois fique sabendo que àquela hora ele já estava mortinho! O senhor nem percebeu nada, não é mesmo? E ninguém do andar. A gente faz tudo para não dar na vista. É ordem. Agora, quando a família não ajuda e arma aquele rolo como é que se pode obedecer à enfermeira-chefe e "manter discrição"? É fácil dizer: "Faça o defunto descer para o necrotério como se fosse um paciente bem-sucedido voltando da sala de operações, sem atropelo". Quem atropela? Eu? O senhor mesmo, se estou lhe contando isso é porque é um perguntador. Mas não pense que o meu papel é ir por aí de porta em porta entregando o serviço. Deus me livre! Não faz o meu gênero. Paciente o que precisa é de uma coisa só: sossego. Todos. Tanto os de verdade, como o senhor, como os de mentirinha, como "ele".

Heládio se encosta mais na cama, pergunta contrafeito:

— Ele já está no necrotério?

— Então! O velório está ficando assim de gente. O homem devia ser muito importante. O enterro sai amanhã. Ainda há pouco chegou uma visita para ele sem saber de nada; rondou por aí um bom tempo; deve ter pensado que se ele não estava no quarto é porque tinha ido dar alguma voltinha pelo andar como o senhor, imagine! Quando o sujeito chegou na enfermaria perguntando — foi o que disse o Nico Aço — não deram logo a resposta. Podia ser amigo chegado e ter um choque. (Uma cara! Uma magreza!) A família que conte depois, foi o que pensou o Nico Aço (cá entre nós, um pixote o Nico). Então nesse meio tempo a visita andou por aí procurando o defunto para "lhe dar ânimo", como anunciou. Mas agora já sabe; está no velório como os outros.

— Onde fica o necrotério?

— No fim do corredor tem um elevador que dá direto no subsolo. É lá. E para que quer saber? Vou andando se não precisa de mais nada. Convalescença é assim mesmo. Uma hora o paciente acha que já está bom, outra hora parece que volta tudo pra trás. Transpirou tanto de fraqueza, agora chega por hoje; fique quieto na cama.

Mas Heládio não fica.

Pois antes que o dia termine, antes do leite da noite, ele se ergue, sai, desliza pelo corredor de chinelos, o coração batendo de cansaço e apreensão vai encostado pelas paredes, apóia-se um momento no balaústre com desenhos de ferro forjado da ampla escada de mármore que existe no meio do pavilhão, avança, chega ao fundo do corredor, desce. Vai para ter certeza do homem. Lá está ele, de início não parece ser o mesmo, visto em uma circunstância tão diversa e de um ângulo afastado. Muda a todo momento de lugar. Seu contorno salta e se perde acentuado ora pela chama de uma vela, ora apagado em uma zona de sombra. Como se desse voltas no caixão avançando e recuando. Alguém próximo a Heládio informa ao vizinho que houve problema com a voltagem ali no subsolo. Heládio de início só tem olhos para o pequeno homem do pomo-de-adão, mas aos poucos baixa os olhos para o seu objeto, o rosto do 205. Do local onde está, encostado no umbral da porta que separa a sala do velório da passagem estreita para o elevador, vê a máscara mortuária por trás, indistinta. A chama das velas pouco ilumina o morto e mal chega ao seu próprio roupão de tecido escuro cor de vinho. Ele o ajeita ao corpo enquanto recua de costas para se ir. Ninguém me está vendo assim nesses trajes impróprios, suspira Heládio com alívio. Mais tarde, já na cama, no escuro do quarto, permite-se antes de adormecer um pensamento brincalhão: "Estive lá tão invisível quanto a alma do defunto".

No que se engana.

As visitas por ordem de entrada

1. O FILHO

Uma pancada seca e imediatamente a porta se abre como por efeito do leve golpe aplicado com o nó dos dedos no batente. Um adulto jovem de uns vinte e poucos anos está no umbral da porta; o passo iniciado interrompido, espantado com a cama vazia.

— Felipe!

Heládio, em uma espreguiçadeira perto da janela, ergue-se de supetão. O sol de um dia limpo coado pela velha árvore pinta de manchas coloridas o quarto, as cobertas, o roupão de Heládio. Ele se curva para apanhar as folhas do jornal que escorregaram com o movimento rápido, e no seu dorso inclinado agitam-se pintas de luz de rubi.

— Pai! Você prega cada susto na gente! Mas o que é que você tem? Por que não avisou? O zelador do seu prédio tinha dito outro dia que você estava em Atibaia vendo o serviço! Me espantei que o carro tivesse ficado na garagem.

Heládio volta a sentar e põe os jornais de lado, na banqueta.

— Não sou criança, Felipe. Quer fechar a porta, sim? Como soube que eu estava aqui? — a irritação passa na voz.

— Pai! É grave?

— Absolutamente! Não seja ridículo! Não está vendo minha cara?

— Bem amarela se quer que eu seja sincero. E deve ter perdido uns bons quilos.

— Besteira! Isso não tem importância alguma — retruca Heládio, ríspido. — É dos medicamentos e da, da... natureza da intervenção.

— Mas o que é que você tem, afinal de contas?

— Já lhe explico — corta Heládio. — Vamos por partes. Como soube que eu estava aqui? Pegue aquela cadeira, não fique aí de pé.

Felipe prefere a escadinha esmaltada perto da cama. Senta na escadinha, as pernas abertas, olha para a ponta dos sapatos. Tem os olhos um pouco juntos; o nariz fino com o leve desvio do septo não seria feio se os olhos fossem um pouco mais separados. A barba castanho-clara, aparada rente, cor de charuto, projeta o seu queixo com vigor. O cabelo lanoso, também curto, mostra o crânio bem desenhado e acentua o pescoço forte. As mãos apoiadas nos joelhos são curtas e grossas. O conjunto é mal-acabado, um tanto tosco. Está de gravata e com um terno apertado. Suado, vermelho.

— Pai, eu tinha acabado de chegar ontem de São José dos Campos quando o Júlio me tocou para falar de você; era mais de meia-noite; imagine o meu susto.

— Sua tia Helô vai bem? — pergunta Heládio sem interesse.

— Quer que você vá mais seguido para São José, pai. Diz que se o tio Inácio não tivesse morrido criança, hoje estaria com quarenta e cinco anos!

— Isso sei eu.
— Bem, então seriam três irmãos e não dois. Ela sempre fala de você como "o único irmão que me ficou".
— Estou mesmo para ir lá — corta Heládio, seco. Pensa: "Que presunção! Eu não fiquei *para* ela. Nessa família tudo o que fica, sobra, nunca passa para outro domínio! Sempre na mesma jurisdição! Ainda que essa sobra seja, como é o caso, eu, eu!"
— Sabe que sua constatação se apóia em um discutível engenho interpretativo, mas retira parte da satisfação disso mesmo. Sente-se forte, capaz e opositor. Endireita-se como pode na espreguiçadeira, pergunta firme: — Então, vai me explicar como soube?
Felipe à expressão "como soube" se agita na escadinha, novamente assustado:
— Tem certeza de que não é nada grave?
— Absoluta!
— O Júlio me disse no telefone: "Adivinha quem eu vi há pouco no velório do doutor Alcyr Machado, de roupão cor de vinho? Seu pai!". Eu simplesmente não entendi. Ele repetiu: "Seu pai, seu pai! Tinha havido qualquer coisa com a luz mas assim mesmo deu para reconhecê-lo muito bem. Ele estava lá num canto e quando olhei de novo já se tinha ido! Como uma aparição! Não é espantoso? De roupão cor de vinho!" — burro esse Júlio, não faz as ligações (e Felipe ilustra o raciocínio tirando as mãos dos joelhos e trançando-as com firmeza uma na outra).
— Não falou nada à sua mãe, espero? — pergunta Heládio preocupado.
— Ela tinha ido ao cinema; depois, quando chegou, eu já tinha telefonado para aqui e eles me disseram que você estava internado e passando bem; não quiseram dar nenhuma outra informação; achei melhor ficar quieto e esperar até hoje.
Heládio se encosta na espreguiçadeira, mais à vontade.

— Você sabe que o defunto era meu vizinho de quarto? — pergunta para o filho. — Só hoje, lendo a *Folha de S.Paulo*, vi que era o dono dos supermercados A. G. Machado.

— Júlio está namorando uma neta do velho. Eu estive umas vezes na casa dele com o Júlio para examinar uns cristais que ele queria saber quanto valiam. Tanto que estou de gravata, como você pode ver. Se estiver passando bem eu desço para o enterro.

Heládio se ergue e, inclinando o corpo para fora da janela, consegue discernir uma nesga do pátio lá embaixo; ele dá para uma entradinha lateral onde as pessoas passam diretamente da frente da vila para o necrotério. De forma muito, muito abafada, chega-lhe aos ouvidos o som de buzinas. "Deve estar havendo um congestionamento do trânsito diante do hospital, na entrada da vila", pensa. "Está se aproximando a hora do enterro." Em voz alta:

— Que horas é o enterro?

— Está marcado para as duas — responde Felipe, levantando-se. Chega também à janela. Afrouxa o nó da gravata.

Heládio lhe cede o lugar à janela; volta a sentar, distende-se, coloca os óculos no bolsinho do roupão, fecha um pouco os olhos. Essa é a hora do dia em que tira uma cochilada. Mas hoje não tem vontade de ir ao solário. Recorda-se, volta-se para o filho, fala com dificuldade:

— Ontem (hesita), sim, foi ontem, pois que o enterro é hoje; ontem, sabe, passei por uma experiência muito desagradável, meu filho. Para dizer a verdade (ri contrafeito), desagradável não exprime bem a coisa. Horrível; e de certa forma estava ligada à morte desse homem.

Felipe volta a sentar na escadinha, inclina-se para o pai:

— Mas como, o que é que você quer dizer? Foi visitá-lo? Mas então você conhecia o velho!

— Não é nada disso — Heládio mostra impaciência. — Eu estava recostado numa espreguiçadeira igual a essa, no solário; não sei se você reparou no solário, fica no fim do corredor, quando... (Heládio hesita).
— Então? — pergunta o filho abanando-se com o jornal.
Mas Heládio tem dificuldade em continuar. Parece-lhe impossível passar adiante, para Felipe, a experiência do solário; ela se mistura a outras coisas suas, é um nojo só; aquele homem e o seu ódio, as coisas que disse lhe fazem mal ainda agora. O coração bate forte novamente; sente-se muito fraco. É uma imprudência passar para o filho uma coisa que o atinge tanto, diretamente, ainda que se trate de um, por assim dizer... insulto truncado. Um desaforo carregado de peçonha que ricocheteasse por todos os lados como uma bala tonta para depois atingi-lo certeiro feito bala mandada. Olha para o filho e se cala.
— Mas então, pai — insiste o filho. — Não vai me dizer que brigou com alguém da família do velho! Seria o fim!
— Não é nada disso — diz Heládio endireitando-se. — Bom, talvez não tenha tido assim tanta importância, eu lhe conto noutra ocasião. Me diga, como vai a arquitetura?
— Estagiário não ganha quase nada, ainda mais hoje com essa crise, você sabe. Tenho que continuar mexendo com objetos antigos. Júlio me ajuda muito com suas relações. Me introduz aqui e ali. Você, pai, com os Pompeu, bem que poderia...
— Felipe, eu já lhe disse que você se arranje diretamente com suas tias, faça como quiser mas não me envolva. O que conseguir, bem, o que conseguir é seu.
— Pai, que maneira de falar! Não me conformo.
— Cada vez que morre um parente você revira tudo como se tivesse catando comida no lixo! Uma mania!
— Preciso viver, não preciso? — diz Felipe alisando as cobertas da cama meticulosamente para controlar o mau humor.

— Esse terno, por exemplo, que eu estou usando, não lhe parece um pouco pequeno para mim? Hein? Pois é claro. Não é meu, é do Júlio. O meu (veja, falo no singular), o meu estava imprestável. Heládio pensa na sua própria mocidade de paina e sono, na sua indolência nascida de febrículas e muita agitação do espírito. Olha para o filho. Curioso! Os grandes e duros comerciantes, e que por gerações e gerações assim se mantiveram, muitas vezes só na linha recuada do tempo, por meio da descendência mais afastada, chegaram a poder tocar e entender essas formações de nuvens que para Heládio são tão familiares e próximas. Mas Felipe se reencontra com a ambição inicial desses duros homens provedores sem qualquer enleio; e isso numa inversão fulgurante do circuito! Mas o que tenho diante do nariz? — se pergunta Heládio. — Um mascate farejador e hábil, astuto, duro, cataloga, sopesa. Olha de novo demoradamente para o filho que nesse momento examina o chão com uma atenção concentrada e magoada. É tomado por uma onda de amor. Meu Deus, como ele luta e transpira para ser feliz e respeitável! Como sempre gostou das histórias sobre os Pompeu e como soube repeti-las nas horas certas e para as pessoas certas! Numa apropriação indébita e vergonhosa do passado familiar, essa é a verdade! O Brasil então para Felipe se reduz a uma catalogação do passado familiar para ser leiloado no devido tempo, com as devidas informações? Um Brasil de *expertise?* Mas o que tem esse rapaz na cabeça, afinal? — se pergunta Heládio num novo crescendo de irritação por ter se permitido ir tão longe especulando sobre o filho.

— Mas afinal o que você tem na cabeça, Felipe? O que quer da vida?

— Ai, pai — diz Felipe erguendo-se. — Assim não dá mesmo. Você complica as coisas. O que eu quero da vida, essa é boa! O que todo mundo quer, ora essa, um pouco de...

— De? — provoca Heládio.
— Sossego! Sossego! — grita Felipe fora de si. — Não devia ter vindo aqui, estou vendo que você não tem doença alguma, nunca teve. Tudo histórias como aquela sua famosa, como é mesmo o nome, "mononucleose atípica", que mamãe sempre conta.
— Que quase me matou, fique o senhor sabendo!
— Tão, tão, mas tão atípica que nem aparecia nos exames de laboratório, tão, mas tão, tão, que nem se conseguia fazer o mercúrio subir no termômetro; mas graças a ela você teve o aval para passar a vida no, na,
— Termine — pede Heládio, muito branco.
Felipe hesita. As palavras não são o seu forte. Assusta-se com a palidez do pai.
— Pai, mas o que tem você afinal de contas, por que não fala?
Heládio permanece quieto. — Não se preocupe, meu filho, não é *nada* de importância — diz por fim. Deseja agora ardentemente que o filho não lhe dê crédito. Que fique impressionado mas não lhe pergunte mais do que se trata; só isso que pede a Deus.
— Mas afinal do que se trata, pai? — pergunta Felipe carinhosamente. — Não tenha vergonha de me dizer, pai, não sei por que tanto segredo; só pode ser a próstata.
— A próstata! — grita Heládio ofendidíssimo.
— Não é?
— Queira ter a bondade de deixar minha próstata completamente fora disso, seu moço! Tenho uma próstata absolutamente íntegra, se quer saber.
— Mas então?
— O ânus!
— O ânus! — Felipe está perplexo. — Como o ânus?

— Me operei de uma fissura anal e pronto!
Olham-se afogueados e irritadiços. Heládio volta à carga com maior força:
— É isso mesmo, o cu!
— O cu!
O filho joga a cabeça nas cobertas da cama e ri perdidamente. Heládio o imita. Riem, riem.
— Mas, estou rindo é de alívio, compreende pai, não é por nada. Quem diria, hein? O cu!
— Pois é, meu filho — acrescenta Heládio, sacudido de soluços. — Uma região muito inervada, diz o doutor Macedo.
— Ai, meu Deus do céu, o cu! Inervado!
Riem, riem. Enxugam os olhos. Olham-se exaustos e satisfeitos como dois campeões festejando uma vitória comum.
— Me diga, pai, como é isso, então? Me explique. Só que ainda quero ficar um pouco no velório antes do enterro, com o Júlio e a namorada, você não se importa, não é?
— Vá, vá, Felipe. Mas, não diga nada a ninguém, certo?
— Quando é que você sai, posso voltar amanhã? Precisa de alguma coisa?
— Não, não, meu filho, não preciso de nada, nem vale a pena você vir outra vez; estou para receber alta; amanhã ou depois.
— Quem é esse doutor Macedo que eu não conheço?
— Um especialista no assunto!
— No?
(Não ousam repetir o nome com medo de novo acesso.)
— Exato. Precisa ver que interessante. Usa uma técnica nova. Sem costura. A cicatrização se faz com o corte aberto.
— Mas que coisa sensacional, pai! Corta-se para consertar um outro corte, é isso?
— Pois é — confirma Heládio orgulhoso.

— Sabe pai, admiro a precisão em qualquer área, qualquer especialidade. Em qualquer campo de trabalho a gente se trabalhar direito pode vir a ser um artista; esse doutor Macedo para mim é um artista. Não tenho preconceito.

Um trovão distante, espantoso, ecoando num céu tão puro.

— O rádio deu que o tempo vai mudar — informa Felipe.

— Esse calor é fora de propósito. Amanhã cai a temperatura, você vai ver.

Abraçam-se.

Quando o filho se vira para sair, o pai fica diante dos olhos com sua nuca taurina, forte, sabe que ali na nuca taurina depositam-se os pensamentos gulosos de Felipe, seguros, pequenos mas sólidos, amontoam-se. Heládio nunca pôde enxergar o futuro pelos olhos do filho; o filho olha adiante mas sua cabeça pesada, compacta, sua nuca, estão ali, interceptam a linha do horizonte como um tapume. Heládio olha para o filho de costas, saindo, e, como tantas vezes olhando para o filho, *nada* vê.

Vai ao banheiro, enxuga o rosto. Está sem ânimo de voltar para a espreguiçadeira. Sobe na escadinha e deita-se na cama ligeiramente erguida o que lhe permite ler se quiser. Fecha os olhos, cansado.

Passa pelo quarto um tempo morto, sem deixar marcas, um tempo sem impressões digitais. Segundos? minutos? meia hora?

2. PRIMA LAVÍNIA

Uma pancada que é um sopro. A porta aberta por inteiro, e no umbral prima Lavínia. O apelido de infância, "Vivi", não a veste mais. Heládio ainda o enxerga por um breve momento no umbral da porta, antes que se dissipe. Uma cintilação trêmula, um emaranhado de organdi e fitas que se move sem tocar o solo, produzindo um ruído surdo, ora rascante, ora macio. Prima Lavínia o ultrapassa segura, carregando o nome intacto. Caminha na direção de Heládio, os braços ligeiramente abertos, a cabeça inclinada, uma expressão marota e amiga:

— Heládio, meu caro! Internado em Santa Teresa!

— Lavínia! Como soube?

— Eu vi, eu vi — diz Lavínia misteriosamente. Fecha a porta, puxa a cadeira, senta-se perto do primo. Tem um corpo esguio, de cadeiras estreitas, detalhe pouco comum em brasileiras, particularmente de meia-idade. O rosto voltou a ser quase infantil com a plástica perfeita. Os olhos são grandes e escuros, o nariz curto, os dentes muito brancos. O cabelo tinto de um castanho "natural", penteado para trás com simplicidade; roupa clara, a malha de linho nos ombros resvala quando ela ergue os braços; ela simplesmente a deixa para trás na espreguiçadeira, sem cuidados, deixa-a cair amassada num montinho. Pousa a mão de dedos longos no pulso de Heládio:

— Posso beijá-lo, não é nada contagioso? — pergunta provocadora.

— Pode.

Diante de prima Lavínia, Heládio volta sempre uns trinta anos atrás. Depois do internato em Itabira, das inconveniências cometidas em criança, do impetigo, Lavínia desabrochou para uma deliciosa mocidade. Partindo daí construiu aos poucos, ao longo dos anos, um estilo muito seu, sedutor, híbrido de mulher fatal e garota saudável, uma *sport's girl*. Os homens beirando os sessenta hoje, lembram-se dela como de uma moça muito "mimosa". Os mais jovens um pouco, como Heládio, a galanteiam. Quando se vêem, Heládio e Lavínia, não importa onde, nos enterros da família, nos raros casamentos, é como se estivessem a sós, mantendo numa das antigas confeitarias da cidade um *tête-à-tête* (nunca pensam "colóquio" ou mesmo "papo" ou simplesmente "conversa íntima" para essas ocasiões de uma esquisita lascívia não expressa, da mesma forma que homens, umas duas gerações acima de Heládio, pensam *sport* e não "esporte" para poderem convocar ao palco amplo da imaginação figuras de meninas de branco em quadras de tênis, e mesmo para poderem chamá-las do fundo de uma manhã ainda mais nova, nas suas vestes de filhas-de-Maria). Os muito jovens trocam olhares maliciosos; pinçam o seu apelido de infância, sabe Deus onde, e a batizam para uso próprio, "Vivi-Trepadeira". Como esses últimos não trocam confidências com os admiradores mais velhos de Lavínia (ela costuma prudentemente, como sempre diz a uma amiga, não "cruzar" faixas etárias entre os seus amigos íntimos), o risco de uma impressão vir a contaminar a outra é pouco ou, melhor, nenhum. Viúva há muitos anos e sem filhos, desliza para a velhice como uma mulher que faz questão de se apresentar a um só tempo experimentada e inocente e, como diz sempre aos sobrinhos jovens que casualmente encontra, "aberta ao conhecimento". As antigas casas de chá paulistanas, com sorvetes, amanteigados sortidos, chocolate quente, fios tremidos de violino desprendendo-se do teto — convivem num mesmo espaço, sem se tocarem, com os quartos de camas redondas espelhadas, esplendorosas, dos motéis tipo Long Tail, Ritmo Azul, Monsieur, La Gare, Gaiolão. Lavínia passa pelas casas de chá da mocidade e pelos motéis de hoje com o mesmo ar compassivo e adequado com que *vive* os enterros familiares onde parentes se entreolham, se examinam, fazem suas contas, cobram, silenciam. Pode-se afirmar que Lavínia alcança o seu auge mesmo é nos enterros, não nos chás de ontem, nem nas reuniões de hoje ou nos motéis; nos enterros apenas ela se reintegra à essa massa flutuante mas insistente, a dos Pompeu, os mortos, os vivos, dá-se ao luxo de pertencer a uma tradição, um meio, desprezá-los mesmo um pouco mas apenas para obter com isso um *certo* efeito. Sim, porque Lavínia jamais escandalizará para valer quem quer que seja do grupo, uma vez que retira hoje sua singularidade, seu papel no mundo, dessas lembranças e fantasias acumuladas pela geração mais velha sobrevivente; de um passado cada vez mais se avolumando como sobra do presente exíguo. Lavínia sente-se (sem saber explicar direito o porquê) simultaneamente no claustro e no mundo, confinada e em um transatlântico. Os Pompeu permitem que ela desenvolva todos os movimentos florais de que é capaz nas esplendorosas camas, sem se sentir, nem por um momento, uma "perdida". Permitem-lhe, é claro, à sua (deles) revelia, uma vez que naturalmente ignoram por completo a localização e o curso de tais movimentos; permitem-lhe pelo simples fato de serem quem são. Uma família que mantém sempre estável o seu universo homogêneo, deixando simplesmente que pereça à míngua, por falta de oxigenação, um possível universo paralelo, invertido, conflitante. A diferença se extingue na ausência de alguém que a retire do limbo de uma existência supostamente secundária, refletida em sonho, sem consistência. Além disso, as coruscantes camas dos motéis (entre outros possíveis exemplos) inscrevem-se na natureza dos pequenos (ou grandes) segredos da família, possuídos com paixão. Brilham no escuro, cintilam sempre feito estrelas. Sem curso no diário, excessivos, oprimentes, apaixonantes, têm sua existência e qualidade garantidas como as jóias raras da família, nos escrínios, seladas pelo lacre da discrição.

— Hum, Lavínia — diz Heládio quando se inclina para beijá-la. — Você está fresca como uma rosa; nem parece ter vindo do calor lá de fora.

— É o perfume que uso, querido. Quando posto na medida certa tem cheiro sabe do quê?

— Do quê? — pergunta Heládio amavelmente; tem a impressão de que conhece vagamente não só o conteúdo da resposta como a própria natureza da pergunta.

— De nada, simplesmente de limpeza e saúde — responde com convicção Lavínia.

Olham-se com prazer, mas Heládio está em dúvida quanto ao tipo de informação que lhe deve prestar.

— Ontem eu o vi, Heládio, no enterro do Alcyr. Você sabia que eu me dava com ele?

— Como eu poderia saber, minha cara? Eu só a vejo nos enterros! Aliás, nesse, *você* que me viu.

— Um homem muito bom, sabe; de muito dinheiro mas de hábitos muito simples. Há dez anos que o conheço. Que morte horrível!

— Hum!

— Oh, meu Deus, a moléstia já é horrível, mas nessa região, nessa região, então?

— Por que não fala de uma vez "escroto", Lavínia? — irrita-se um pouco Heládio. — Afinal de contas, estamos em 1980 e o meu quarto não é propriamente o salão de vovó Maroquinhas.

Lavínia dá-lhe tapinhas sobre as cobertas.

— Certo Heládio, ai homem, você continua divertido! Fica irritado com umas bobagens! Em suma... como vai Felipe?

— Esteve agora há pouco aqui.

— Ainda bem que não nos encontramos. Ele ainda iria me persuadir a lhe entregar por uma bagatela o vasinho de prata que ganhei de tia Santinha. Teu filho vai longe!

— Um bom negociante, quer você dizer?

— Tem a cabeça que você nunca teve, Heládio. Como as coisas mudam! Hoje, quando passei pela praça Buenos Aires vinha pensando...

— Com suas curvas suaves de verde — completa Heládio — e o pavilhão branco no centro.
Lavínia olha-o um pouco aborrecida com a interrupção.
— De que praça fala você, afinal de contas? Não tem pavilhão branco mais nenhum nela, há muito tempo. E está tão diferente, a vegetação cresceu... é *outra* praça!
Heládio se defende:
— Falava do passado (mas está surpreendido e um pouco confuso).
Lavínia aplica novos tapinhas nas cobertas.
— Ontem quando eu o vi pensei que tivesse sonhado. Num velório de roupão! Cor de vinho, esse mesmo que você tem no corpo — (inclina-se e prende o tecido por um momento entre os dedos como prova). — Fui me aproximando do caixão, você no outro canto já tinha sumido. Na portaria dei o seu nome e aí me disseram que estava internado. Vim hoje.

Nos últimos segundos Heládio concebeu uma explicação encantadora capaz de satisfazer a curiosidade de qualquer um, particularmente da prima, sem desdouro para si; inspirada nas suspeitas que o filho ainda há pouco levantou sobre a saúde de sua glândula sexual; também uma forma hábil e gratificante de ele próprio anular qualquer pensamento desfavorável a respeito:

— Andei tendo uns aborrecimentos na minha vida particular, bem pode imaginar de que natureza — diz Heládio para uma Lavínia todavia perplexa cuja imaginação parece se recusar a ser ocupada devidamente. — Resolvi eu tomar as providências, porque as garotas de hoje parecem considerar uma questão de princípio a divisão da responsabilidade no assunto. Sabe como é, coisa de pouca importância, mas me segurou aqui.

Lavínia absorve o todo da informação com uma ruguinha na testa; logo desanuvia-lhe a fisionomia, junta as mãos, deliciada:

— Heládio, seu maganão! Você veio se esterilizar?

Heládio sorri; não confirma nem desmente.

— E naturalmente teve alguma complicaçãozinha, não é mesmo? Bem feito.

Heládio não confirma nem desmente.

— Seu maganão!

Heládio estremece. Um termo em desuso. E a faceirice e a juventude artificiais conjuradas ali pelos dois, as mãos espalmadas sobre as cobertas como em uma sessão espírita, se desfazem. A coqueteria tem um timbre suspeito. As mãos de Lavínia são mãos murchas, tratadas, delicadas, mas mãos de velha.

— Sabe quem é que está aqui, Heládio, e gostaria de entrar em contato com você?

— Quem? — preocupa-se Heládio.

— Naturalmente se lembra. O escultor Avancini.

— Meu Deus, claro que lembro. Deve estar bem com seus setenta anos! Era amigo do Alcyr Machado?

— Artista de confiança da família. Ela quer que ele desenhe o novo túmulo dos Machado e acompanhe a execução. O ja-zi-go! Quando eu subi do necrotério me disse que subiria logo depois; deve estar lá no solário esperando sinal verde para vir lhe dar um abraço.

Heládio solta as palavras de chofre, de forma irreprimível:

— Tive uma experiência pavorosa no solário, sabe; pavorosa — (sacode a cabeça) —. Me fez muito mal; por isso fui ao velório ontem.

Lavínia está surpresa; olha-o com atenção. O primo sempre foi um "sensitivo", não muito confiável.

Heládio agita-se na cama. Tenta falar, quer explicar melhor:

— Um homem maluco, sabe, grosseirão não é o termo, ele,

Lavínia continua olhando atentamente para Heládio, curiosa, também um pouco impaciente; ela ainda quer conversar

no velório com muita gente conhecida. — Mas o que disse o homem?
— Bom, é uma história comprida. Fica para outra vez. Traga o Avancini, minha cara.
— Seu grandessíssimo farsante! Me fica então devendo a história, está bem?

3. VITÓRIO AVANCINI

Ah, o Reverendíssimo! Sua Reverendíssima! Quantas saudades deixou. Quando indago do senhor para alguém de sua família, senhor Heládio, sempre que pronuncio o seu nome pronuncio-o por inteiro: "Heládio Marcondes Pompeu", para acrescentar de imediato, com júbilo: "bispo!".
— Perfeitamente, o meu tio-avô.
— Bispo!
— Sou-lhe grato por lembrá-lo tão bem.
— E hoje ao vê-lo vestido de púrpura,
— Perdão, seu Avancini. É assim que chama o meu novo roupão vermelho-escuro? Não está sendo infiel à cor, o senhor, um artista?
— Um vermelho mais sombrio, reconheço, o de seu roupão, como chama modestamente a esse magnífico *robe-de-chambre* furta-cor, mais denso do que a púrpura, ou melhor, de uma púrpura deixada à sombra: esse o destino do seu tio-avô (deixado à sombra pela morte): não ter alcançado o cardinalato (nem ao menos sido elevado a arcebispo!) por ter se ido antes; se a síncope não lhe tivesse cortado o futuro, nem toda a púrpura do mundo daria a medida do lustro de seu desempenho. Ao vê-lo inclinado nessa cama alta é a dignidade eclesiástica da família que recordo, senhor Heládio, com dor, com muito respeito, guar-

dadas as devidas proporções. Não pergunto do que sofre. Sofre! Deus sabe. É o suficiente.

Heládio não se move. Não tem por quê. Escuta maravilhado. Vitório Avancini esculpe o tempo com sua fala cheia e poderosa. Atarracado, italiano do Norte, pintado de sardas, rosto que não pega sol, cabelos ralos e brancos misturados aos poucos fios ruivos, veio pequeno para o Brasil, filho de um mestre-de-obras. Não tem o menor sotaque. Apenas diz: *no* 31 e não *em* 31, *no* 42, *no* 64, *no* 70 e "senhor" no lugar de "seu". Italiano e artista foi a combinação aceitável para os Pompeu, da mesma forma que italiano-parente uma originalidade sem muito propósito (tia Clara Nardelli "deu certo"?). Não se podendo deixar de ser artista, nada melhor do que ser italiano. Brasileiros artistas do tempo dos avós ou mesmo dos pais de Heládio, caso pintassem naturezas-mortas, paisagens, caso tocassem piano, fizessem poemas parnasianos ou românticos (vejam no litoral paulista Vicente de Carvalho, com suas filhas todas reunidas à hora do almoço, olhando para o mar pela janela da sala e recitando "Pequenino morto" — que emoção) compreendia-se; a família podia até se orgulhar, mas era sempre um susto, ninguém garantia o prosseguimento, melhor não ser. Agora, um artista italiano ou um naturalista alemão tinham o seu lugar certo no mundo, não criavam confusões.

Com os judeus as coisas eram menos simples, porque misturavam as qualidades do naturalista alemão às do artista italiano e indo por aí pode-se dizer que pertenciam também um pouco à família do turco mascate ("insiste em dizer que é árabe com passaporte turco para passar por fino") ou à do japonês encontradiço principalmente nas praias santistas vendendo estranhos prodígios *absolutamente* japoneses (brinquedos minúsculos, lenços de finíssima seda estampada) nos quais a graça e a perfeição manifestavam-se como o próprio selo da suspeita e a marca da distância dessa população numerosa vinda do outro lado do mundo ("todos andando de cabeça para baixo sem cair", como dizia a pajem Eufêmia para as espantadas crianças Pompeu). E insistia uma tia: "Percebeu, meu filho, nos grandes olhos negros desse judeu alemão a cintilação de uma grande inteligência, de uma grande cultura, *própria* da raça?" — ainda que o judeu alemão não fosse, no caso, judeu, mas simplesmente alemão, nem isso muitas vezes, austríaco ou suíço. "A cintilação de um grande talento, próprio da"? "A cintilação da ganância, própria da"?, ainda que a referência judaica concreta mais próxima para servir às considerações costumeiras apoiadas no brilho "desses olhos negros" fosse uma senhora de cândidos olhos azuis, judia recém-chegada da Polônia; ou a "ganância própria da" se aplicasse ao rabino oriental, os olhos escancarados e cegos para o novo país, a cabeça povoada não pelas riquezas do mundo mas pelos demônios, os homens pios, as mulheres tentadoras, pelas sombras movediças da Casa de Orações da remota Bessarábia; ainda que "o grande talento" indicasse na verdade uma simples habilidade de artesão e o "judeu russo" seu detentor viesse a ser romeno e cristão. Ainda que a humanidade nem sempre fosse simples, tão simples como no caso dos naturalistas e dos artistas, italianos ou alemães, acima mencionados, essa constatação não confundia os Pompeu, os seus amigos, os seus criados; ao contrário, servia-lhes de estímulo para confirmarem a variedade que habitava a Terra e se reunia no Brasil. As pequenas não coincidências assinaladas acima nunca os perturbaram ou deram margem a que abrissem mão de uma tipologia perfeita fundada na "pura evidência" e "no perfeito enlace entre o perfil material e o espiritual", como diria o tio Vicente. Homem que jamais admitiu ter sua fé abalada por questínculas e manteve-se fiel aos seus princípios conquanto observasse ao longo da vida, com crescente estupefação, que os fatos pareciam vir de encontro a ele "simplesmente para atropelá-lo nas suas idéias" (a imagem possivelmente deve-se à circunstância de ter sido um dos primeiros paulistas a dirigir um automóvel — e bem).

— ... isso foi no mil novecentos e quarenta e, logo depois daquela viagem que Sua Reverendíssima fez a Roma para se avistar com Pio XII, o senhor não passava de uma criança — conclui Vitório Avancini.

— Lembro-me — assente Heládio —. Seu Avancini, fique à vontade, puxe a escadinha da cama para descansar os pés, ou então, olhe ali a banqueta, como preferir. Aqui da cama, vendo-o, ocorreu-me que... bem, não esperava encontrá-lo neste quarto, absolutamente! Aliás, não esperava encontrar absolutamente ninguém neste quarto! Mas vê-lo, justo o senhor, estar com o senhor aqui defronte de mim, depois de tantos anos, justamente aqui e não em qualquer outro lugar, realmente! Mas não, não me incomoda em absoluto, não foi nesse sentido que falei, pelo contrário! A senhora sua irmã, como vai?

— A saúde de uma jovem, senhor Heládio. Meu pai me contava que na Itália,

Um trovão, longe, longe.

Vitório Avancini interrompe-se. Ergue-se:

— E eu que queria tanto ir ao cemitério!

— Mas o enterro é daqui a pouco e a chuva não é para hoje!

— Não, me refiro à pesquisa! Queria completar com vagar essa semana uma pesquisa que estou fazendo sobre túmulos, sabe. Rever alguns túmulos que fiz nesses anos, particularmente na Consolação. Para os Amalfi, os Nogueira Lima, os Jafet. Ver o que existe de novo por aí. Andei um pouco parado no ramo, tenho pegado coisas menores, sem contar as ilustrações, é claro. Ilustrei um álbum todo a bico de pena sobre o Morumbi, como brinde de Natal da Incorporadora Galveias & Galveias; modéstia à parte, senhor Heládio, não ficou mau.

— Então não me lembro dos seus desenhos? E aquela série sobre os caiçaras de Ilhabela, então? Que perfeição de traço!
— Obrigadinho. Mas, voltando ao problema, sabe: quero fazer uma coisa realmente elevada, nobre, para a família Machado. Tem estado no Cemitério da Consolação, senhor Heládio?
— Ultimamente?
— Sim, sim.
— O ano passado... fui ao enterro do Afonso, meu primo-irmão, lembra-se dele? Morte prematura. Me perdi no cortejo, cheguei antes, o carro fúnebre entrou pelo portão de uma rua lateral. Entrei pela frente. Lá estava um outro parente, também desgarrado; o velho Artur Sampaio, cuja paixão sempre foi mexer com árvore genealógica, parente afastado, não sei se está lembrado do nome. Ficamos conversando de lá para cá, indo do portão para a capela, entre os ciprestes, uns bons vinte minutos, meia hora, até darmos pela coisa. Ele muito abatido, de terno escuro. Três meses depois, pode imaginar?, percorria o mesmo trajeto com o mesmo Artur Sampaio. Ele de terno escuro, muito abatido. Muito abatido é modo de dizer! Era o defunto, faça idéia... Na capela abriram o caixão pela última vez para a bênção. Aí tive certeza, reconheci o pano de risca de giz: era o *mesmo* terno escuro. Fiquei muito impressionado.
— Família grande tem suas alegrias e também suas tristezas. Mais se tem, mais se perde.
— Estamos indo, estamos indo aos poucos seu Avancini.
— Senhor Heládio, acredita na ressurreição dos mortos?
Um vento prenunciador de chuva agita a folhagem da grande árvore. Uma nuvem esconde o sol. O quarto fica sombrio e fresco. Cheio de verde. Heládio se encosta na cama, apóia a cabeça no travesseiro. Vitório Avancini chega até a janela. Por um momento Heládio ensaia contar-lhe o episódio do solário, mas muda de idéia logo. Não saberia como, e além disso não quer

trazer à baila a sua doença. Não vale a pena correr o risco de chegar perto da pequena ridícula intervenção. É possível, bem possível, porém, que o escultor conheça o homem do solário, tenham se cruzado muitas vezes, se não recentemente, em tempos idos, na casa ou no escritório dos Machado. Por isso pensou em lhe falar, mas, é uma idéia absurda pensando bem, não tem intimidade com o velho Avancini para tratar do assunto.

A ressurreição dos mortos... Como uma revoada de pombos os parentes-mortos voam juntos em direção ao poente, vestidos como nas fotografias do álbum de 1940 que Heládio tem em casa: alfinete de pérola na gravata cinzenta os homens, as mulheres com os pequenos chapéus de véu, os sapatos fechados, de verniz, o vento levantando as saias e arrepanhando os paletós. Não conversam entre si, como se estivessem na missa olham para adiante, submissos ao chamado da vida eterna: uma extensa relva ouro-pálido no poente. Não, nunca se irão embora. Nunca abandonarão seus jazigos perpétuos. Ali *jaz* a *sua* eternidade. E é disso que está falando Vitório Avancini, a paixão do desenhista escultor, do filho do mestre-de-obras, como se estivesse também com as roupas salpicadas de cal, pisasse no pedrisco de obras em construção, o sapato sujo de cimento fresco; as mãos sardentas de unhas curtas e rachadas se agitam. Com a folhagem da velha árvore movendo-se às suas costas vai dizendo:

— Tem túmulos que são mais obra do arquiteto, do engenheiro, outros mais obras do escultor. Gosto das sepulturas que lembram moradias mas que também são como uma bela e poderosa cena dramática parada no tempo, uma cena de teatro petrificada, em sentido literal, me entenda, um drama na pedra encenado pelo gênio! Ah, as estupendas alegorias que falam de morte, de saudade, também de remorsos, também de segredos! E as inscrições impressas na base das imagens! O drama nas imagens é muito maior do que nas palavras, mas a gente precisa das palavras para chegar até o drama: "Pungentes Saudades dos Seus!", "Jesus, Maria, José." "Labor, Honoritas, Familia." "Bem-aventurados os mortos que morreram no Senhor." É com pedra, mármore, bronze, que se encena o drama da morte. É com as bonitas pedras de construção: branca, negra, parda, azul-mosqueada, que se guarda a memória do morto. Desenha-se, mede-se, vem o pedreiro; trabalha-se a pedra com serras, tornos, plainas, com máquinas de polimento, isso para não se falar do cinzel, a mão do escultor na pedra! A tradição da escultura italiana, senhor Heládio! Pensar na obra de um Canova, que fez o túmulo de Clemente XIII em 1792, da arquiduquesa Maria Cristina em, foge-me a data, desculpe a velha cabeça; o dos Stuart. Aqui na Consolação os túmulos mais simples, mais antigos, tão gastos, ainda assim mostram um cuidado na construção. Às vezes malconservados, o mato subindo na pedra. Esta inscrição que passei para o papel outro dia me tocou o coração: "Marinello, nato a Padova — Italia-17-Gennaio-1842. Morto a S. Paulo, 12-Gennaio-1903". Nato a Padova! Morto a S. Paulo! Gennaio, Gennaio. Um século e outro, um continente e outro! Estremeço!

Na prosa do velho Avancini o Cemitério da Consolação mistura-se aos poucos a outros na curva do tempo, são como cidades, decadentes algumas, em ruínas mesmo; outras florescentes, restauradas. Confunde-se na exposição se a restauração é obra da memória ou da engenharia, da fantasia ou da estatuária, quem as restaura, essas cidades funerárias, quem as faz perecer. Na curva dos séculos emergem ainda obras horripilantes que o velho escultor com um gesto de reprovação afasta de seu elenco de obras exemplares depois de as ter perfeitamente materializado: como por exemplo o famoso crânio risonho de basalto com as tíbias de bronze, ao lado de uma urna em mármore de Carrara, aqui, na Consolação, ou, na Europa pretérita, o apavorante túmulo do casal Plaviccino, em San Francesco de

Ripa, do escultor Mazzuoli, ou ainda os esqueletos esculpidos em alguns túmulos papais. As figurações da morte do homem na História movem-se para Avancini apenas em solo europeu, mais precisamente na Itália, muito pouco na França, menos na Espanha; os outros países do continente permanecem mergulhados na sombra, mas, a um determinado momento, para espanto de Heládio, o escultor, com o intuito de melhor ilustrar a majestade da criação funerária, volta-se subitamente para a Ásia e fixa-se por instantes nas tumbas dos imperadores da dinastia Ming entre os séculos XIV e XVII.

Na duração de uma fala não inteiramente absorvida pela cansada cabeça de Heládio e exatamente logo após ter Vitório Avancini deplorado com voz enfática a atitude daqueles que colocam a escultura funerária como um ramo menor da estatuária, sem compreender verdadeiramente a sua progênie (palavras suas), a geração através dos tempos das mais variadas representações da morte e da finitude do homem (palavras suas) ocorre sem passagem, uma brusca mudança de tom; por assim dizer uma nota desafinada soando como uma espécie de alerta para algum outro tipo de informação, uma espécie de lamúria esganiçada atravessando e rompendo um discurso até então composto por articulações verbais graves e regulares. Heládio aguça os ouvidos interessados:

— Ah, que pecado! No Cemitério Verde Paz, no Morumbi, e em outros cemitérios novos que estão surgindo por aí, faz-se hoje a apologia da simplicidade da natureza, senhor Heládio, não como nos cemitérios protestantes, por exemplo, sempre se fez, mas de uma forma muito mais radical, muito chocante, isso! Um amigo meu foi enterrado num desses cemitérios modernos, andei por aqueles caminhos todos na grama com a impressão de que estava pisando em cima dos mortos. Que eles estavam soltos no meio da terra, misturados às raízes e às minhocas, uma coisa promíscua! Grama e mais grama! Vou ao cemitério para fazer um piquenique na grama ou para chorar os meus mortos? Por que o cemitério deveria se parecer com um parque, um bosque, com o orquidário, o horto florestal? Tudo tem hora e lugar! Vou ao cemitério para chorar os meus mortos! Um túmulo é um túmulo ou um canteiro de hortênsias? Essa magnífica árvore aí fora, quero crer que seja uma seringueira... é magnífica porque não a misturo aos meus mortos! Pode imaginar, senhor Heládio, um morto pendurado nela, misturado às suas folhas, guardado em um túmulo de taquara entrelaçada, como em uma gaiola de pássaro, isso para não "quebrar" a harmonia vegetal, para não "ofender" a natureza, senhor Heládio?

— Seu Avancini, o senhor me obriga a rir. De fato, que imagem a sua, que imaginação!

— Nada disso meu caro senhor! Não estou fazendo graça, como pensa. Nunca faria graça com um assunto desses!

Heládio espreme um riso nervoso.

— Admito que ria, admito que ria, senhor Heládio. Não se constranja: ria!

Heládio teme novo acesso como o de há pouco com o filho. A quantidade de remédios tomados nesses dias começa a lhe mexer com a cabeça. Sente uma esquisita irritação. Desculpa-se:

— Não é caso para riso, eu sei. É que fiquei nervoso de imaginar ali defronte à janela... ah, meu Deus.

— Ria, ria, não se constranja.

Heládio se cala. Está começando a sentir ligeira cólica. Não tem nenhuma vontade mais de rir e gostaria que o escultor se fosse.

— Ria, ria.

Heládio não se mexe na cama, não move um músculo.

— Ria na cara dos ecologistas funerários é o que gostaria que fizesse. Sim, na cara deles que bem o merecem!

113

— Mas quem são? — Heládio começa a agitar rápida e levemente uma das pernas debaixo dos lençóis.

— Então não tem ouvido falar? Fizeram uma passeata do Serviço Funerário Municipal para a Prefeitura. A *Folha de S.Paulo* noticiou com grande destaque. Carregavam cartazes dizendo barbaridades assim: "Limpemos os cemitérios de São Paulo do lixo industrial! Abaixo os túmulos!" — Começaram pelos cemitérios, mas ainda invadirão as cidades. Ainda gritarão: "Abaixo as casas!" Terminaremos como bichos, senhor Heládio, ouça o que lhe digo, se não nos cuidarmos! Uma vergonha! Revolvem a terra, põem-lhe adubo e o que é adubo senão excremento, senhor Heládio?

Heládio começa a ficar deprimido.

— E é ali que vão dormir nossos mortos se não tomarmos cuidado!

Heládio procura em vão um jeito de lembrar-lhe que são horas de descer para o enterro.

Vitório Avancini abre os braços em cruz diante da janela, de costas para a grande árvore:

— Sim! Vai me dizer que a natureza é bela! Quem melhor do que eu para saber, senhor Heládio? Sou de Livorno, não se esqueça! Morei por dois anos em Ilhabela, falamos há pouco, o senhor sabe o testemunho que deixei. Mas um cemitério não é a natureza. Somos nós e os nossos mortos; nossos mortos guardados, muito bem guardados! Uma cidade, senhor Heládio! Uma cidade abaixo do nível do chão, com os telhados e as entradas rompendo orgulhosas a superfície! As portas, as entradas mostrando claramente quem passou por elas, quem desceu à cidade, quem nela mora!

"Que obsessão, que insistência!" — exaspera-se Heládio.

Vitório Avancini caminha solenemente até os pés da cama

de Heládio. Apóia-se no ferro esmaltado. Balança-o levemente. Diz com certo desânimo:

— Os túmulos têm que ser refeitos, restaurados sempre ou construídos de novo, se quisermos guardar intacta a memória dos nossos mortos. Um mármore permanece sem alteração aproximadamente de cinqüenta a cem anos. Uma duração humana pode-se dizer.

Heládio estremece ao ver a sua própria idade, o seu meio século de existência que breve irá soar, misturado assim tão de inopino ao assunto.

— Um granito, de setenta e cinco a duzentos anos. Um homem deve ter poros limpos para durar, viver; por assim dizer, quanto mais poroso melhor. Não uma rocha, um granito. A porosidade nula é a sua condição de longevidade. Sabe, senhor Heládio, disseram-me que posso gastar o que for preciso no jazigo dos Machado. Claro, não irei tão longe a ponto de mandar buscar granito na Finlândia; mas... o que penso fazer, a idéia já está na cabeça, senhor Heládio, não será prejudicada só para baratear os custos, isso eu lhe garanto. Não se surpreenda... talvez até venha a fazer uso do ferro forjado, como nas antigas casas aqui de Higienópolis tanto se usou. Na escada da entrada central, viu que belíssimo desenho em ferro forjado tem o corrimão? Lembrou-me o desenho do gradil das sacadas da casa dos seus avós, no andar térreo, lembra-se bem da casa?

— Meu tio-avô dizia que tinham parte com o diabo. Que as sacadas levavam as mulheres a pecar contra a modéstia.

— Dom Heládio!

— Assim pelo menos contava o meu pai. Mas não posso jurar que tenha realmente alguma vez na vida dito tal coisa. Há muito folclore na família em torno desse meu tio.

— Uma severidade como não se vê mais hoje em dia na Igreja! Uma alma sem jaça!

— Aceita um bombom?
— Obrigadinho.
— Pegue esse com recheio de nozes, parece o mais gostoso; para mim é muito pesado. A servente acaba de me trazer da lojinha lá embaixo, sirva-se à vontade, vamos, pegue mais um.
— Obrigadinho.

Um pouco de silêncio pousa no quarto unindo as cabeças de Heládio e do escultor, ambos expectantes para a descoberta do gosto do bombom. A cabeça do escultor acha-se ligeiramente inclinada, uma das bochechas aumentada pelo volume que carrega, produzindo uma engraçada deformação na fisionomia meditativa à espera da revelação.

Quando a cobertura de chocolate se dissolve e pela pressão da língua no céu da boca Vitório Avancini toma conhecimento de que o recheio de nozes tem um gosto bastante suspeito, um esquisito gosto de vinagre azedo, e que seria prudente não o engolir — é por aí que, por esse caminho oblíquo (a urgência de se encontrar fora do quarto para não incomodar ou ferir a susceptibilidade do doente-anfitrião cuspindo-lhe o bombom diante da cara) — é por aí que toma consciência da hora. E numa fração de tempo suficientemente rápida para tornar exeqüível o seu plano, faz suas despedidas — sem esquecer todavia de manifestar — ainda que de forma drasticamente resumida — o seu profundo apreço à família Pompeu, cujas qualidades morais sempre lhe pareceram magnificamente representadas na figura daquele que, não tivesse a morte cortado-lhe o futuro, teria doado ao sobrinho-neto (o mesmo que da cama olha com estupor o autor de tais palavras, maravilhado pela rapidez com que as enuncia enquanto recua para a porta de costas, a cabeça curvada à medida que as vai expelindo pelo canto desimpedido da boca na forma de estranha gagueira) — teria lhe doado não apenas o nome de inegável brilho ao qual o título "bispo" sempre se acrescentou como uma honraria reflexa, como teria então principalmente lhe deixado o rastro, o fulgor da mais alta dignidade eclesiástica da Igreja romana abaixo do Papa: a participação no Sacro Colégio Pontifício!

E assim Heládio agradavelmente surpreendido se encontra, muito antes do que julgara possível — novamente a sós consigo mesmo no quarto. Aliviado, deixa que a rotina do hospital tome-o mais uma vez sob sua guarda, a ela se entrega esquecido de que o ex-ocupante do quarto 205 já não tem meios de igualmente dela participar, influenciá-la de alguma maneira suscitando-lhe cuidados, apreensões e canseiras. Inexorável o cortejo leva-o para outra parte (baixam os sons difusos de uma aglomeração de carros e pessoas que aos poucos se dispersa). Os efeitos que irá provocar a passagem do 205 indo para "outra parte", assim como os de sua chegada, também se acham no momento ausentes das considerações de Heládio, que com os seus olhos de míope sem os óculos olha a grande árvore sem nela distinguir a folhagem, vendo-a como massa verde uniforme que aos poucos irá se assenhorear de sua cabeça numa grande vaga de sono.

4. AQUELE PARA QUEM SE FALA

— Dormi praticamente a tarde toda. Não estou cansado não. Fique um pouco mais.

Mauro de Castro, o amigo de infância e adolescência, o antigo colega do São Bento, senta-se na cadeira diante da espreguiçadeira onde está Heládio. A copeira já tirou a bandeja com os restos do jantar. Até a hora do leite da noite existe um estirão de tempo, a melhor fatia de tempo. O hospital se aquieta. Pessoas apressadas passando diante da porta do quarto, o ruído abafado de uma maca deslizando pelo corredor, uma porta se abrindo, vozes baixas diante da enfermaria — esses são os sons que antes da operação, na tarde do internamento, lhe deram tanta angústia e que depois, aos poucos, passaram a ser os sinais "da casa", a garantia sólida do cotidiano, a promessa de continuidade nas coisas; trazem-lhe bem-estar, ainda que, ocorrendo tais sons à noite ou à noitinha, como agora, sejam também sinal quase certo de alguma emergência, um internamento às pressas, um doente passando mal; ou por isso mesmo: pois cada vez mais, à medida que as horas correm e o empurram para o momento em que o dr. Macedo assinará a sua alta, esses sons, por contraste, o asseguram de sua higidez presente, da desimportância do que o retém ainda ali no hospital, de sua condição cada vez mais "emprestada" de doente; começa a ver as coisas um pouco de longe, com os olhos dos outros, os sãos. Entram cada vez menos no seu quarto; para o estritamente necessário ou, ao contrário, para o absolutamente desnecessário: um dedo de prosa bem descontraído quando o andar está tranqüilo, antes ou depois de algum turno, dado por este ou aquele enfermeiro. O Nico Aço e o Roberto são os mais "íntimos", mas mesmo a reticência do enfermeiro João ganhou nessas últimas horas um ar familiar, acena-lhe com a cumplicidade dos que, afinal de contas "não têm nada"; não só não vão morrer em hospital (nem de longe!) como só estão nele de passagem, seja para serviços bem delimitados, seja para convalescenças também delimitadas, com tempo certo (ou quase) para acontecer; pertencem ambas as espécies (enfermeiros e convalescentes simples) verdadeiramente ao exterior, são gente "de fora". Heládio teria tido alta no dia seguinte mas o dr. Macedo preferiu deixá-lo por mais um dia. "O senhor mora só. Assim terá mais conforto; fique ainda de molho. Não vale a pena ir para a casa com uma dose alta de analgésico no organismo. Não fosse isso, já o teria despachado", disse ao passar rapidamente pelo seu quarto, na hora do jantar, a caminho de uma operação de emergência.

— Sabe o que você me recordou quando entrei e o vi de pé aí perto da janela, de costas, com esse roupão esquisito e lustroso? Uma mulher que conheci na zona, nos tempos do São Bento. Era exatinha dessa cor a sua roupa de combate. A Conceição, uma mulata forte, trintona, bonita, de olhos verdes-desbotados, você não a conheceu? Não se lembra?

— Essa é boa!

— Lembrou-me sim! Pensei comigo: era desse jeito que ela se punha depois de tudo acabado, olhando para fora impaciente, embrulhada numa coisa que tinha exatamente essa cor e brilho.

— O meu roupão estava velhíssimo. Para me internar comprei um novo na Casa das Cuecas, só de artigos para homem.

— Para machos!

— Não gosta?

— E como!

— Pergunto seriamente, acha cafajeste o roupão?

— Sabe muito bem que aqui no quarto o cafajeste sou eu. Você tem *pedigree*. E quem lhe garante que a Conceição não tinha bom gosto?

Heládio se ri:

— Bom, então pareço um pouco efeminado, quem sabe? Vamos lá, diga de uma vez, uma bicha? Seja franco, parece um roupão de mulher?

— Você não conheceu mesmo a Conceição! Uns ombros largos; sapatos de salto baixo, sempre, e naquele tempo! (Verdade que tinha muita altura.) Machona mais maravilhosa! Não, não é um roupão de mulher, o seu. O dela talvez me recorde hoje um roupão de homem.

Heládio duvida da existência concreta da Conceição, pelo menos daquela Conceição descrita, mas deixa o assunto morrer. É espantoso como Mauro sempre o consegue deixar sem graça. A ironia não tem a intenção clara de machucar; só um pouco, é mais uma implicância, coisa à-toa. Nem é ironia sempre, às vezes é brincadeira só. O que amola mesmo Heládio (e o amola pelo fato da constatação lhe chegar à consciência de forma obscura, apenas parcialmente traduzida) é que Mauro sabe o que pensa das coisas e quando não sabe não faz nenhum segredo a respeito. O que o amola mesmo é que quando Mauro fala deixa muito claro que tem vida absolutamente própria, move-se por si, não é uma projeção da mente de Heládio ou de um outro qualquer. Escapa. Está ali e está por conta dele mesmo. "Inteligente, muito inteligente sem dúvida" — pensa sempre Heládio com uma pontinha de inveja. "Mas tem cara de palhaço, de bobalhão alegre." Não chega porém a verbalizar mentalmente, a tomar verdadeiramente consciência da frase seguinte que seria o seu arremate natural: "Eu porém é que tenho cara de inteligente".

    Estão os dois ali, agora. Aquele para quem se fala é o amigo do peito, o amigo de infância. Mauro sempre se confessou mais, falou mais, porque teme menos. Mas é Heládio que se deixa afinal de contas surpreender, apanhar, o que acaba ficando à mercê. Contam sempre *tudo* um ao outro? *Tudo* é uma palavra muito forte. *Tudo* é aquela massa de desconforto e miséria, são aqueles segredinhos tortos e ridículos que espreitam da periferia das coisas nomeáveis, que mesmo quando nos esforçamos para também lhes dar nomes nos escapam, porque se vão multiplicando ao infinito, deixando atrás um rastro sempre maior, "defecam" o seu conteúdo imundo, imundo pois sem a grandeza dos sofrimentos sabidos e consagrados, inteiriços; ou das alegrias de igual porte. *Tudo* é aquela massa flutuante que de fora, ao largo, pressiona o *centro*. Que centro? *Isso*: essa pouca coisa que afinal de contas somos nós como instituição, regularidade, certeza. *Isso*: um pouquinho de regularidade e certeza falantes, mesmo dúvidas (mas *bem postas*) em um mundo de audibilidade perfeita — e o corpo afinal convocado para lhes dar sentido visual, acossá-las, fazê-las funcionar, essas brevíssimas paralelas, na paisagem nítida da cidadania, da comunidade. Aquele para quem se fala é ele e o outro. Ele, Heládio, com o peso certo, um pouco mais magro hoje. Bronzeado quase sempre, hoje emaciado, amarelo, segundo o filho. O outro, Mauro. Ele, Heládio, o cabelo farto, os olhos encaixados fundo nas órbitas, aquela expressão de viva ternura proveniente do detalhe anatômico (o que não quer dizer que não tenha certa benquerença para com o mundo por vezes quando este lhe parece leve e justo porque o entendeu; ou porque ama) — e o outro. O outro é Mauro. Mais para gordo, careca, pele morenoazeitona, olhos redondos, vivos, negros. O nariz é uma pequena bola, rombudo, termina em nada. Qualquer roupa que veste torna-se amassada no ato. Quando ri, o que faz para valer, a cara também se amassa rapidamente, tudo ri no rosto, as orelhas movem-se. Anda rapidinho, afoito, um pouco inclinado para a frente. Completará cinqüenta anos alguns meses depois de Heládio. A pele esticada, lustrosa, os traços infantis fazem com que pareça menos idade, a calvície quase completa leva-o a cortar muito curto os cabelos restantes à volta do crânio. Em suma, não tem cabelos brancos evidentes porque quase não tem cabelos. Não tem rugas porque tem uns quilos a mais. O nariz é de criança. Mas careca é coisa de velho. Essa mistura de impressões que se tem quando se olha Mauro combina com ele mesmo: a descombinação em pessoa. Esse "mesmo" (o "isso" comentado atrás) é de quem vive com bem pouco, com os lucros modestos da pequena (mas muito bem situada e freqüentada) livraria Mochila; sucessora da antiga Apoio. (A editora, amigos passaram-na adiante para outro dono quando Mauro saiu do país.) Não faz mais jornalismo. Um artigo apenas aqui e ali. Lê bastante. Compromete-se no dia-a-dia (nem por isso se casou!) e politicamente. Gosta.

Estão os dois ali no quarto, mas já andaram um pouco pelo corredor. Mauro fez questão de que Heládio cumprisse as recomendações do dr. Macedo de procurar movimentar-se para não ficar muito enfraquecido. Andaram devagar, Heládio ainda dá passos curtos, sente que lhe doeria o corte quando mexe as pernas não fosse o efeito do analgésico; algo ainda arde lá embaixo, vai com precaução; mais precaução do que quando desceu ao necrotério, pois a diminuição do analgésico torna-o cauteloso. Além disso, sente-se estonteado, cansa-se facilmente. Chegaram até o solário, as cortinas amarelas de enrolar estavam todas erguidas. Lá ficaram olhando o movimento das grandes e volumosas nuvens correndo no céu. Os últimos raios de sol emprestaram-lhes uma luz estranha, uma coloração fantástica. Como se travesseiros dispensados da lei de gravidade, machucados pelo sono de muitos doentes, empreendessem uma gloriosa escapada pelo céu; arrastassem consigo as lâmpadas acesas postas à cabeceira de muitas vigílias; inchassem e se desprendessem das misérias do hospital — voassem alto, as faíscas elétricas prenunciadoras de chuva lembrando o fio das lâmpadas cambaleando no empuxo, rompendo-se, entrando em curto, estalando. No solário só as bandeiras no alto das janelas ficaram abertas para a circulação do ar. Os vidros fechados cantarolavam baixo a pressão do vento em sua superfície. Ali finalmente Heládio falou do seu encontro com o homem do pomo-de-adão; despertou a curiosidade e a simpatia de Mauro; os seus olhos redondos, enquanto ouvia o episódio, piscaram interessados e incessantemente, como se estivessem passando para um telégrafo secreto a informação recebida. Prometeu investigar a identidade do desconhecido. Conhecia bastante bem uma das filhas do Alcyr Machado, Dora, figura simpática e boa cabeça, freguesa assídua da Mochila. No enterro do velho, como explicou para o amigo, quando foi cumprimentar o filho dele, Heládio, uma sua parenta que estava do lado (Lavínia lhe pareceu o nome, lembrava-se ligeiramente dela) insistiu com Felipe: "Vamos, conte para ele onde está seu pai, deixe de bobagem, rapaz, seu pai não vai se importar, sempre foram amigos", e depois, inclinando-se para Mauro lhe sorrira dizendo: "Heládio já me falou muito de você", segredando-lhe em seguida misteriosamente: "Pergunte você mesmo o que o homem está fazendo lá no Santa Teresa. Ele vai gostar de lhe explicar pessoalmente, o maganão!". E assim Felipe lhe dera sem remorsos o endereço do hospital e acabara mesmo deixando-o lá na volta do enterro; antes pedira permissão para passar pelo próprio apartamento; pegou a pequena televisão Sony em preto-e-branco que ficava usualmente no seu quarto e pediu a Mauro o favor de a entregar ao pai, tranqüilizado, graças ao seu gesto e à visita do velho amigo, sobre o destino das próximas horas de Heládio no Santa Teresa.

Nos primeiros momentos ali no solário, a história do homem do pomo-de-adão prendeu completamente a atenção de Mauro. "Realmente, realmente", repetiu várias vezes batendo com os nós dos dedos no vidro das janelas, imitando a batida surda do vento. Além de lhe fazer uma exposição minuciosa do acontecido, Heládio lhe relatou também seu medo, seu mal-estar, seu susto inicial, longe porém de lhe dizer "tudo": deixou de fora principalmente a oblíqua sensação de culpa, a inexplicável vergonha, o desassossego correndo como um perdigueiro incansável atrás de lembranças tão, tão antigas, nem suas ao menos, de outros, de segunda mão!

Mais tarde o vento diminuiu, quase parou. Voltou a ficar muito quente dentro do hospital, abafado no corredor do andar.

Da espreguiçadeira do quarto Heládio enxerga agora uma

nesga de céu sem nuvem alguma, distingue duas estrelas no azul-pálido. Os ramos da velha árvore movem-se próximos à janela.
— Epa, a Sony ficou ligada sem som — observa Mauro, erguendo-se. Ela está colocada precariamente na escadinha esmaltada perto da cama; sem pegar nenhum canal, naquela posição é apenas um olho prateado, uma moeda tremeluzindo, uma superfície diminuta que brilha de forma irregular. Mauro aperta o botão e o olho se apaga. Retira uns livros de cima da cabeceira, deixa espaço para a Sony.
— Olhe só o que está aqui, quem diria! O que você faz com Kant nesse lugar? — Mauro coloca o livro na banqueta próxima aos pés de Heládio.
— Nada — diz Heládio esperando sinceramente que o amigo não o leve a sério ainda que a afirmação seja a expressão estrita da verdade. Coloca o livro no rebordo da janela e esquece a mão pousada na capa. Ambos, ele e o amigo, olham o livro. Mauro pensa em Kant; Heládio pensa em si. Vê a si próprio, emagrecido, os olhos ternos, fundos; pensa no que poderia abrigar de pensamentos sua cabeça bem-feita, o que poderia sua figura suscitar de curiosidade em uma mulher desconhecida, jovem e inexperiente que passasse pelo corredor e, estando a porta entreaberta, o visse ali desalentado com a mão sobre o livro. Mauro puxa sem cerimônia o livro das mãos do amigo. Suas mãozinhas gorduchas folheiam com desembaraço a velha edição em espanhol da *Crítica da faculdade de julgar*. Dá um estalo com os dedos e sorri de orelha a orelha; aponta para o alto da página; diz: — "Parágrafo quarenta e oito". Lê: "Uma beleza natural é uma coisa bela; a beleza artística é uma representação bela de uma coisa". Depois passa rapidamente por cima dos exemplos de "fealdades" (como enfermidades, devastações, guerras), que podem ser representadas com grande beleza ainda que preservando na representação sua condição de calamidade, de

"feiúra natural", para em seguida passar a traduzir saboreando, destacando lentamente as sílabas, a ressalva kantiana: "Só há uma classe de fealdade que não pode ser representada na sua naturalidade sem arruinar todo o prazer estético; a fealdade que inspira asco, pois que nessa rara sensação, baseada na pura imaginação, representa-se o objeto como se este se impusesse ao gozo contra o qual nos rebelamos com força, com o qual nas nossas sensações desaparece a diferença entre a representação artística do objeto e a natureza do próprio objeto, resultando impossível então que aquela (a representação) seja tida como bela". Descansa o livro nos joelhos, endireita o tronco — Ora! Ora! Ora! Ora! Entendo agora mais do que nunca a presença à primeira vista espantosa de Kant nesse aprazível retiro! Nossas dejeções, você bem sabe, são geralmente tratadas por circunlóquios exatamente por receio de que possam cair na temível categoria, segundo Kant, sem salvação estética. Mas você não, você enfrenta o problema.

Heládio ri desapontado e abana várias vezes a cabeça, concordando. Desapontado não porque ele próprio não se ache capaz de associações tão espirituosas quanto as que Mauro julga estar fazendo, mas sim porque não havia aberto o volume desde que entrou no 203, e a última vez que o fez, bem, ele não saberia dizer exatamente quando fora. O parágrafo quarenta e oito soa-lhe familiar é verdade, mas tão longinquamente familiar! Contudo não se dá por vencido; entra no jogo de Mauro:

— É isso aí! É isso aí! Minha operação tem mesmo uma natureza escusa! Fui operado num lugar muito discutível, concedo! O termo "região inervada" dado pelo doutor Macedo é naturalmente uma maneira esperta dele ocultar de mim o verdadeiro caráter da intervenção! E apesar da capacidade admirável do doutor Macedo (para o Felipe o doutor Macedo é um artista) isso no caso não adianta nada. A "fealdade" por assim dizer está na cara.

— Perdão, na cara é que não está.

— Eu quis dizer,

— Sei; por força de expressão você inverteu as extremidades.

— Em suma, é isso aí. Estou conformado.

— É isso aí o quê? É isso aí o quê? Você me entendeu mal!

— E Mauro passa alegremente os dedos pela cabeça como se os enfiasse em uma farta cabeleira. — É você que faz afirmações, não me comprometa! Não tenho qualquer opinião formada sobre as minhas, as suas, as nossas dejeções e as circunstâncias eventuais que as possam porventura afetar, como por exemplo essa coisinha para lá de absurda que lhe foi acontecer bem no rabo! E Kant teria em mira essa mesma absurdidade quando mencionou as tais feiúras que provocam repulsa? Como saber com precisão o que tinha na cabeça se não deixou exemplo para esse caso particular de "fealdade"? E pensaria o doutor Macedo? Esse com certeza que não! É você, você sim senhor que não permite que a *sua* intervenção, a intervenção que sofreu, por puro preconceito em relação à sua especial localização e particular índole, transforme-se em algo decididamente belo!

— Mauro dá uns tapinhas afetuosos na perna de Heládio. — Bom, bom, o assunto deu o que tinha de dar. Não tenho nenhum interesse especial por escatologia, fique sabendo. Seja num sentido, seja noutro. Não preparo nenhum tratado sobre a natureza dos condutos que levam o homem para o alto, para as regiões rarefeitas das explicações últimas, ou os seus excrementos para baixo, para as regiões abissais!

— Os esgotos?

— Se você insiste.

— Assim seja.

— Passemos agora a outro tópico, se não se importa.

— E fui eu que introduzi esse por acaso? Tenho alguma particular fascinação pelo tema?

— Não sei, não sei. Ter a *Crítica da faculdade de julgar* como livro de cabeceira é, diante das circunstâncias, no mínimo muito suspeito (e em espanhol!). — Esfrega vigorosamente a capa com a palma da mão, lê: — "Crítica del juicio, Biblioteca Filosófica, Losada S. A., 1961" (Meu Deus! Parece que foi ontem 1961, mas não foi! Não vou dizer a besteira de que estamos ficando velhos. *Ficamos!*) Muito suspeito! — estira voluptuosamente as pernas, abre os braços espreguiçando-se e joga sem cerimônia o livro em cima da cama. — Bom, vamos lá, me conte. Como andamos de amores?

Mas Heládio permanece calado (vagamente emburrado) e assim Mauro vai em frente, vai em frente com a voracidade de um proseador glutão.

Aquele para quem se fala é um e é o outro; é o operado e é o que o visita. E porque cresceram juntos e passaram juntos por algumas experiências de vida e formação, fora do respectivo ambiente de cada um, necessitam um do outro para mantê-las sempre alto, como um trunfo da imaginação, levantá-las muito acima das investidas do tempo, em um esforço comum. Assim o afeto recíproco nutre-se em parte de um passado de São Paulo que não é o dos Pompeu apenas, também não é só o dos Castro (imigrantes portugueses de uma geração recente, "gente muito xucra" no entender dos pais de Heládio) mas abre-se para a cidade que as encerrou um dia, as duas casas, formando o caldo da infância conjunta. O afeto conjuga também as experiências do primário e do ginásio em um estilo particular, um tecido de trama miúda cheio de mil peripécias, fabricado por uma fala comum, prazerosamente correndo ao longo das curvas de uma cidade desconhecida de terceiros, freqüentemente nublada, de céu baixo e oprimente, de sol frio intermitente por vezes, também de calores abrasivos refletidos no solo movediço do raro asfalto derretendo-se, das armadilhas imantadas da sensibilidade ou do chão duro, de pedra, dos paralelepípedos irregulares calçando o leito das ruas, do pé preso no vão da pedra assentada contra a outra, do mato arrancado das suas junturas, do tropeção brusco, do susto na volta da esquina — cidade tantas vezes fechada aos dois garotos, indiferente ao robusto esforço de seu crescimento desigual consumado junto. (E como isso mostrou-se possível se Heládio foi um menino criado mais para dentro de casa, para cá do portão e Mauro sempre com um pé na rua? Astúcias do crescimento.) Uma vez adultos, houve um hiato na relação; ficaram quase uma década sem se ver; um afastamento sem mágoa, natural, levado pelos modos de vida de cada um; esbarravam-se às vezes aqui e ali, a amizade jorrava fácil, a despeito das diferenças. Em 67 reencontraram-se. As paixões de Heládio fora do casamento necessitavam de um confidente seguro, e a paixão política de Mauro que o tornava fragílimo por um lado e, por outro, portador do futuro, tinham em Heládio um espectador constante e entusiasta. Heládio reavivou o gosto por leituras e mesmo pela discussão política. Sentiam-se ambos temerários por motivos diferentes e ligados sob o signo da aventura; palpitantes. Nesse período riram-se e olharam-se nos olhos como antigamente. Mas Mauro se exilou. Voltando, passaram a se encontrar de novo, todavia menos; cada dois meses, cada três, um almoço combinado com antecedência de semanas levava a uma troca de confidências, uma reavaliação do que fazia um e outro e na qual Heládio de uma forma curiosa sentiu-se sempre apanhado e em que Mauro sempre tripudiou um pouco sobre o amigo (sem maldade).

    Contudo o centro, a radiação dessa amizade, situa-se mesmo é no passado; em um determinado solo de superfície escura e tosca do Instituto de Educação anexo à Faculdade de Filosofia do São Bento. Esse solo é a sua mantenedora, o fundamento da casa da amizade: é o chão do Piche, a parte coberta do pátio do recreio revestida de piche para onde se ia quando fazia mau tempo. É o marco zero da geografia de São Paulo refeita por Mauro e Heládio. O chão preto faísca na memória de Heládio, o presente o recupera de volta sem qualquer ganga, sujeira, em um polimento perfeito como jamais teve na realidade. Enquanto outras imagens esmoreceram com o tempo, essa o tempo devolve lavada, com brilho novo; ponto de encontro dos garotos "paulistas verdadeiros" e os outros: filhos dos "turcos", italianos, portugueses recém-chegados de "baixa extração". Uma importante família de mulatos baianos, gente de muito dinheiro vinda de Salvador, tinha também três filhos estudando no São Bento na mesma época. Heládio não recorda nada em particular sobre os garotos a não ser isso mesmo: eram mulatos que também haviam passado pelo Piche. Lembrando hoje todos os rostos de brasileiros brancos que "rigorosamente não o eram" e que vira ao longo da vida (a começar na própria família!), dos anos do Piche para cá, Heládio muitas vezes ainda pensa em que grau exatamente aquela família de Salvador vinha a ser tão menos branca do que as outras da cidade para oficialmente deixar de o ser de todo; porém sua caprichosa memória sempre capitulou nesse ponto e nunca lhe deu a resposta certa. Mas claro que havia um preciso momento no engenhoso processo brasileiro de miscigenação em que, não se podendo mais dizer que fulano era branco, urgia dizer rapidamente qualquer outra coisa em seu lugar, como, por exemplo, ocorreu em relação àquela prodigiosa inteligência de homem público que, interpondo-se um dia de chofre entre o tio Vicente e a cidade, numa leiteria de São Paulo, apresentado por um amigo comum, de tio Vicente não mereceu mais tarde nada além do comentário breve e seco: "mulato pernóstico".

Quando o bedel dava a ordem de que já se podia ir aos banheiros (externos, da área de esportes), o Piche se esvaziava, era aquela correria. Ali no banheiro dos esportes é que os maiores, "comedores", realizavam suas famosas proezas. Essa iniciação sexual tendo lugar exatamente pela região que hoje traz tantos aborrecimentos a Heládio, deixou marcas e conseqüências diversas pelo tempo afora em muitos dos rapazes, mas não em Heládio, que com habilidade e uma certa reserva intimidadora sempre escapara a tais embates. "Você não pensa que eu estou aqui por alguma bobagem cometida, como a meninada fazia no tempo do São Bento, não é mesmo?", perguntou Heládio muito contrafeito a Mauro algum tempo depois deste lhe ter dado bom-dia batendo a porta atrás de si. "Você sabe que mesmo no tempo do São Bento eu nunca entrei na coisa, não é mesmo?" — o que fez com que o amigo contorcesse a cara amassando-a numa careta de mil ruguinhas, sacudindo-se todo de tanto rir. Mauro tampouco participou de tais ritos de iniciação, pois sabia ameaçar muito bem, dizendo sempre no momento certo. "Sai que eu conto, eu conto para todo o mundo! Eu grito!". Um dos padres prefeitos também tinha fama de "comedor", mas não se chegou nunca a apurar alguma coisa concreta a respeito. O Carlão, o Leôncio e tantos outros trouxeram a memória dessa iniciação até o presente e ela compartilha hoje o seu universo amoroso; outros a esqueceram. Diferente foi o caso do Amadeu, menino tímido filho de fazendeiros empobrecidos. A iniciação no caso parecia ter vindo de encontro aos desejos da sua natureza mais profunda (na acepção física e espiritual do termo "profundo"). Na adolescência e depois na mocidade procurou por todos os meios esquecer as lembranças da infância, contudo sempre recaindo (uma expressão de seu confessor no São Bento, homenzinho de natureza suave, muito sujeito a gripes com recidiva); sempre voltando a animá-las com uma nova experiência. A família ostensivamente "não sabia de nada". Procurou com tanto empenho voltar-se para as mulheres que acabou não se voltando para ninguém, desistindo a partir de uma certa idade de procurar quem lhe pudesse aplacar a fome de encontro com "o outro"; não apenas aquele (ou aquela) com quem se fala mas principalmente com quem se deixa que falem os longos períodos despontuados do silêncio. A conversa escassa foi minguando mais, os gestos se reduziram, fechou-se na clausura do próprio corpo como os padres contavam sobre os nobres que na Idade Média isolavam-se em mosteiros desvestindo-se das pompas do mundo para aguardar o embarque para a vida eterna. Desvestindo-se das suas pompas particulares e do particular delírio a que elas o levavam, dedica-se hoje nas horas vagas, que não são poucas (é funcionário público de carreira lotado na Secretaria de Educação do Estado), a colecionar embalagens de charutos; o que faz com crescente êxito e particular dedicação. (Desenvolveu com o tempo um método de catalogação bastante intrincado que remete por um lado à história das embalagens em geral cruzando-a com a do desenho industrial; por outro, à do cultivo e industrialização do fumo. E o que de início parecia ser uma coleção fadada a estiolar-se em conseqüência da limitação do seu objeto aos poucos revelou-se como um esplêndido campo de horizonte a perder de vista, minado por deliciosas surpresas!) Os grupos homossexuais não lhe dizem respeito — não poderia haver nada que lhe fosse mais distante. "Gay" é uma palavra que o fere e irrita como uma coceira em lugar impróprio. Jamais se coçaria em público em local impróprio. Preferiria morrer da comichão. Sua figura discreta, alta e de aparência distinta anima até hoje em vão os sonhos de muitas mulheres solitárias.

"O que Amadeu deu a Deus?/ O que Amadeu deu ao Diabo?/ Quem beijou Amadeu na boca?/ A quem Amadeu deu o rabo?/", o sucesso dessa quadrinha sobre Amadeu, cantarolada, sussurrada, assobiada anos e anos sem esmorecimento pelos corredores e salas do São Bento (mesmo muito depois do rapaz ter deixado o Instituto de Educação, já bastante taludo) talvez tenha se devido mais à felicidade de rima proporcionada pelo nome da indigitosa criatura do que a algum aspecto de sua conduta que viesse a ser muito diverso das demais.

O chão do Piche partia para vários pontos da cidade; formava um desenho curioso essa São Paulo de Heládio e Mauro refeita sobre a outra. Marcada por grandes áreas vazias, grandes depressões cavadas pela ignorância dos dois garotos, só por meio dos anos que os trouxeram para a idade adulta foram aos poucos sendo reconstruídas, povoadas, iluminadas. Olhos estranhos que olhassem com desamor o passado comum de Heládio e Mauro poderiam tomar essa São Paulo por um desregramento na paisagem urbana. Mas para eles mesmos as abruptas passagens de nível unidas por viadutos incríveis lembrando às vezes as circunvoluções da pista de uma montanha-russa, como por exemplo aquele que, ultrapassando o muro do pátio do São Bento, ia dar diretamente no Bom Retiro, na zona — nada tinham de exótico. Menos ainda o luminoso túnel limpo de obstáculos que, saindo majestosamente pelo portão do São Bento, desembocava em cheio na Brigadeiro Luís Antônio, onde morava Mauro, continuando até Higienópolis; ali bifurcava-se em uma infinidade de pequenos e curiosos caminhos (os insuspeitados capilares noturnos das aventuras infantis, provindos das grandes artérias solares), de subidas e descidas, de ruelas sem saída; em incríveis passagens oscilantes que atingiam no outro lado da rua o alto da galharia de um imenso jacarandá mimoso, ou descia em brusca e estreitíssima rampa de terra alcançando os lados despovoados e perigosos do Pacaembu.

O carrilhão do Mosteiro de São Bento dizia as horas e assim não apenas a nave da capela como as salas de aula, os corredores e dormitórios, o próprio Piche e a área de esportes — achavam-se embebidos pelo pesado aguaceiro de som que se abatia sobre a instituição. Quando o carrilhão emudecia, Heládio levava consigo, para onde quer que fosse, suas sonoridades na concha do ouvido, o menor compartimento onde se infiltravam e permaneciam. Os sermões versavam naturalmente sempre sobre as insidiosas incursões do Maligno dentro do mosteiro, a despeito das contínuas obstruções postas à sua ação pela Providência Divina; cresciam as palavras do púlpito com o som do carrilhão. Tinha-se medo e sono ali na nave, sonhava-se, deixava-se ali estar o corpo cansado quase inconsciente, fingindo a máxima concentração, os joelhos unidos na genuflexão, as mãos em ponta tocando o queixo. O corpo ali aprendia a fingir.

Heládio permaneceu seis meses em regime de internato quando o pai esteve à beira da morte com pneumonia. Mauro, três anos inteiros. Os menores internos que estavam de castigo ou que por outra razão qualquer não iam para casa aos domingos (como o caso de Heládio com o pai doente ou de quem tinha família no interior) passavam no São Bento um fim de semana nada mau. De acordo com os pais, o colégio lhes dava uma quantia para comprarem balas. Um baleiro velhinho tinha ordem de entrar no pátio da instituição com sua carrocinha de balas. Lauro Mendes, o Lezinho Mendes, conhecido pelo dinheiro da família ("um casca-grossa" na opinião dos Pompeu), colocava notas de cinco mil-réis nos pacotes de balas e os jogava para o alto com a garotada se atracando para pegá-las. Delirava-se com essa forma mista de jogo de azar e força bruta em que as predileções mal-disfarçadas do Lezinho Mendes eram em parte neutralizadas por vigorosos sopapos e caneladas, para se dizer o menos. Para lá do muro ficava a cidade, o Bom Retiro, a zona, o jardim da Luz (com o algodão-doce, o bicho-preguiça, o carro de bode), a estreita casa da rua Bahia e dentro dela o pai debaixo dos cobertores, tiritando. As suspensões vinham, às vezes a expulsão. A imaginação de Heládio fugia para a cabeceira do pai, onde a família se agitava apreensiva, e logo se prendia de novo, aliviada, no baleiro. Olhava fixamente através do vidro as balas embrulhadas em papel colorido. Quando o pai melhorou ele passou a ir para casa no fim de semana. Sob os cobertores o pai lhe perguntou ofegando "Qu'est-ce que la Philosophie?". E deu uma risadinha. Não entendeu a graça nem o francês. Mais tarde veio a saber de uma e de outro. Formou-se assim na sua imaginação uma espécie de empastelamento de impressões e informações sobre o São Bento; uma memória em camadas, sem distinção de natureza. Na camada de baixo ficava o pátio do Piche, o bedel, o prefeito, o vice-reitor, o reitor, as aulas, os professores leigos, os "comedores", as balas pipocando no ar, a nave, o carrilhão. No alto, em uma sobrenave, um mundo austero e todavia benigno, muito diverso, amável e sensato, sempre às voltas com disputas exemplares sobre a filosofia de Tomás de Aquino. Fundada em 1908 por iniciativa do abade d. Miguel Kruse, OSB, a Faculdade de Filosofia e Letras do São Bento teve como co-fundador monsenhor Charles Sentroul, neotomista, nascido na Bélgica em 1876, responsável pela aula inaugural: "Qu'est-ce que la Philosophie?" (posteriormente traduzida para o português, castelhano, italiano e alemão!). Os marcos desiguais dessa cidade movendo-se e mudando junto com os dois meninos tinham no baleiro do São Bento um ponto de demarcação importante dentro da própria vizinhança do Piche, como um obelisco encantado cheio de surpresas. Por cima do baleiro, monsenhor Sentroul dava sua aula inaugural em francês, e assim todas as outras que se lhe seguiram. Mais acima Tomás de Aquino presidia sorridente a suprema concordância entre a fé e a razão. Deus esfumaçava-se pouco distante, confundido com o próprio céu baixo e plúmbeo dos invernos na cidade.

O pai de Mauro nunca disse para o filho: "Qu'est-ce que la Philosophie?", pois tinha mais o que fazer. Mas Mauro considerava a historieta também sua. Assim como Heládio, que, não tendo na mocidade participado do episódio vivido por Mauro e por ambos batizado posteriormente de "O Tabique", considerava-o também sua propriedade.

Uma história bonita e simples. Hoje seria banal, tida como deboche costumeiro, desrespeito completo à mulher, farra menor incluída no gênero "para executivos". Mauro não a sentiu assim quando a viveu. Para ele tratou-se então de outra coisa. Um episódio sobre a natureza da comunicação humana, seus mistérios.

Foi assim:

Andava pelos vinte anos, época em que ainda via freqüentemente Heládio. Conheceu num bar da cidade numa sexta-feira em fim de expediente, um homem bem mais velho, afável. Beberam um pouco juntos e conversaram. Tratava-se de um suíço-alemão, confeiteiro de uma casa de doces ali perto e que tirara um dia de folga para tratar de assuntos particulares. Simpatizaram um com o outro o suficiente para continuarem ali conversando noite adentro. Logo se viu que não tinham grande coisa em comum. Nas horas vagas o suíço jogava boliche com os seus conterrâneos em um clube que os reunia a todos (suíços franceses e italianos também); dançava-se, cantava-se. Seu interesse não ia muito além disto: a convivência no clube e a pastelaria doce européia. No fim da noite juntou-se a eles uma prostituta bonita e jovem. Foram juntos para o quarto de pensão do suíço e lá deitaram-se os três. Mauro penetrou a mulher pela frente, o suíço por trás. E Mauro sentiu nitidamente o seu pênis tocar o pênis do suíço por dentro da mulher, "como se através de um tabique". Despediram-se. Nunca mais viu a mulher e ela lhe saiu completamente da lembrança. Mas às vezes ainda cruza na cidade com o suíço. A última vez que o viu, há dois meses, deu-se conta de que se achava diante de um homem de muita idade. Cumprimentaram-se sorrindo e passaram ao largo como sempre. Mas Mauro "sabe" que o suíço não esqueceu o episódio e que o suíço "sabe" que ele também não o esqueceu e que é nisso que pensam ambos quando se encontram e sorriem um para o outro. Nada os une a não ser aquele pequeno toque "cego", aquela curiosa comunicação tão leve e sem sentido. E estão unidos para sempre. Somente a Heládio Mauro contou o episódio, porque somente a ele teria podido fazer passar a ternura que acompanha a lembrança. Como explicar melhor para outro e o quê? Aquele para quem se fala é o amigo que entende principalmente a composição afetiva de um relato.

A composição afetiva da prática política de Mauro é hoje uma outra história. Passa pelas pragas todas de uma democracia relativa, pelas turbulências de São Paulo, por uma inflação que nessa primavera de 80 já alcançou os "três dígitos", como denunciam entre horrorizadas e assanhadas as manchetes dos jornais. Democracia relativa vem a ser a perfeita imagem invertida de uma ditadura relativa — explica Mauro para quem se dispuser a ouvir. Como naqueles exercícios de forma e fundo da psicologia da forma que tiveram tanta voga no Brasil nos anos 50 e que circulavam sempre com o rótulo do vocábulo alemão *Gestalt*, o que lhes imprimia a indiscutível marca de confiabilidade. Havia entre eles um exercício, até hoje o mais conhecido: fica-se olhando fixamente o desenho de um cálice com relevos na base. Daí a pouco o que se vê não é mais o cálice, mas sim dois perfis, um voltado para o outro. Por um processo talvez de "saturação" das relações entre a imagem e um dos seus dois significados possíveis, daí a mais um pouquinho vê-se novamente o cálice. E assim indefinidamente. Pois é, acrescenta Mauro para um auditório nem sempre paciente. A ditadura relativa vem a ser a contrapartida exata da democracia relativa e vice-versa. Fica-se olhando, olhando o país. Aí se vê de repente a forma: a democracia relativa. Olha-se e torna-se a olhar e se olha sempre e aí vê-se o *fundo* como forma: a ditadura relativa. Ora se vê uma, ora se vê a outra, pois cada uma lança a *sua* contabilidade em uma conta de sentido contrário à da sua irmã gêmea. Na verdade as duas são a mesma, com sinais trocados, eis o perigo! Assim, hoje a ditadura/democracia relativa passa igualmente pela intervenção sindical, pelo retorno dos anistiados, por maio florindo não apenas com suas usuais noivas mas também com a formação do comitê de Defesa das Liberdades Democráticas, passa sobretudo pelo mau cheiro da comunidade de informações, pelo fogaréu da extrema-direita grassando impune, a bomba da OAB no Rio, as bancas de jornais incendiadas, apedrejadas. Mauro fixa-se nesse ponto, o indicador gorducho e moreno espetado no ar, pedindo a atenção do interlocutor — fixa-se na difusão da palavra nesses tempos turbulentos; na palavra: riscada, rasgada, burlada, estropiada.

Sem o exercício do humor que mostra para com outros temas (Heládio inclusive, um dos seus alvos mais bem-sucedidos), a prática política de Mauro ganha peso diferente ("não presta" humor em política, só para a crítica do cartunista, coluna de mexerico). O jogo *de fato* da persuasão política, jogado no ato público ou em qualquer espaço que der: universidade, jornal — precisa de um outro estilo, de palavras redondas e firmes. Como projéteis? Não diga besteira, meu caro! — como bolachas. De "bolacha" mesmo, massa insípida, muitas vezes só mistura de farinha e água, e de "bolachadas": de mão pesada que cai e é para deixar marca, vergão. Se essas palavras-bolachas fossem passadas *ipsis litteris* para a forma literária, por exemplo, ou para qualquer outra parte? Meu Deus, seria um horror! Não quero nem pensar! O discurso político *eficaz* precisa de uma retórica pesadona e sem graça e que vai em frente, vai em frente sem esmorecimento ou delicadezas. Entendeu-me errado. Não confundir com xingamento.

— Não se trata disso, homem! Não se faça de besta! Você sabe muito bem que não é isso o que eu quero dizer. Bem ao contrário. Já que hoje descreio da sublevação popular para o Brasil, passo para o jogo cerrado da argumentação; parlamentar principalmente, apostando no futuro. Mas é uma argumentação de natureza especial, sabe? Que tira daqui e dali, de diferentes especialidades, *tudo* o que nelas se estuda *a fundo* sobre a sociedade e o repassa para um outro espaço, *de superfície*, simplificado, repetitivo. É tratar também de pegar nossa indignação verdadeira e dela fazer depois uma indignação *menos* verdadeira (quase como uma farsa montada ao ar livre com grandes gritos e urros e lágrimas) para que ela se torne logo em seguida uma *ação política verdadeira*, ou seja; que vá e atinja a direção que se quer! Tudo medido e apaixonado. Fogo e gelo e fogo e gelo e a retórica mais sensaborona que se possa imaginar batendo a massa do discurso! E nada dessas bobagens, dessas frescuras de se querer satisfazer o âmago do intelecto! O âmago, âmago, âmago. O nosso querido, exigente, escuro, sombrio, musgoso e delicioso "âmago"! Não *nesse* nível da prática política: o da fala pública. Nunca!

A mão direita de Heládio brinca com a faixa do roupão de lá para cá como um pêndulo. Estremece com um súbito arrepio misto de bocejo, uma pequena descompensação térmica sem maior importância mas que lhe dá o agradável pretexto para se levantar e ir para a cama. Puxa os lençóis na altura do queixo, sentado meio curvo sobre o colchão numa posição infantil e, para que Mauro não pense estar sendo despachado, Heládio intervém com falsa animação no longo comentário que não está sendo produzido especialmente para si agora mas continua de outros encontros, outras falas, outras amizades e interlocutores. Contra-argumenta rápido:

— Você realmente me escandaliza! Não usou a palavra "demagogia" mas se vê que é nisso que aposta para a eficácia da fala pública. Não acredita na inteligência do povo, então?

— Pela madrugada! — Mauro se levanta, se agita, tira um lenço do bolso, enxuga gotículas de suor da testa. Pela primeira vez há muito parece ter perdido a fleuma tão conhecida de Heládio.

— Você então entendeu tudo errado! Tudo! Estou falando de coisa absolutamente diversa! Não se trata de manipular nenhum segmento da população, de descrer de coisa alguma! Trata-se isso sim de que a linguagem em nível público, dirigida a grupos diversos e com pretensão de fazer a cabeça de muita gente ao mesmo tempo, e, e... principalmente para render na prática, não poderia ser de outro jeito. Como o seria? E o mais complicado nisso tudo é que muitas vezes a repetição exaustiva de um ponto de vista de grande oportunidade social pode aos poucos levá-lo a escorregar para um arremedo de si mesmo, uma imitação fraudulenta. Devagarinho se escorrega para fora da verdadeira questão! (Mais ou menos uma variante do que tenho *di-u-tur-na-men-te* exemplificado com aquele exerciciozinho maroto da psicologia da forma.) De repente,

— Por exemplo? — interrompe Heládio lá da cama, a voz abafada pelo lençol que lhe cobre a parte inferior do rosto, o corpo ainda mais encolhido, os joelhos apertados contra o peito: A imagem de um feto gigante de xador, o xale que oculta o rosto da mulher muçulmana. Mas Mauro, em um exemplo vivo de sua própria teoria sobre a ausência de "graça" na disputa política, simplesmente ignora o sentido da estranhíssima figura sobre a cama assim como das interessantes ilações que dela se poderia extrair.

— ... o que eu ia dizendo. — De repente essas falas todas, repetidas, gritadas (*vo-ci-fe-ra-das* grande parte das vezes) deixam de dizer o que estavam dizendo, começam a falar bobagem. Um exemplo simplinho. Ainda que a FAO prognostique a fome no mundo em escala planetária, vamos resolver o problema no Brasil com nossas rocinhas de fundo de quintal, tão puras, de vegetais miudinhos, porque só acarinhados com adubo orgânico, ai, ai, ainda que a origem dessa atitude esteja em duas posições muito certas: de um lado o controle dos pesticidas, de outro, a arregimentação, a organização comunitária. E muita coisa é assim. Você fala sobre governo autoritário, logo mais o não-autoritarismo passa a ser confundido com pasmaceira, exigem que você seja um pasmado! Vamos ser otimistas para eu lhe dar mais um exemplo: Vamos dizer que para 82 vá haver mesmo eleições, eu me elejo,

— Hipótese espantosa! — rouqueja Heládio lá dos lençóis
— E para que cargo?
— e quero governar como compete a meu cargo,
— Governador, então!
— e quero governar... — continua Mauro irritado. — Devo então governar de fato ou devo ser assim como um mero terminal de um serviço de computação que tire uma média de pesquisas do gênero "o povo sabe o que diz"?
— Mas você agora mesmo disse que sabe!
— Um momento! Um momento! Uma coisa é a sociedade civil organizada, em partidos, grupos, votando, influindo, pressionando, outra é você obter uma média de palpites e fazer dela algo assim como: "A voz do povo é a voz de Deus!", máxima que tem parentesco estreito com aquela outra, "A natureza é sábia!", justamente a dos mesmos entusiastas horticultores de fundo de

quintal mencionados! Vai daí eu não estou indo contra qualquer medida setorial sobre abuso de pesticidas, controle para a não-medicalização da vida, controle de aditivos químicos nos alimentos industrializados etc. etc. Certo?
— Voltando ao governo... — sopra Heládio debaixo do lençol.
— Não me confunda com um tiranete, estou tentando estabelecer a relação correta entre opinião pública, delegação de poder e níveis de conhecimento especializado, essas coisas todas, me entendeu? Heládio, eu não estou brincando, estou *ra-cio-ci-nan-do*, está me ouvindo? — e Mauro toma pela primeira vez consciência de que algo na posição de Heládio sobre a cama não combina perfeitamente com a fúria de sua explanação.
— ouvindo, ouvindo... — rouqueja Heládio quase afônico e batendo a cabeça contra os joelhos, ritmicamente.
Mauro chega até a cama e sem cerimônia puxa os lençóis, descobrindo Heládio.
— E não tem graça nenhuma, entendeu?
— Mm...? — assusta-se Heládio estremunhado, endireitando-se com brusquidão, o que lhe provoca uma careta de dor.
Mas o alvo das invectivas de Mauro naturalmente é outro que não as partes do feto gigante desconjuntado sobre a cama, novamente aprumadas na figura familiar do internado no 203; situa-se muito além, em uma febricitante arena, alhures, nos longes da cidade. — ... nenhuma graça essa facilidade que eles têm em institucionalizar a bobagem.
— Eles quem?
— Trocando em miúdos: os da esquerda dorminhoca.
— Não a festiva?
— A dorminhoca. A que adormece sobre a sua presa sem a ter dominado. Não percebe quando uma palavra de ordem começa a mudar em outra coisa, às vezes até a feder! E para des-

manchar tudo isso, então? Essas falas anquilosadas, que não prestam mais se não forem refeitas? É trabalhar sempre incessantemente, em nível de artigo de jornal, de reunião de diretório, de partido, de corporação. *Ne-nhu-ma graça*. Sempre, sempre. Um trabalho insano, de fluxo e contrafluxo. Trabalhar sempre *sobre* essas "sobrefalas", essas enormes correntes de opinião pública que vão à deriva, que resvalam para o lugar-comum primeiro, logo mais para a contrafação! É trabalhar na crista desses imensos vagalhões que ameaçam fazer a razão soçobrar. É trabalhar, é trabalhar, é trabalhar sempre.

— E por que tanto trabalho? Por que não se mete com outra coisa, então? — pergunta Heládio de fato preocupado com o número de vezes que o vocábulo é repetido, com a ênfase posta no discurso e principalmente com a coloração de um vermelho sombrio que se espalha pelo rosto moreno-azeitona do amigo.

— Porque se *isso* é que é fazer política! Porque... — e aí Mauro volta até a janela onde estivera sentado e olha atentamente para fora, o ventre apertado contra o parapeito, escutando com a cabeça inclinada, como se quisesse lhe penetrar o sentido, a animação das folhas tocadas pelo vento que voltou a soprar forte — porque — (diminui muito a voz, a ponto de Heládio ter dificuldade em entendê-lo, desentranhar a sua resposta da algaravia da folhagem) — ... para mim, para eu me sentir gente... a minha sensibilidade moral passa por essa tranqueira toda, que fazer?

— Mas do que você tem se ocupado exatamente, além da Mochila?

Mauro volta-se e revela ligeiramente encabulado o que muito surpreende Heládio:

— Talvez mais para adiante ainda me saia candidato a deputado!

— Que coisa! — exclama Heládio da cama, realmente impressionado. — Como foi ter essa idéia estapafúrdia?

Mauro torna a sentar, estica os bracinhos curtos e roliços, novamente seguro de si:

— Não tive; fui tendo. E, sabe, para ser absolutamente sincero — (esfrega a testa com certa obstinação) — aquela completa falta de graça de, de que tenho tanto falado... também ela, se a gente entra fundo na coisa, muda de figura. Para ser franco eu não saberia ter outra vida hoje em dia; me divirto a valer!

O escuro vai tomando conta do espaço da janela, um escuro que se adensa com o ruído cheio da folhagem.

— Heládio, onde está o telefone? — pergunta de inopino Mauro, levantando-se abruptamente e olhando em torno.

— Não tem.

— Não tem? Quer me enganar que num hospital desse porte vocês não têm telefone no quarto?

— Era de tomada. O aparelho estava quebrado. Não quis que pusessem outro. Não queria mesmo me comunicar com ninguém!

— Mas e esse novo trabalho de loteamento nos arredores de Atibaia, como fica?

— Não tem problema. Tirei férias. Pegue aí meu cartão do escritório para me visitar.

— Bonitinho. O Otto Straub que fez?

— Dessa vez não — responde Heládio constrangido. — Desde o começo do ano que está para a Argentina.

— Hum. Mas preciso telefonar de qualquer jeito. Olha só que horas são! É urgente.

— Tem uma cabine no corredor.

Mauro sai e depois volta. Diz que o telefone está ocupado. E torna a sair. E volta.

É noite fechada quando Mauro se retira com os seus passos miúdos, o corpo lançado para a frente. Não sem antes aconselhar Heládio a jogar fora aquela caixa de bombons horríveis; você estava fechado no banheiro, fui obrigado a cuspir pela janela, não um, nem dois, mas três, quatro, cinco bombons, e se tivesse tempo e me sobrasse língua o cuidado com a saúde de suas visitas me levaria a cuspir a caixa inteira. Não foi molecagem. Olhei para baixo antes, sim senhor. Tem lá uma reentrância, assim como um ninho formado pelas raízes dessa árvore aí, que me pareceu bem a propósito. Me lembrou muito aquelas escarradeiras do tempo do seu bisavô Pompeu, conforme o desenho que seu pai um dia teve a gentileza de me fazer. A natureza imita a arte. Mas se estou lhe afirmando que o gosto é horrível! O escultor de túmulos de que você me fala talvez seja um masoquista então ou tenha as papilas gustativas anestesiadas! Muito finos ou não, ou por isso mesmo, estão todos estragados, estou dizendo. — Mauro despede-se não sem antes contar ainda esse e mais aquele casinho no limite da indiscrição. Pede desculpas pelo rompante de há pouco sobre o país — tem se deitado muito tarde, é isso. Assegura que Heládio está com ótimo aspecto, espera não tê-lo cansado. Diz outras banalidades, da porta acena mais uma vez. E quando por fim sai, cruza na soleira com o leite da noite que entra em um copo sobre uma bandeja carregada compassadamente pela copeira da noite. E com o leite da noite tem início o turno da noite.

    E com o turno da noite virão os acompanhantes da noite, todos: os abomináveis ou os simplesmente sombrios, os que fazem os sonhos e os que os apagam. Os que entram pelas narinas do doente disfarçados em poeira miúda e irão dançar freneticamente dentro de sua cabeça a noite inteira; ou que, do chão, como os felinos, subirão na cama engatinhando e irão arranhar e pisotear o seu peito causando-lhe canseira e falta de ar. Ou — e esses são os piores — os que trazem a insônia consigo, a terrível, a insônia dos convalescentes que começam a abandonar os analgésicos fortes e os soníferos. A inesperada. A que se refestela por trás das pálpebras como a dona da casa e acende todas as luzes da memória. A que deixa o recinto da memória aceso como um salão de festas mas onde os comparsas que chegam para a função nem sempre são puros de coração ou estão bem-intencionados.

Como naquela remota noite de mágicas na casa dos avós Pompeu de Heládio, talvez aí se organize um espetáculo inocente apenas na aparência; uma sessão de natureza tão dúbia como a daquela mesma e memorável noite.

O turno da noite

Com o último gole de leite Heládio toma a pastilha rosa que lhe haviam deixado para a noite. Diferente das outras. Percebe que deixou respingar um pouco de leite na mesinha-de-cabeceira ao colocar o copo com o resto da bebida sobre o tampo de vidro, mas não faz nenhum gesto para limpá-lo. Escorrega para dentro dos lençóis e de barriga para cima, olhando o teto, pensa com forçada convicção: "Vou tirar uma boa soneca antes de dormir". A frase não lhe parece uma impropriedade. Na verdade é outra coisa. Um pequeno truque aplicado a si mesmo para iludir um primeiro indício perturbador de que as horas seguintes não se anunciam tranqüilas. Está afirmando simplesmente para si que antes de fazer a toalete da noite para dormir *de verdade,* já vai se permitindo cochilar um pouco, assim sem solenidade alguma ou qualquer pretensão de que o cochilo se aprofunde em um sono "sério" e o carregue de roldão até o dia seguinte. A lâmpada de cabeceira e a outra, pequena, azul, embutida na parede, permanecem acesas, prova de que não tem qualquer pretensão em varar a noite de um lance só. Na verdade, com essas e outras providências adiadas conta protelar a chegada da noite "oficial" (e com ela anular a insidiosa ameaça de insônia que não o abandona desde a tarde); afastá-la um pouco mais para em seguida, assim como quem não quer nada, *zucti!*: pular da mera soneca gostosamente para dentro do "sono real", quase sem transição (sem dar qualquer tempo para uma inversão de expectativas); simplificando para o seu ingresso as preliminares necessárias: a higiene noturna "indispensável a um homem bem-nascido", máxima de vovô Pompeu difícil de ser rompida. Heládio conta nos dedos as vezes que a fez, ainda que a máxima complementar enunciada lentamente na segunda pessoa do singular sempre pelo avô, "Se abreviares a toalete noturna serás o primeiro a ter abreviado o respeito próprio", não goze de igual aceitação. "Um cavalheiro *mostra verdadeiramente quem é* muito mais por sua toalete noturna quando está só, do que pela diurna ou por aquela reservada às 'noites especiais'." "A quem exatamente mostra, se está só?" — essa foi a pergunta dirigida ao tio Vicente, autor da terceira máxima sobre o mesmo e relevante tema mas que não chegou a aflorar aos lábios do Heládio adolescente, há muitos anos, quando examinava timidamente (sob os olhares condescendentes do dono) a série de magníficos pijamas de seda do tio; da mesma forma como nunca se tornaram visíveis para quem quer que fosse (dada exatamente à sua natureza privada), os cuidados daquele (encarnado admiravelmente por tio Vicente, seu representante máximo) que se prepara para uma solitária noite de sono com o mesmo desvelo com que o faria para uma sessão pública solene em salão nobre. Se Heládio nunca irá chegar a tanto, tem ainda assim o seu pequeno e apreciado ritual próprio, e se hoje irá abreviá-lo uma vez mais, tem também razões de sobra para isso. Teve um dia muito cansativo. Mesmo havendo dormido à tarde, como o cansaram com tanta conversa! Como o cansaram.

Dorme imediatamente. Um sono inquieto. Sonha que está na cama há um bom par de horas, desperto, e que não consegue dormir. Como está cansado. Como o cansaram. Sonha com a vigília, uma prolongada vigília. A cabeça está cansada pelo exercício de pensar; sente a cabeça cansada, pensando, pensando, contraída. O vento mais uma vez recrudesceu. Escuta a pressão do vento contra os vidros do solário. Havia fechado as persianas da janela do quarto mas deixara os vidros semi-abertos. Aquele ruído regular e tão pesado só pode vir do solário. Mas o solário se encontra no fim do corredor, e mesmo que tenham deixado sua porta aberta, a de Heládio está fechada. Como pode soar tão alto o vento nos vidros, tão próximo? Ergue a cabeça para certificar-se de que o ruído não vem da janela, mas seu corpo está um chumbo. Como está cansado! A pastilha rosa deve ser um engodo. Água com açúcar. Um placebo, como eles dizem, para induzir ao sono por sugestão. Não ele. Não o seu organismo. Sabe que não irá dormir, eis tudo. Ficará à escuta ali a noite toda, sem trégua, pregado de cansaço. Melhor então levantar-se, já que as coisas são assim. Não consegue. Abre um pouco os braços, não consegue abrir de todo. Compreende. Estão lhe dando banho na antiga banheira de ferro esmaltado de branco com pés de leão da casa dos avós Pompeu. Mas se obstinam em vão os enfermeiros em tentar lavá-lo. Por meio da alquimia perfeita própria dos sonhos, a água, que nunca enche a banheira nem o molha, é o sono que ele não alcança nunca dentro do sonho. A água escapa pelo ralo com grande ruído. Não são os vidros do solário que chocalham com o vento. É a água escapando pelo ralo. Também a caixa da privada ao lado da banheira está se enchendo de água. Nas privadas antigas a caixa d'água era externa e, quando se puxava a descarga por meio de uma cordinha presa a ela, faziam um barulho infernal, gorgolejavam por muito tempo, primeiro dentro do vaso sanitário, como possessas, depois lamentosamente dentro do reservatório se enchendo, como ocorre agora de novo mas sem que se traga água alguma para dentro de nada. A banheira esmaltada se encontra instalada no sonho em dois planos distintos. Em um ela está claramente presa ao seu próprio espaço como se este fosse um nicho; como se estivesse, como realmente esteve por anos e anos até demolirem a casa dos avós, dentro do banheiro do segundo andar; mas sem que se tenha agora a visão nítida das paredes, dos outros cômodos, das escadas. Há por assim dizer uma aceitação tácita por parte de Heládio de que as partes todas da casa aí estão, sólidas, com suas divisões, sem que se tenha delas todavia qualquer confirmação de ordem visual. *Não estão invisíveis*, estão simplesmente *desatendidas* na sua visualidade, o que pode ser difícil de ser explicado e compreendido em um universo extra-sonho, mas que ali, em seu interior, é algo tranqüilo, perfeitamente soldado ao desenho firme e elegante da banheira. Ela se apresenta como se Heládio a olhasse do térreo, do *hall* de entrada, com a cabeça erguida, a enxergasse de baixo para cima, os quatro pés de leão lhe dando apoio, o interior oculto pelo ângulo de visão, o fundo percebido pelo exterior, bojudo, convexo, como Heládio a vê ainda quando nela pensa, já que o andar térreo veio a ser seu ponto de referência constante dentro da casa. A banheira está diminuída pela distância mas perfeitamente nítida no espaço apenas virtual que a sustenta. Contudo (e este é o segundo plano em que se apresenta) é também ela *o lugar* onde Heládio se encontra de pijama ao mesmo tempo que a olha, afastado, de baixo. Quer se mexer, não consegue. Pensa com seu laborioso raciocínio de sonho: "Claro, estou preso pelas bordas da banheira. Se me dessem banho na cama poderia me virar à vontade e já estaria há muito lavado" (ele quer dizer: dormindo); "Banheiras não prestam para banhos, não molham. Assim é impossível, não dá". A água sai inexora-

velmente pelo ralo. Tateia procurando a tampa do ralo. Encontra-a, é a pastilha rosa. Ela se desmancha em sua mão. "Eu sabia", repete Heládio, "é mesmo um placebo, não serve para nada. Se ao menos não fosse cor-de-rosa!"
 Acorda sobressaltado. Venta muito, a persiana mal fechada se abriu de todo, o vento faz a vidraça e a maçaneta baterem contra a parede com grande ruído. Levanta-se e fecha a persiana. Olha as horas: onze horas, dormiu quase duas horas! Sente que tão cedo não voltará a pegar no sono. Olha para a Sony. Liga-a no fio de extensão que retira da gaveta e a coloca na estreita e comprida mesa com rodinhas nos pés para as refeições no leito. Empurra-a na posição certa e se ajeita como pode nos travesseiros. Dali a pouco irá começar o telejornal Último Enfoque do canal oito; o programa recapitula as notícias internacionais, passa às nacionais para ser encerrado com os destaques locais. O vento produz vários e diferentes sons, estalidos e murmurejos, uns vêm de fora, da vegetação, outros de dentro, cercam o quarto do 203 e sua cama. É aconchegante. Heládio sente-se um bocadinho excitado como quando criança sabia que à noite o tempo traria chuva. Guardado ali dentro naquela concha tramada de ruídos surdos. Liga o botão da tevê. O jornal já começou.
 A imagem está muito ruim, granulada, lembra velhos filmes, velhos e esquecidos filmes. Duas superfícies, uma mais cinza do que a outra, divididas por uma linha. O locutor diz ser o deserto da província iraniana do Cuzistão. A parte inferior é a areia, lisa, sem dunas; a superior, o céu. A linha divisória entre o céu e a terra tremula, se altera; deve ser uma tomada aérea, estão filmando de avião; à direita do pequeno quadrado luminoso surgem formas pesadas deslocando-se com lentidão, tanques. Outra cena perto de Basra, na região Sul do Iraque; destroços, o locutor esclarece: de um caça F-4 Phantom da Força

Aérea iraniana, abatido. Fala com voz vibrante, parece querer tirar sangue dessas manchas fortemente granuladas; sua figura substitui as imagens que descreve, ele é jovem, está de terno e gravata, cabelo bem assentado ("lambido", diria a mãe de Heládio com profundo desprezo), os olhos grudados nos seus. Novamente imagens da guerra Irã-Iraque, a voz continua sem interrupções como se o locutor em seu traje impecável sobrevoasse o deserto, a tudo assistisse *in loco*, talvez por vezes acantonado em alguma plataforma suspensa, e de lá anunciasse as terríveis novas. Legendas em *staccato* vão surgindo na extremidade esquerda do quadro. Heládio aproxima mais a mesinha com a Sony. A legenda diz: "imagens de arquivo". De arquivo! O quanto valem essas imagens como atualidade, então? A exposição do locutor diz respeito ao hoje, mas as imagens de quando são realmente? de quando? de ontem? trasanteontem?, de um, dois meses? Heládio se irrita. Qasr-E-Shirin, a fronteira norte da guerra, iranianos mortos na invasão, mais borrões granulados. Entra um comercial: uma mulher seminua espreguiça-se e geme na cama, diz lambendo os lábios, o rosto voltado para Heládio: "É doce!". Um angorá cruza a pequena tela; uma mão masculina o acaricia como a uma mulher e uma voz grossa rouqueja: "É doce!". Um garoto ergue o dedo lambuzado, chupa-o e grita arregalando os olhos: "É doce!". Uma lata suspensa no ar move-se sobre o próprio eixo, um fio escorre da lata e vai escrevendo no espaço: "Leite condensado ZAPE, a doçura da vida". Heládio gira o dial: no canal três uma extensa superfície cinzenta lembra o mesmo deserto da província do Cuzistão decifrado há pouco pelo locutor do canal oito. A imagem está ligeiramente melhor. Dunas? Camelos? Um rosto tão familiar a Heládio, tão perfeitamente cunhado dentro da sua cabeça como os da parentela circulando pelas salas dos avós Pompeu, surge na tela, salta de detrás de um forte. É Gary Cooper! Com seu ar de caubói astuto e cândido, resmunga coisas em um perfeito sotaque carioca. Muito mais moço do que quando Heládio seguia religiosamente sua carreira, não perdendo um de seus filmes. É *Beau geste!* Filme que já havia passado em São Paulo quando Heládio começou a se interessar pelo ator. Gira de novo o dial para o canal oito. Mais notícias internacionais: foto da viúva de Mao Tsé-tung, Jiang Quing. O locutor insiste com certa volúpia nos nomes da Camarilha dos Quatro, como se repetisse palavras mágicas; Yao, Wang, Jiang e Zhang e Yao e Wang e Jiang e Zhang. Heládio sabe tudo a respeito: fecha os olhos, descansa. Mais comerciais. Chegam as notícias nacionais: trens depredados no vigésimo terceiro aniversário da Rede Ferroviária Federal; espumas flutuando sobre as águas do rio Tietê produzidas por detergentes não biodegradáveis; elas enchem o quadro, alvíssimas, imensas, inimagináveis. Heládio pensa outras imagens trazidas por Gary Cooper ou, quem sabe, as espumas flutuantes o lembrem do banho de Claudette-Cleópatra-Colbert, imagens que como as de *Beau geste* se enraízam mais na mocidade dos pais do que na sua própria infância, imagens que não viu a não ser nas velhas revistas de cinema mas que se misturam às que viu, formam uma esteira luminosa cintilando de astros e estrelas; como nos velhos musicais, uma apoteose de figurações que se desdobram em outras e outras, cada geração no Brasil respondendo por uma "idade" de Hollywood, por uma floração de dramas e comédias, por uma animação de vida, uma particular animação. Entra a notícia nacional de maior impacto: o suicídio de Gustav Franz Wagner, 69 anos, no seu sítio em Atibaia. Heládio, que já soubera da notícia pelo jornal, estremece: pensa na localização do sítio tão perto da área onde se desenvolve o loteamento pela firma dos amigos que o convidaram a trabalhar e na qual espera definitivamente, por fim, assentar sua vida. Franz Wagner, reclamado como criminoso de guerra pela Alemanha, Áustria, Polônia e Israel. Imagens do arquivo: um rosto sensível, vincado, cabelos brancos penteados para trás, olhos espantados, um homenzarrão ossudo, desajeitado, surpreendido. Sua detenção nos xadrezes da rua Itacolomi com a Piauí, onde permaneceu logo no início do caso. Heládio lembra de quando lá funcionava o DOPS em 69 e da história de seu próprio depoimento, em princípio uma história sigilosa mas que logo transpirou, não se sabe bem como, chegando ao grupo dos amigos, provocando-lhes, naqueles negros tempos, uma reação de puro e simples regozijo, pois constituía o depoimento, segundo Mauro, "uma fantástica peça de ourivesaria processual, tão atípica que seria difícil opinar a respeito". (Como a sua "mononucleose atípica"? — ainda hoje, durante o dia, o próprio filho insinuara...) Mais imagens de arquivo: o rosto recente, horrível, de Franz Wagner, estufado pelas drogas tranqüilizantes. A extradição negada pelo Supremo Tribunal Federal denunciando a prescrição dos crimes. A paisagem do rosto, esvaziada de qualquer sentido humano, uma máscara que cobre exatamente, agora, a acusação que lhe fazem de "monstro". O rosto tremula suspenso pela Sony alguns palmos acima dos lençóis da cama de Heládio. Nazismo, fascismo... Das cabines dos velhos cinemas paulistanos, Odeon, Rosário, os projetores iluminam a pequena "tela" da Sony, interferem no presente. E dentro das imagens de arquivo da tevê Bartira Canal Oito, um outro arquivo recuado se abre: os esquecidos cinejornais da Pathé, Gaumont, Paramount, Fox, da Metro, do Dip, contam velhos dramas do mundo e do Brasil para o Heládio até certo ponto entorpecido em sua insônia galvanizada pelo quadrinho fosforescente. Ainda outras cenas de arquivo do sono desperto, outras cenas mais apagadas chegam ao presente: a tela mostra-se riscada como se chovesse continuamente dentro do cinejornal franquista *No-Do*, onde o locutor repete monotonamente ao narrar imagens que parecem ser sempre as mesmas: *ali* o Generalíssimo Franco, *aqui* o Generalíssimo Franco. O acento cai na antepenúltima sílaba. Sua Reverendíssima, d. Heládio Marcondes Pompeu, seu sobrinho-neto Heládio, seu homônimo, seu grandessíssimo farsante, prima Lavínia diz, também dele dizem um sensitivo, rediz o próprio Heládio em sua singular vigília expectante: Reverendíssima, Reverendíssimo, Generalíssimo, Grandessíssimo. O acento cai no antepenúltimo passado — um passado proparoxítono que une reverência, hierarquia e farsa superlativa. Existiram mesmo no Brasil esses velhos e danificados cinejornais *No-Do*? *Aqui* o Generalíssimo..., *ali* o Generalíssimo...; passa um fausto lívido por esses temas superlativos, passam e repassam as fitas nas quais Heládio reencontra os acidentes seus e do mundo por meio de olhos que não se desviam, não se distraem do foco de luz. Uma brusca interposição. Agora um passado tão próximo que se cola ao instante. As últimas notícias locais! Ainda de hoje! O corpo de Alcyr Machado desce à cova acompanhado de uma pequena multidão. Alguém move rapidamente os lábios em um discurso mudo. Uma mulher chora sem som, as mãos no rosto. Heládio está muito curvo na cama, quase toca a tevê. Recua um pouco em seguida para poder distinguir a imagem: o 205 trazido pelo cortejo chega finalmente. Mauro comentara ligeiramente à tarde sobre a ida da tevê Bartira ao cemitério. Heládio só agora percebe que havia permanecido todo o tempo à espera das notícias locais. Ainda outro dia estava ao lado do 205, os mesmos enfermeiros servindo a ele e ao vizinho. Agora "ali" serve-o o coveiro, outros se apressam para diferentes tipos de serviços: afastar uma coroa, abrir caminho para deixar alguém se aproximar do jazigo, ajudar com a alça do caixão. "Ali" são os dois espaços superpostos: é o interior pulsante e luminoso da pequena Sony onde se desenrola uma cerimônia de enterramento no Cemitério da Consolação e é também um determinado ponto no cemitério, agora às escuras, um determinado local sem rumo preciso, que Heládio não sabe bem onde está, onde fica, por onde passa violentamente o vento e não há mais nenhum humano vivo ao lado mas onde outras formas vivas de plantas e pequenos bichos têm sua rotina instalada. Onde o próprio instante é tão vivo e presente e "cheio" quanto esse que agora Heládio vive no quarto. A pequena multidão se comprime. Lavínia *ali* ao lado? É ela mesmo? Mas então é a nuca do filho que distingue, que... mas, mas... é Mauro, sim, é ele, meu Deus do céu, está falando com duas pessoas, uma delas, sim, Heládio jura, é o homenzinho do solário, o homem do pomo-de-adão! Ou não? Mas se for mesmo ele, então como Mauro não o reconheceu pela descrição que lhe foi transmitida no próprio solário? Mas... a imagem já é outra, o locutor apressa o ritmo do enterramento, sua voz se adianta às imagens. Uma cena televisionada de longe parece que foi tomada do alto. Devem ter subido em alguma coisa para pegar o enterro de cima, "eles", os da televisão. Em um túmulo? Nalguma escadinha que talvez tivessem consigo? Sobre a caminhonete que provavelmente os trouxe e "às máquinas"? (Heládio pensa "as máquinas" sem um mínimo de precisão a respeito.) Divaga: "Que desrespeito", "que desrespeito", vai repetindo bobamente, "Devem ter pisado por cima dos túmulos na certa, pisado nas plantas". Um rosto risca rápido o quadro. É ele! O homem! Jura que o viu! Mas o que estivera conversando com Mauro "ainda agora" seria mesmo esse? Sente-se confundido. Rostos, ombros roçando um no outro, olhos, olhos fitando a câmera de tevê. Acabou. Apaga a Sony, afasta a mesinha. Tateia os chinelos com os pés. Vai ao banheiro e finalmente enfrenta a toalete da noite com uma brevidade sincopada, interrompida nos gestos desajeitados, nos movimentos cautelosos. Do outro lado o silêncio parece escorar a parede. Na verdade um silêncio retirado dos ruídos que foram os do quarto de um doente "perdido", ruídos abafados, surdos, vagamente estonteados por vezes, como enormes asas esbarrando na parede; coisa pouca. Mas essa coisa pouca se foi e cava um vazio na ordem dos outros ruídos do andar: os estalidos produzidos pelo vento hoje, passos no corredor. É um silêncio perfeitamente circunscrito, esse. Habita *apenas* o outro lado. Alguma coisa perfeitamente lisa e neutra na extensão da parede do lado de lá, e que a escora. Heládio fecha a porta do banheiro com uma ponta de mal-estar. Volta para o quarto. Só então se dá conta de que o tampo da mesa-de-cabeceira está ainda respingado de leite. Já novamente deitado estende um braço nervoso para limpá-lo com o lenço. A luz do abajur ilumina de forma particular a mancha. Que engraçado! Lembra uma mulherinha bojuda, achatada, uma anãzinha gorda com as vestes de enfermeira ou pajem, os peitos enormes. Limpa o tampo e pensa então no tio Oscar. Com muita tristeza. Tão grande tristeza. Recorda os seus últimos anos, o último ano. A chuva está caindo agora pesada e confortadora. Como se fosse um chão fértil para ele pensar a própria tristeza. Os mal-entendidos que cercaram a morte de tio Oscar; pensar sobre a anã branca.

assim na terra como no céu

Oscar Pompeu morreu no ano de 65. Tia Clara Nardelli, como foi chamada até o fim, morrera dez anos antes. A casa em que ambos haviam morado com os dois filhos, imensa, estilo neoclássico, globos de concreto enfeitando os muros riscados pelo verde-escuro dos tufos de hera descendo até o chão, foi vendida depois da morte da mulher e hoje não existe mais. Oscar foi morar num pequeno apartamento em Cerqueira César, não muito longe da casa de Heládio. Heládio não o via tão freqüentemente. Não o viu mais com a freqüência que gostaria. O ano que sucedeu ao golpe militar de 64 foi portanto o último de vida de tio Oscar. Heládio trazia muitas preocupações próprias na cabeça e aquele homem de 75 anos, fechado sempre no apartamento, quase não ocupava sua atenção. Ainda assim visitou-o vez por outra. Os primos de quando em quando o informavam do estado do pai. Curioso como algumas impressões de então, erros de avaliação — hoje, aqui, agora, no quarto, lhe pareçam tão tristes. Profundamente tristes. A conduta de Heládio, a que teve na época (ou melhor, a que deixou de ter), o abala. Por quê? Por que deixou que tio Oscar morresse *como se já estivesse morto*? Por que não fez um esforço para entender melhor o que o cercou e aos seus últimos tempos?

Quem visse Oscar Pompeu no ano anterior à sua morte já não o reconheceria mais como o homem encantador, "versátil", "pitoresco", um "artista à sua maneira", que tivera o seu auge nas décadas de 30, 40, 50, anos também de maior lustro e fartura nos salões dos pais, os Pompeu. Para quem o via pouco como Heládio, a doença abateu-se de súbito sobre ele. E com ela a velhice que o assaltou e o levou consigo empurrando-o para muito além da sua idade real. Por muito tempo sua velhice fora algo assim como um traje a fantasia, não se lhe dava muito crédito, e agora o tomava por inteiro. Os filhos relutavam em falar o diagnóstico do médico ou se demorar sobre o assunto. Vagamente diziam: "Alguma coisa de caráter degenerativo, em suma...". Porque o rosto de tio Oscar pareceu um dia, de inopino, de uma velhice incomensurável. Imobilizado, a boca sempre meio aberta, os olhos quase sem movimento. Do lábio sempre um fio de baba. Quando criança, na praia, no litoral santista, um dia Heládio vira uma mulher assim. Eufêmia, a pajem de tia Santinha, tomando conta de um grupo de crianças da família, logo esclarecera: "Ela sofre do nervoso abalado". Heládio lembra como a frase o assustara; como afastou os olhos para adiante, para o mar. A praia estava encurtada; a ressaca do dia anterior a diminuíra e a sujara, as crianças catavam cachos escuros com conchinhas róseas, paus polidos pela água. Ali num banco, perto do grupo, sentou-se durante todas as férias de verão a mulher do nervoso abalado, o olhar vítreo sempre em frente, também na direção do mar, acima da cabeça das crianças curvadas na areia. Nunca seu olhar encontrou o de Heládio. Como o do tio Oscar depois da doença. O "nervoso abalado" prestou-se melhor do que qualquer definição médica para designar o que aterrorizou tanto Heládio na fisionomia do tio. Alguma coisa que vinha a ser mobilidade e rigidez ao mesmo tempo. Algo que se movia na face de forma errada, em desacordo com qualquer expressão. Algo que era interdição à passagem da expressão organizada. Que a interditava com nervos ora rígidos, ora frementes. Como sentinelas inabaláveis ou furibundas os nervos, impedindo sempre o livre acesso das emoções à superfície. Algo que não olhava propriamente pelos olhos escancarados e baços de peixe morto. Algo que gritava todavia, de um medo mudo dentro dos olhos, por cada pupila, duas minúsculas cabecinhas de alfinetes espetadas nas íris castanho-claras, "cor-de-mel" um dia para o consenso da família, hoje quase sem cor. O fio de baba ali estava sempre no rosto, feito uma estalactite. Um rosto ancião, imemorial. Desaparecido o traçado simpático e próximo que reproduzia, com graça, a fisionomia mulata nascida do rosto negro aflorando no rosto "inglês", só a idade permanecia agora à superfície da pele, como devastação, queimada. E no entanto, surpreendentemente (assim diziam os filhos), ele ainda lia. Sim, lia! "Mas fala ainda?" "Oh, se se desse ao trabalho, se quisesse", respondia o filho mais moço. "Como, e não quer?", perguntou Heládio um dia. "É birra de velho", comentou o outro filho na mesma ocasião. Um enfermeiro morava com ele na casa, e uma empregada. "Se escutasse falava ainda", resmungou a empregada. "Não escuta, então?" "Muito mal", esclareceu o enfermeiro. "Ora, não sei, Heládio", completou depois um filho a informação, "ele não queria o enfermeiro, pode ser uma greve, uma guerra, uma guerrilha que os velhos movem às vezes contra a família, sabe." "Queria quem morando com ele, afinal: vocês, os filhos?" "Nem por sombras! Não, não queria a nós, queria ficar independente." "Independente nesse estado? É boa!" "É isso mesmo, independente, não ria, Heládio. Sei que lá dentro dele ainda *teima*! Pensa que pode!" "Ele entende tudo, então?" "Ah, isso... não posso afirmar exatamente. Lembra-se, Heládio, do seu interesse pelas coisas, hein? Uma curiosidade tinha papai! Lhe demos outro dia uma luneta muito boa para ele se distrair olhando o céu." "Não me recordo do seu interesse por astronomia." "Bom, nunca disse se tinha; é verdade que pegou Halley, a aparição o marcou muito." "Bem, meu caro, quanto a isso...; a família toda viu o cometa, os mais velhos." (Aquele orgulho incrível sobre a passagem do cometa! Como se fosse um "sinal" incandescente traçado especialmente nos céus para distingui-los, eles, os Pompeu. Halley!) "Quando se reuniam naqueles ajantarados de domingo e se punham a falar em Halley...", lembrou Heládio e acrescentou: "Que eu me recorde, tio Oscar sempre gostou muito foi de fotografia, aparelhos ópticos". "Também por isso lhe demos a luneta. Como fica muito tempo na janela, achamos que bem podia gostar. Aliás, se não tivesse gostado teria escrito 'não'." "Então escreve melhor do que fala?" "É, escreve um pouco." "O quê, por exemplo?" "Estão numa gaveta fechada, anotações, 'pensamentos', coisas assim; o enfermeiro mostrou um caderno; entendi pouco; a letra está muito ruim, muito tremida; mas quando escreve 'não' em letra de forma graúda a coisa toda fica muito clara. Papai nos fez rir outro dia quando o enfermeiro lhe foi dar injeção. Escreveu 'não' com a própria agulha da injeção que havia mergulhado na tinta preta de pintar sapatos do enfermeiro, bem em cima do lençol da cama!" "Incrível!" Heládio pensou um instante: "Mas não seria mais simples ter abanado a cabeça negativamente? Ou a mão? Me diga, que movimentos perdeu?". O filho mais moço deu um muxoxo e sacudiu os ombros: "Nunca se sabe nele o que é velhice, o que é fita".

A luneta vinha a ser uma bela peça, importada, francesa, comprada numa excelente casa de óptica. Quando os filhos disseram que era para presentear o advogado Oscar Pompeu, o dono desfez-se em amabilidades, lembrava-se muito bem da "eminente figura de homem público" que havia freqüentado tanto a loja; fora um freguês assíduo entre os anos 40, 50...; fez um preço especial em consideração. A luneta foi armada no quartinho que havia sido o escritório quando Oscar Pompeu ainda estava bem. Com movimentos um tanto hirtos, com a ajuda do enfermeiro freqüentemente, ajustava a luneta. O enfermeiro insistia para que ele a usasse: "Como é então, doutor Oscar, vamos ver hoje os anéis de Saturno? Amanhã é lua cheia, vamos olhar a lua? Como é então hoje, doutor Oscar, vamos olhar Marte, ver os canais? Ver se tem vida nele? Olha que eu li que tem! Aqueles riscos são canais feitos pela mão do homem!". Naquele dia tio Oscar falou baixo com grandes pausas e muito esforço, mas claramente: "*Que* homem? *Que* mão? *Que* canal? Tire o senhor se me faz o favor a mão suja dessa sua tinta de pintar sapatos de cima de minha luneta. *Não* estou vendo nada. O céu está vazio". É que sempre quando ele ou o enfermeiro roçavam inadvertidamente a luneta, pronto, ela já saía do lugar, mudava de ângulo. Era preciso muita paciência. Um pequeno movimento mais para um lado e o céu se despovoava. Aos poucos, levado principalmente pela vontade do enfermeiro, a luneta foi se voltando para a Terra, lentamente voltou-se para a Terra e seus habitantes. Ali se fixou por algum tempo. Nesse período foi que se notou pela primeira vez a presença da anã branca.

Os antigos enxergavam animais, heróis e deuses nas formas como as estrelas vinham distribuídas no céu. Tio Oscar passou a olhar mais para baixo, ultrapassava a linha divisória entre o céu e a terra, contudo possivelmente olhasse a terra sempre como um reflexo do céu: uma carta celeste invertida. Do seu apartamento do décimo andar, via à noitinha as luzes dos globos da rua e dos apartamentos se acenderem. Constelações formavam-se, começou a conhecê-las. Equivalências bem mais nítidas e satisfatórias, talvez pelas descobertas que traziam, dos anéis de Saturno, dos "canais" de Marte, das manchas da Lua, passaram a ser exploradas com assiduidade: ora um garoto conseguia, lá embaixo na rua, sob aplausos, realizar de bicicleta vários círculos perfeitos, cada vez menores, e a luneta apreendia o encadeamento dos seus pés com os arcos da roda realizando a proeza; ora bem distante riscos escuros verticais na parede dos fundos de um prédio revelavam por meio da luneta ser o resultado de algum escandaloso vazamento de canos; ou um ponto muito claro, perdido entre as construções, aproximado pela luneta, exibia manchas oscilantes e agigantadas: a movimentação alegre de pessoas dançando atrás de leve cortina cerrada na sala iluminada. Se o enfermeiro nas suas horas de ócio conseguiu vislumbrar alguma cena mais íntima em uma ou outra janela, se tentou forçar a privacidade atrás de persianas mal fechadas — os movimentos que tio Oscar imprimia à luneta não permitiam qualquer conclusão. Em que medida a carta celeste invertida trazia de volta as paixões, os embates humanos projetados pelos antigos no céu, e em que medida esquadrinhada meticulosamente aproximava apenas as figurações desumanizadas da cosmologia — era impossível de se saber a partir unicamente do exame atento do ancião postado imóvel na terceira janela a contar da direita daquele prédio de pintura envelhecida e fachada modesta. "Extravagante e perdulário como sempre foi, só poderia mesmo terminar assim, nesse pardieiro", dizia sempre sentenciosamente tia Maria da Glória, e o repetiu sem esmorecimento até o dia de sua própria morte. Apesar de suas condições econômicas (e de grande parte das dos Pompeu) não terem sido nos últimos tempos muito diferentes, a isso ela atribuía simplesmente o fato de "o mundo já não merecer confiança".

Na verdade o que via exatamente Oscar Pompeu? Tio Oscar foi aos poucos despreocupando-se de manter o foco da luneta bem regulado, os ajustes para o ângulo bem firmes ou realizar a troca de lentes quando necessário, e se permitiu (para grande irritação do enfermeiro) trajetórias inconseqüentes que borravam os limites entre a terra e o céu. Nessa aventura do olhar em que os acidentes da circunvizinhança rompiam-se como nos calidoscópios com que presenteara filhos e sobrinhos na mocidade, as figuras rompiam-se para logo formarem outras — as coisas pareciam interessá-lo exatamente na sua "medida celeste", ou seja: pela margem de distância que mantinham, pela sua condição de enigma. Como se ele, o mágico amador dos salões iluminados dos avós Pompeu, mudasse de papel; não fosse mais o autor dos prodígios e sim o seu alvo: sofresse o efeito de um amplo painel mágico que a ele se oferecia pleno e ainda assim perfeitamente "resguardado" em seu segredo.

Quem sabe o interesse manifestado por tio Oscar pela mágica (junto a outros menores como fotografia, espiritismo, homeopatia) fosse a forma domesticada e realizada socialmente que ele havia encontrado um dia para expressar a sua curiosidade e o seu pasmo diante da existência. O que tinha de aventurosa a sua curiosidade e o que tinha de insuficiência, desorientação, de limitação, de tolice, mudava de natureza nas noites de festa e se transformava em um belíssimo espetáculo cuja chave ele nunca entregava. A outra chave, a que não tinha, a da existência, talvez sempre tenha continuado a procurar na forma de leituras de divulgação científica, vida de "grandes espíritas", raridades bibliográficas, "curiosidades do mundo da técnica" ou aforismos pronunciados pelos homeopatas da época, de grande efeito nos meios abastados paulistanos, como: "A alopatia cura a doença mas mata o doente". A curiosidade do tio Oscar pela homeopatia, contudo, nunca o levou a investigar o conceito antagônico de "alopatia", cunhado pelo inglês Gregory no século XVIII e que pouco ou nada tinha a ver com a medicina contemporânea; talvez porque seu interesse pela homeopatia se misturasse ao seu lado histriônico assim como à sua curiosidade pela "ciência". Tanto assim que a leitura do famoso *Guia de medicina homeopática* do dr. Nilo Cairo, que em 1926 já havia alcançado a sétima edição, sendo depois disso sucessivamente reeditado, fora para ele sempre mais uma fonte de delícias de natureza obscura e um fermento à sua fantasia do que qualquer outra coisa. *Pulsatilla* (anêmona dos prados): "O doente clássico deste remédio é a mulher clara, loura, dócil, triste, chorosa, lamentando-se constantemente: piora em quarto quente, melhora ao ar livre ou por aplicações frias, embora friorenta" [...] "sintomas variáveis, dores erráticas e manhosas". *Abies nigra* (abeto negro): "Dor de estômago depois de comer. Abatimento, tristeza. Erutações. Desejo de picles". (O perfil desse dispéptico que misturava à sua tristeza o desejo de picles despertava em tio Oscar, sempre, irrefreável alegria.) *Arsenicum album*: "Mal das montanhas e dos balões. Paralisia das pernas". *Alumina* (óxido de alumínio) para "Confusão de espírito. O paciente é incapaz de decidir. Velhos secos e enrugados; moças cloróticas ou histéricas; crianças escrofulosas mal-nutridas e enrugadas. Falta de calor animal. Faringite dos cantores e oradores. Amígdalas aumentadas e endurecidas. Sensação de teia de aranha no rosto". *Onos-*

modium (lágrimas de Jó) "para perda completa do desejo sexual tanto no sexo feminino quanto no masculino". *Origanum Majorana* (Manjerona): "Remédio usado na Antigüidade pelas cortesãs gregas como afrodisíaco e hoje homeopaticamente empregado em doses infinitesimais contra todos os excessos dos instintos sexuais, especialmente na mulher. Masturbação. Exaltações do apetite venéreo. Desejo de exercícios e marchas. Ninfomania. Idéias e sonhos lascivos". No livro vinha em itálico o "excesso dos instintos sexuais, especialmente na mulher" e "masturbação". Mas, ah! O que incendiava mesmo a imaginação de tio Oscar era essa propriedade da *Origanum Majorana* de também refrear o "desejo de exercícios e marchas", o que aproximava o seu paciente dos tipos aventurosos passíveis de sofrerem do "mal dos balões e mal das montanhas" e também ainda mais misteriosamente aproximar em última instância as cortesãs gregas tanto da arte de dirigir aeróstatos quanto do alpinismo! Uma das partes do livro mais saboreadas por tio Oscar encontrava-se no seu final, no capítulo "Tendências morais". O capítulo abria-se explicando que: "A alma é uma função do cérebro" (na vigésima sétima edição vinha em nota de rodapé o esclarecimento de que o dr. Nilo Cairo "era positivista, razão de ser do conceito acima externado"). E o dr. Nilo Cairo explicava: "Todo indivíduo é dotado de vaidade, como todo fígado de secreção biliar, mas quando essa vaidade ou essa secreção biliar se excedem, tornam-se estados mórbidos que devem ser curados". A seguir ele dava uma série de exemplos de "excessos morais", trinta e sete precisamente (como: acanhado, orgulhoso, arrogante, mau, vingativo, rancoroso, perverso, ralhador, pessimista etc.); para cada qual havia uma indicação precisa. Tio Oscar gostava particularmente de alguns: "Mulher altiva, fria e indiferente", *Sépia*. "Desmazelado e porco", *Capsicum*, *Sulphur* e *Tarantula Hispanica*. (Todavia para "Aversão à água e falta de asseio", além de *Sul-*

phur introduzia-se *Ammonium Carbonicum*, em compensação tirava-se a *Tarantula Hispanica*, o que sempre o deixava bastante intrigado.) "Remorso": *Ciclamen*. "Gosta muito da rua": *Bryonia*. "Desejos de matar pessoas amadas": *Nux Vômica*. "Carola, beato": *Stramonium*. (Todos os remédios deviam ser dados na ducentésima dinamização. Uma dose a cada oito dias.) Nos anos 50, ano em que o *Guia de medicina homeopática* alcançava no final da década a décima sétima edição, tio Oscar manteve-se também muito interessado em ocorrências bem distantes da laboriosa tipologia do dr. Nilo Cairo; nas histórias que corriam sobre a morte de Monteiro Lobato quando dele se dizia que, se houvesse mesmo vida "depois", o escritor arrumaria um meio de se comunicar e "daria aviso"; a coisa havia falhado com certo amigo de Lobato, que morrera antes, mas talvez no caso o homem tivesse sido "um desastrado". "Um desastrado depois da morte!?", espantara-se tia Santinha. (A irmã acreditava fiel e serenamente na vida depois da morte — para a qual não exigia provas — e em conseqüência no cortejo de qualidades e defeitos que, havendo distinguido os homens nesta vida, deveria ser a sua natural bagagem na outra. Todavia, ainda assim, "desastrado" lhe parecera algo de muito irreverente, exuberante e irrequieto para poder participar, com propriedade, do vasto elenco de atributos humanos que certamente compunha o estofo da eternidade.) O irmão não se dignara a responder. Continuara a aguardar; talvez não tanto um sinal certo de vida depois da morte como *um* sentido para a *sua* vida que fosse perfeitamente indiviso, coeso, e para o qual a "espera" do pronunciamento de Lobato vinha a ser apenas o disfarce-fantasia. Pois havia o seu lado que especulava de forma ingênua e aparatosa e o seu lado eficiente, que o fazia lidar com segurança e gosto com engenhocas mecânicas de diferentes tipos. Nos últimos anos "os dois lados", também como nos calidoscópios, fragmentavam-se para virem a se fundir muitas vezes de forma original; ou separavam-se irredutivelmente. A trajetória irregular da luneta levou-o ainda a folhear de novo com atenção as revistas ilustradas tipo *Life*, *Geographic Magazine*, que por vários anos recebera regularmente pelo correio, onde se detinha diante das belas reproduções fotográficas do universo, dos diagramas, dos desenhos.

Muito, muito afastado de seu prédio, perdidas entre outros edifícios numa elevação de terreno, foram descobertas, um dia, apertadas entre os prédios, umas três casas remanescentes do casario que em passado recente devia ter existido naquela parte do bairro. Numa das casas havia uma figura curiosa: uma mulherinha estranha, peitos enormes, gorducha, sempre de branco. Entrava e saía da casa com certa regularidade, era vista muitas vezes à janela do andar superior, de lá para cá, ou no pequeno quintal ao lado mexendo com roupa. O seu uniforme sempre branco lembrava o de uma enfermeira ou pajem, mas nunca se via ninguém com ela. Talvez cuidasse de algum doente grave que não pudesse se erguer da cama. "Viu só, doutor Oscar, alguém que *está mesmo precisando de cuidados*; não é como o senhor, que só precisa de companhia, não é? não é?" De início, por causa disso, quem sabe, para saber realmente o que fazia, a luneta foi freqüentemente encestada na sua direção, conduzida pela mão do enfermeiro; ela podia trazer a sua imagem para muito perto, os detalhes de seu corpo e rosto. Aos poucos sua figura começou a se impor de uma maneira diferente. (Para o enfermeiro? Para o velho Oscar Pompeu?) Os gestos que fazia no tanque, no jardinzinho, à janela, apartavam-se de seu sentido corriqueiro: torcer uma roupa, ir à caixa de cartas, levar um vaso ao parapeito; como se adivinhasse que longe, alhures, estivessem de um ponto qualquer da cidade a examiná-la minuciosamente; tentando espiá-la por baixo da saia, pelo decote adentro, por meio de instrumentos poderosos: periscópios espiões que brotassem de pontos desconhecidos do espaço para forçar os mistérios do seu corpo. Havia nela qualquer coisa de "quase" disforme e repulsivo, mas também de muito sensual. Como se a qualquer momento fosse iniciar um *striptease* para uma clientela selecionada, "especial", que precisasse de "fortes" estímulos. Mais ou menos isso pensara Heládio consigo próprio anos mais tarde, baseado no que então soubera a respeito. Pois o enfermeiro um dia dissera aos filhos: "Essa mulher sem-vergonha, se não andasse tanto de lá para cá, não perturbava o sossego dos velhos". Os filhos na ocasião ficaram quietos. Um dia um deles encontrando casualmente Heládio, comentara: "Tristeza essa decadência com o pai da gente, Heládio". Ou outra qualquer coisa como "o desejo senil dos velhos". Uma manhã, depois de noite muito agitada em que fora preciso chamar os filhos e o velho Oscar parecia mais atormentado no seu mutismo, o enfermeiro voltou a mencionar a "anã branca" como causa. "Mas ele chegou a falar alguma coisa a respeito?" — perguntou mais tarde Heládio quando se inteirou do caso. "Oh, não. Mas escreveu." "Escreveu!?" — espantou-se Heládio. "Sim, sim, o enfermeiro disse que nos escritos dele vem várias vezes repetido o nome, assim mesmo como o enfermeiro passou a chamá-la, 'anã branca'." À medida que o "processo degenerativo" se acentuava e mais difícil se tornava o convívio com o velho Oscar Pompeu, cresciam as histórias sobre ele com a anã branca. Uma fala curta a dos filhos, pouco explícita, um abanar de cabeça lastimoso, uma insistência; "Coisa triste, a senilidade", "O sexo dos velhos coisa triste; sim, porque veja o físico de papai; não tem setenta e cinco apenas, tem mil, veja o rosto" acompanhavam sempre os detalhes sobre a saúde de tio Oscar. Pouco a pouco um clima pestilento, um lado de lascívia que tocava com a morte, cercou tudo o que dizia respeito a ele. Mau cheiro, urina solta, agitação, depressão ("Passa os dias se coçando de um jeito indecente"), de alguma forma não muito clara vinham a ser detalhes que se cosiam à pequena e grotesca figura lá longe da anã branca. Compreendia-se e até se desculpava que os filhos deixassem de ir com a freqüência de antes ao apartamento. Miasmas, vapores fétidos, na imaginação da imensa parentela e dos raros amigos ainda vivos, cercavam e isolavam o prédio. "Não se pode culpar os filhos", dizia alguém. "Quem suporta uma coisa assim?" Do aparelho vocal de tia Maria da Glória subiu um trêmulo de contralto, abateu-se sobre a fama de grande libidinoso do irmão: "Plantou? Colheu". E durante todo o tempo a anã branca continuou a aparecer regularmente várias vezes por dia diante da casa — para indignação do enfermeiro. Apesar de nessa última fase a luneta não manter um ângulo certo entre terra e céu, pelas informações do enfermeiro era como se apenas as atividades da mulherinha "porca" lá, lá longe, estivessem na mira da objetiva.

Depois que tio Oscar morreu a luneta ainda ficou muito tempo à janela, esquecida.

A parentela não resistiu à comparação entre a decomposição física e moral, a morte "suja" de tio Oscar, e a "belíssima" morte súbita anos atrás do homônimo de Heládio, o tio-avô bispo que caíra um dia "fulminado como que por um raio celeste, na plenitude de suas forças, incendiado pelo amor a Cristo" — conforme a descrição do monsenhor que o assistira.

Objetos, coisas particulares, foram distribuídos rapidamente entre os mais íntimos. Os escritos dos últimos tempos, olhados com grande reserva. "Melhor queimar tudo", decidiram os filhos, o que foi feito.

Uma noite em que Heládio precisava falar com um dos primos e sabendo-o às voltas com a limpeza do apartamento, para lá se dirigiu. Havia a um canto uma caixa amarrada com barbante onde o filho imaginava que pudessem estar fotos muito antigas. Continha porém, ainda, papéis rabiscados pelo velho. Heládio, que pedira licença para a abrir, com vontade de examinar as velhas fotografias, deparou-se com outra coisa. Antes que a passasse ao primo foi alertado por algumas expressões curiosas, entre elas a tristemente famosa "anã branca". Enquanto o primo respondia a um chamado telefônico, teve tempo de decifrar certas linhas escritas com letra trêmula e irregular. Ficou muito surpreendido com o que leu. Os escritos mostravam uma grande curiosidade de tio Oscar para com a cosmologia. Apenas curiosidade sem dúvida, desordenada, quase caótica, mas em nenhum momento delirante. Com qualquer coisa de compulsivo. Como se ele, sabendo de suas "barreiras", da falta de comando entre suas emoções e sua expressão, da presença constante das sentinelas, ora furibundas, ora estáticas, representadas pelos seus nervos, ainda assim pretendesse pela última vez estudar seriamente alguma coisa. Parecia muito interessado nos problemas ligados à cor das estrelas, na sua classificação com base nas cores a partir dos estudos do astrônomo italiano Angelo Cecchi que em meados do século XIX determinara a cor de uma estrela pelo seu grau de temperatura: vermelha, laranja, amarela e finalmente branca. Havia anotações a seguir sobre qualquer coisa assim como "raias espectrais", foi o que pareceu a Heládio. Chamou-lhe especial atenção outro trecho onde, depois de partes ilegíveis, vinha muito claramente escrito o nome de dois astrônomos, Ejnar Hertzprung e Henry Norris Russell. Diante dos nomes, o esclarecimento de que eles, um dinamarquês, o outro americano, ambos nascidos em fins do século XIX, tinham chegado separadamente à conclusão de que existia relação entre a classe espectral e a magnitude absoluta das estrelas mais próximas. Vinha então um recorte, arrancado de alguma revista, com o desenho do diagrama Hertzprung-Russell (diagrama H-R). Explicavam-se no diagrama as estrelas de alta luminosidade e baixa temperatura chamadas gigantes-vermelhas. Havia acima das gigantes-vermelhas as supergigantes. Abaixo da seqüência principal, as anãs brancas, descritas como possuidoras de baixa luminosidade apesar da alta temperatura, descobertas mais tarde. Ainda outro recorte em que um diagrama mostrava as grandezas comparativas dos vários grupos de estrelas. Uma gigante depois de uma vermelha supergigante e, uma terceira, o Sol. Lá se dizia que se um segmento do Sol fosse ampliado para o tamanho que se colocava na classificação número quatro, então o número cinco representaria a Terra e o seis uma pequena anã branca. Oscar também passara um forte risco preto (possivelmente a tinta preta de pintar sapatos do enfermeiro) sobre a definição do que são estrelas: "corpos gasosos, de forma aproximadamente esférica, no interior dos quais reinam temperaturas e pressões elevadas, particularmente nas regiões vizinhas do centro".

Então era isso. O que tanto o atormentava nos últimos tempos fora mesmo o céu, as estrelas, as cores das estrelas, muitas outras características que Heládio não chegara a entender examinando os rabiscos e recortes. As anãs brancas, de alta temperatura e baixa luminosidade, por que o haviam interessado particularmente? mas não, não o haviam. O nome é que fora fisgado pelo interesse do enfermeiro e para ele se destacara no monte de papéis. O enfermeiro então que batizara a mulherinha lá longe depois de passar os olhos pelos escritos? possivelmente. Talvez nem se dera conta disso. Heládio comentou com o primo o mal-entendido quando este deixou o telefone, quis lhe passar os papéis, achou graça na coisa, ela lhe lembrava o tio jovem diante das platéias improvisadas, a anã branca como uma original comparsa debaixo das luzes do palco, a alegria da invenção sem finalidade, o brilho do espaço mágico. O primo porém consultou sem muito cuidado os papéis, olhou-os com a mesma desconfiança que tivera para com os outros, não achou que valessem novo exame, foram queimados com o resto.

Sorrateiramente, como uma informação suplementar, maliciosa, indecisa em se afirmar, chegou à consciência de Heládio aos poucos, naquele período, que talvez os filhos sentissem algum remorso por terem abandonado o velho à abjeção do seu fim. Talvez tivessem tido pressa em "definir" o fim de sua personalidade, em estreitamente "amarrar" a sua figura devastada, desassossegada e praticamente muda a um ponto qualquer psicológico de igual aviltamento, de truncamento das emoções que justificasse tanta "feiúra" física, que, em suma, justificasse o fato de os filhos já não poderem amá-lo e não estarem quase a seu lado.

Heládio mais adivinhou do que soube mesmo tudo isso. As impressões vindas à consciência diluíram-se nos anos seguintes. Entre a mulherinha repulsiva que fora o ponto de atenção de toda a família, dos filhos, do enfermeiro, o fulcro de onde supostamente se irradiava a qualidade letal da imaginação enferma do velho, e o diagrama de Ejnar Hertzprung e Henry N. Russell, ficava verdadeiramente o espaço desconhecido da real personalidade de tio Oscar, não apenas a dos últimos anos de vida. Sim, talvez tivesse tido mais fantasia e mais humor do que se pensara, mais fôlego para se entreter com a vida do que supuseram, a ponto de, vencido pela doença final, poder ainda assim atravessá-la com uma curiosidade voltada para fora: avançar além da janela e das possibilidades da modesta luneta francesa, para além do céu de almanaque apontado pelo enfermeiro ou da Terra amesquinhada pela desconfiança e o repúdio dos que o cercavam.

Ali, agora, no quarto do hospital, Heládio volta-se num repelão de bruços, a cara amassada contra o travesseiro, e chora violentamente. Sente uma profunda tristeza pela morte de tio

Oscar, uma vergonha sem nome pelo que "fizeram com ele". Mas o que fizeram com ele, afinal? O que se passou mesmo naqueles dias afinal de tão dramático? Que bobagem é essa agora? Mas o que tem afinal na cabeça, por que não dorme? Por que essa excitação sem sentido? O que tem a ver Heládio com tio Oscar? Por que o chora hoje? Sente palpitações e vai com o dedo na campainha, mas muda de idéia. Que remédios lhe foram dar esses dias que o deixaram assim? Aos poucos se aquieta, vira-se de lado, a tristeza não o abandona. Talvez por ter estado esses dias tão ansioso e fraco e... e aquele homem detestável lá no solário; bem, talvez por isso tenha ficado tão sensível a tudo. (A família não o chamou sempre de "um sensitivo"?) Contudo... hoje sabe finalmente que abandonaram o velho à sua sorte. Quem? Os filhos, os amigos, ele mesmo, os que ainda se sentiam tocados pelo calor da vida. A própria vida o abandonou "à sua sorte". Por isso hoje é capaz de arrancar de dentro de uma figura torta, grotesca, de uma anedota da sexualidade truncada (de uma anedota armada contra o tio como se arma uma armadilha de pegar ratos) como foi a historinha da anã branca — arrancar de dentro dela uma outra anã branca, a que participou com o velho das aventuras do conhecimento, do festim dos astrônomos, do festim dos cosmólogos, dos que seguem pistas radiantes no céu. "Que coisa...", "que coisa...", vai sossegando Heládio, ... essa história toda, que bobagem... (boceja). Quando foi mesmo? Que bobagem..., a verdade é que todas as coisas têm mesmo duas versões, duas anãs brancas, ou mais de duas, ou... que bobagem, ou, ou, muito mais versões, ou uma constelação, o céu, ahhh...

Afinal não é tão grave ter chorado desse jeito. As pessoas em ocasiões especiais choram mesmo; ponto. A operação que fez, posto que ridícula, nem por causa disso deixa de ser "especial". Além do mais, chorar... bah! E agora é tratar de dormir! Lept! Joga os lençóis sobre si e enrola-se neles.

Mas não dorme. A chuva caindo pesada vai tornando-o sensível para a terra que a recebe, as poças que devem estar se formando nas raízes da árvore perto da janela. Pensa no solo do Cemitério da Consolação, nas partes de terra que ainda bebem a água, nas ruazinhas de cimento transformadas em córregos, no silêncio e escuro dos jazigos se defrontando. Pensa os mortos acumulando-se lá embaixo, com particular desgosto pensa os mortos da família.

E então nessa vigília inusitada, por dentro do desregramento de sua fantasia insone, a chuva cessa e lá na Consolação retoma a direção do céu na forma de um claro vapor.

O solo torna-se transparente igual a uma superfície de vidro, mostra um salão submerso iluminado onde os mortos passam como peixes lisos e silenciosos, trocam de lugares.

Os tempos fabulosos e pitorescos.

Os tempos são muito antigos: fabulosos. A chave para se entrar neles é o pitoresco. Por ela se poderá alcançar esses Pompeu já mortos. São seguidos pelos vivos, que não lhes dão sossego. Por que não lhes dão sossego?

Não lhes dão sossego porque não os deixam se acabar por si. São muitos. Devem abrir espaço para outros. Mudam de lugar; vão sendo reduzidos. Como naqueles jogos em que um cubo grande guarda um menor e este um ainda menor que por sua vez guarda outro menor — "os restos mortais", "os despojos" desses Pompeu vão passando de um recipiente a outro, cada vez menor: caixão, gavetão, gaveta, gavetinha. "Todas as famílias numerosas e que perpetuam a memória de seus mortos agem assim" — explicou um dia tio Vicente para um grupo da nova geração, escandalizado: "Isso não é uma inovação de nossa família, moços!". Sim, sim, sempre existiram os ossuários nos cemitérios, as gavetas nos jazigos, mas talvez nos últimos anos, pela "pressa" dos Pompeu em morrer, pelo acúmulo de mortes, fora preciso, por assim dizer, na expressão de primo Afonso (pouco antes de ele também se ir), "agilizar o tráfego lá embaixo". ("Agilizar" vinha a ser uma expressão cunhada e desenvolvida na administração pública municipal onde trabalhara Afonso, espaço porém onde a "agilização" jamais alcançara a presteza das trocas intertumulares dos Pompeu.) Pois havia Pompeus que precisavam "dar espaço" mas ainda não tinham se acabado de todo. Mediante licença, com o responsável pelo cemitério, os parentes mais próximos presentes, a papelada em ordem, abria-se o caixão, "passava-se" o morto para outro local. Mais tarde vinham os comentários. Os Pompeu se orgulhavam de serem "realistas" e "durões", daí a "sensibilidade" de Heládio ser olhada com tanta desconfiança na família, ainda assim, em ocasiões como essas permitiam-se informar com uma vaga expressão de horror: "Você nem imagina. Sobraram só os cabelos, o vestido e as mãozinhas trançadas, intactas!". "Verdade!?" "Mas quando o coveiro tocou nas mãos elas se desmancharam! Pruuuuuf..." "Oooooh!" — Ou então: "Ele estava horrendo, esta é a verdade". "E como você esperava que estivesse, corado? Acaso partiu para uma estação de águas?" "Bom, me explique direito, horrendo como?" — "Horrendo como, essa é boa, como vou explicar? Estava com a boca escancarada, para fora, praticamente ficou reduzido a dentes!" "Verdade!!!?" "E tem mais, ficou com uma pele esquisita! Marrom, tão escura, como se fosse uma escultura de madeira, impressionante." "Pobre Sinésio!" Havia no tráfego lá embaixo problemas complexos que ultrapassavam a simples questão do espaço. Viúvos que enviuvavam e casavam de novo, os filhos desse segundo casamento, desafetos etc. etc., como fazer com eles: "Pôr tudo junto?", "Nem pense nisso!". Ou então: "Meu caro, tenha senso de propriedade. A conversa é sobre o jazigo dos Pompeu-Leitão, *na* Consolação, não sobre um cortiço no Bexiga", "Sim, mamãe, desculpe". Na verdade essas contínuas alterações "lá embaixo", mais as benfeitorias nos jazigos, reformas, reposições, consertos (a asa quebrada de um anjo, um vaso arrancado a outro túmulo, o canteiro de um terceiro precisando ser replantado), imprimiam uma vitalidade toda especial à maneira dos Pompeu cultuarem seus mortos. Como um prolongamento dos salões de vovô Pompeu, com suas festas, preparo do ambiente, limpeza dos mármores, a cuidadosa escolha dos convivas, a combinação de um com o outro, de quem "afinaria" com quem, de quem seria vizinho de quem. A compra regular de flores (estipulada em datas freqüentes de calendários privados), a repartição dos gastos para a sua manutenção em determinados jazigos representativos de grandes "subgrupos" (como os Pompeu-Leitão) — levavam a família a uma forma de sociabilidade muito gratificante conduzida pelos "de baixo". Uma ocasião, ainda na infância de Heládio, foi descoberto que um primo de vovô Pompeu havia ido parar no ossuário geral do Cemitério do Saboó em Santos. Um escândalo. "Em vala comum!" A trasladação do corpo, outro. Pois não havia mais corpo, a bem da verdade. "Nem um ossinho?" "Bom, uma rótula." "É suficiente; façam subir a rótula; não, não quero saber das dificuldades, façam a rótula subir a serra do Mar, estou dizendo!" Se os desafetos deviam ser separados e com os viúvos de segundo casamento deviam-se evitar casos, por assim dizer, como lembrava tio Oscar, "de poligamia *post-mortem*", em compensação a parentela mais pobre (ou simplesmente imprevidente) devia ser trazida ao leito familiar. Alguém que adoecesse de moléstia grave, outro muito idoso etc., e que estivesse nessas condições, literalmente sem ter "onde cair morto", e já o superintendente do Serviço Funerário do Município de São Paulo recebia o pedido de averbação de novos nomes acrescentados àqueles a quem de direito: "Fulano de Tal na qualidade de concessionário do lote X, da quadra X, do Cemitério da Consolação, vem mui respeitosamente requerer perante Vossa Senhoria que se digne determinar averbação, no livro de registro de concessão da necrópole acima citada, dos nomes relacionados para fins de futuro sepultamento". Os crescentes desquites (e subseqüentes "ajuntamentos") das novas gerações eram um caso à parte ("E agora divórcio, meu Deus!") e mereciam tratamento particular e diferenciado. Dependia do caso. Mas havia os "modernos" que já estavam abandonando a Consolação pelo Getsemani, por exemplo. Como os vivos que abandonaram Higienópolis e desceram para os Jardins (os que puderam); outros... onde vivem, onde caem, onde se enterram, ... onde, onde, quem deles sabe.

Sim, os tempos já não são os mesmos. Ainda que hoje se perpetue e até se amiúde o hábito dos Pompeus mais velhos de "intervir" nos túmulos e "animar" a paz que lhes é própria, Heládio há muito sente esses tempos como verdadeiramente outros, os fabulosos, os que já não estão. Hoje nessa vigília acesa os reconhece particularmente fabulosos.

Pois deslizam os mortos por sob a terra nesses salões iluminados. Conversam por sistemas especiais de sinalização; como peixes lisos e brilhantes de um aquário submerso, não se ouvem palavras nos seus lábios. Em suas festas não há ruídos, não se quebram copos, não se chora. Entram e saem dos jazigos mas nunca passam para outra jurisdição. De que falam em seu código silencioso? Do que todo mundo sempre falou em vida, sempre fala. Mas Heládio sabe que a exigüidade do tempo, pois a memória se perde a despeito dos jazigos, obriga os Pompeus remanescentes a procurarem um termo que os una e ligue sua memória comum. Acham-se muito pitorescos, é isso. De início termo bastante dúbio, suscitando o mesmo misto de admiração e desconfiança que se tinha diante do tio Oscar, de suas artimanhas e invenções; hoje como traduzir a memória dessas particularidades, dessas diferenças pulverizadas em mil, se não por ele, o pitoresco? Tal qual as antigüidades, os tapetes valiosos, que o filho Felipe comercia tão custosamente, outros de sua geração comerciam com menor custo e bem maior êxito os "hábitos curiosos", as "excentricidades" dos velhos Pompeu. Como são cheios de si próprios! No sentido exato de auto-recipientes. Os anos acumulados, aos poucos fizeram "vazar" muito dessa crônica menor escondida nesse ou naquele grupo, para o território comum da família, realimentando-a, cada vez mais, de si mesma. Sentem-se tão diferentes! Mas onde *está* sua "diferença", afinal de contas? Onde? Onde? No que consiste ela? Narram-se entre si, vão fiando leve teia de pequenos incidentes e produzem aquele vapor azulado, aquele fogo-fátuo que sobe da Consolação e ainda enevoa hoje os olhos do Heládio insone, exausto.

A chuva pela madrugada diminui. Com o fim da noite o torpor vence Heládio e ele adormece. No fim do período de sono, já com a manhã alta, deitado de lado com as pernas flexionadas, os joelhos quase tocando o ventre, ele sonha que se encontra acompanhado ali na cama. Não está só. Uma mulher abraça-o pelas costas, seu corpo acompanha a curva do corpo de Heládio, as pernas seguem à perfeição a curvatura das suas pernas, mas estão ligeiramente abertas, abraçam-no também. Uma mulher feito uma luva sob medida, nenhum flanco seu a descoberto. Ela respira pesadamente às suas costas, mal se mexe como se também estivesse pesada de sono. O sono é parte do entendimento que os une e por dentro dele irão se encontrar em definitivo. Irá dali a pouco possuir essa mulher, sem pressa e com paixão, irão se mover dentro do sono como animais sabidos e docemente angelicais. Serão tudo isso, poderão ser sempre tudo isso. Irá dali a minutos penetrá-la por trás a despeito dela não se achar à sua frente, continuar às suas costas. Não se espanta, pois sabe que no momento oportuno um movimento minimamente breve e o mais sábio de todos e o mais doce e o mais rápido os fará enrodilhados sem erro, como um novelo estarão por dentro e por fora, trilharão macios e rascantes o alegríssimo círculo da paixão, a pólvora explodirá a solidão para longe, ele já não a tem, estão muito juntos. Muito. Muito. Muito. Antes de atingi-la prolonga o entendimento do amor, ele se deixa ali estar escutando a levíssima chuva, há uma lembrança que vem de fora, outros tempos talvez, não sabe, a água desprende-se dos galhos, embebe a verdura do chão, está fresco dentro do quarto, tão leve o ar, os corpos aquecidos um no outro sentem os lençóis quase frios, cheios de "ar livre". São as árvores gotejando lá fora, não é mais a chuva. Heládio acorda e fecha os olhos novamente, em vão. Nunca conseguiu *continuar* um sonho. Só os pesadelos da infância iam e vinham, interrompiam-se e continuavam noite adentro. De olhos fechados quer pelo menos continuar sentindo o que sentiu, mas o que sentiu também começa a ir embora. Por um instante a vizinha de prédio, que ele mal cumprimenta e que emprestou sua aparência à mulher do sonho, ainda lhe parece familiar, ainda sente por ela... sim, irá procurá-la quando sair dali, mas logo em seguida ela se vai desvirando no que sempre foi para ele: absolutamente nada. Tanto faz dirigir-se a ela no futuro ou a qualquer outra. Exigirá os mesmos ensaios, tentativas cegas, recuos, aprendizados, talvez em vão. O amor para se cumprir umas poucas vezes passa sempre por esse emaranhado miúdo, urbanidades, e ele... à medida que a mulher do sonho o abandona, o rosto da vizinha vai abandonando a suavidade de que se revestiu. O seu amor por elas que desaparecem separadas é agora o espaço entre as duas, sem ninguém; é a privação debaixo dos lençóis que não as abrigam. O joelho curvo toca o seu pênis em ereção. Assusta-se, o desejo também recua. Uma desistência por hoje.

Soergue o corpo ao escutar o ruído no corredor, das copeiras empurrando os carrinhos com o café-da-manhã. Quando a porta do quarto é aberta e a copeira introduz o carro dando-lhe bom-dia, mesmo o sentimento de privação deixa de ter realidade.

O turno do dia

O dia já vai a meio. A temperatura baixou uns cinco graus. O céu mostra-se pálido, esbranquiçado. Um ventinho frio passa pela janela. Mais tarde talvez ainda chova. Provavelmente chuva fina, desses dias de quase inverno que se imiscuem nos meses de primavera em São Paulo. Uma irritabilidade nova, uma exasperação "ativa", toma conta de Heládio. Move-se pelo quarto, agita-se, espia dentro das gavetas, enumera as coisas todas que trouxe consigo. A pequena mala e a sacola acham-se em cima da cama ao lado, a do acompanhante ausente, porém Heládio não se anima a completar a arrumação. Não convém arrumar tudo agora, pois na certa irá precisar exatamente daquilo que tiver guardado em primeiro lugar, alguma peça de roupa ou objeto que acabará ficando *fatalmente* debaixo de todos os outros. Conhece como são essas coisas. Tem familiaridade com tais "aleivosias do cotidiano" (expressão de tio Oscar, em seu tempo também muito experiente no assunto) de caráter bastante suspeito, tanto ao serem examinadas do ponto de vista de seu homônimo d. Heládio Marcondes Pompeu, para o qual se a "vida é um caminho reto, o diabo tenta pelas margens", como pelo da ex-mulher, segundo a qual Heládio freqüentemente quando realiza um ato está na verdade pensando em outro, daí esses "aturdimentos" lhe acontecerem. O que, ainda segundo ela, vem a ser sintoma claro de pouca determinação e seriedade no trato com as coisas da vida. As origens mesmo disso, porém, perderam-se muito para trás, enraízam-se possivelmente naquele núcleo de paixões antigas, ambivalentes, conflitantes, nunca resgatadas plenamente à luz do presente. Suspeita-se que tenham sido paixões tão diversas quanto os pertences de uma mala a qual deverá em princípio trazer *absolutamente tudo* com que se possa sonhar para uma estada de poucos dias, cujo conteúdo deverá poder responder prontamente a qualquer circunstância inesperada, qualquer apelo do desejo. As experiências com objetos que literalmente somem em um cômodo pequeno e claro, misteriosamente e para sempre, ou, como a acima descrita, de objetos que são chamados ao uso exatamente quando isso implica o desmoronamento de uma ordem anterior laboriosamente construída (uma exemplar pilha de camisas sociais, impecavelmente passadas, por exemplo), são perfeitamente familiares a Heládio. Todavia com os livros o caso é outro; podem ir já, já, de imediato para o fundo da sacola. Não leu nada do que pretendia. Não é agora que irá fazê-lo. Exceção ao conto de Jack London "O inesperado", retomado com o mesmo prazer das primeiras leituras, tão afastadas no tempo. Com um prazer na verdade aumentado, mesclado à culpa de não conseguir explicar bem a sensação de consolo e desafogo, essa alegria de se ver lançado, através de uma escrita firme e direta, para muito longe de si mesmo, apartado de si, arrojado para dentro do ano de 1898, durante a febre de ouro no Alasca, em uma pequena cabana encravada num solitário pedaço de terra a uma centena de milhas da localidade mais próxima, Latuva Bay. Ali, na companhia do imigrante sueco Hans Nelson e de sua mulher Edith Nelson, nascida Edith Whitlesey em um distrito rural da Inglaterra, do jovem Dutchy, do texano Harkey, do irlandês Michael Dennin, dos índios Neggok e Hadikwan, ele viu — afastando de si a primavera paulistana de 1980 como se afastasse uma névoa dos olhos — viu os dias do verão no Alasca prolongarem-se, entrarem outono adentro, esquecerem-se nele até que "repentinamente o inverno chegou". E com ele o inesperado. Com o termômetro marcando vinte e cinco graus abaixo de zero e soprando um vento gelado, Heládio, ao lado do casal Hans Nelson e dos índios Siwash, presenciou a aplicação da lei dos brancos ao irlandês Michael Dennin. Junto aos índios "silenciosos e solenes", ali esteve mais uma vez como usualmente fez a cada leitura, prestando sua solidariedade ao casal, apartado de si e todavia reconciliado consigo, leve de coração, integrado no mundo, piedoso, compassivo, alerta, curioso e... em paz. Em paz. Mas isso já se foi. Passou. E à sensação de culpa pela inexplicada felicidade junta-se agora a de que a antologia dos contos norte-americanos teria roubado uma parte, ainda que ínfima, do tempo reservado aos outros livros, os programados. Pois a verdade é que no hospital não chegou a fazer coisa alguma. Nada. Essa a verdade. E mesmo ali as pessoas estão sempre se atravessando no seu caminho, atrasando-o, impedindo-o de realizar os mais singelos planos. Hoje em dia não se tem mais o controle da própria agenda, tudo é surpresa. Mesmo uma agenda por assim dizer "impalpável", assinalada nas folhas soltas dos tempos mortos de uma convalescença tão simples, não pôde ser seguida. Resolve então naquele exato instante fazer finalmente algo que não deixe margem a dúvidas; realizar uma ação simples e nova, não praticada desde que ali se internou: *vestir-se*. Ainda que o dia vá tão avançado. Pois não tem mais sentido permanecer de pijama. Não combina mais com sua atual "situação". Está muito exasperado para isso. E hoje é a véspera do dia de sua saída, deve começar *já* a pensar em tomar várias providências, o ato é um primeiro passo. Uma vez a roupa trocada, todavia, percebe o absurdo que é permanecer fechado em um quarto de hospital com traje "de passeio"; confinado em um pequeno espaço, com "roupa de rua". De manhã o enfermeiro João o havia aconselhado a dar uma voltinha pelo hospital "para ir experimentando as forças". Mas o Santa Teresa afinal de contas não é um sanatório. Não tem cabimento sair por aí arrastando-se, andando devagar misturado às visitas, despertando curiosidade com seu ar abatido, seus passos cautelosos. No corredor do andar, até aí, ainda vai. (Lembra-se com certo mal-estar da ida ao velório do ex-vizinho de quarto.) Sem dúvida há qualquer coisa de muito errado na sua figura de pé, plantada no meio do quarto, inteiramente vestida. A verdade é que isso o enfraquece, não o contrário. Sente-se *mais* doente e não menos, ao permanecer ali, de camisa esporte, calça, cinto, sapatos com o laço bem dado, esperando que o dia se gaste por inteiro, a rotina do hospital o devolva à cama. Tão rapidamente quanto sua situação o permite, se desveste.

    O Nico Aço abre a porta de improviso quando Heládio mal terminou de colocar o roupão por cima do pijama. As calças, a camisa e a cueca acham-se jogadas sobre a cama ao lado, sem ordem. O albino olha à sua volta surpreendido, sem compreender. Se apenas visse o pijama sobre o corpo de Heládio, visse os dois como os viu nesses dias todos, não estabeleceria nenhuma relação nova a partir de um e outro. Mas agora absorve bem apenas a última informação: o pijama que *volta* ao corpo. Aquilo lhe dá uma idéia:

    — Fingindo-se ainda de doentinho, meu santo?

    Com estudada indiferença Heládio lhe responde com outra pergunta:

— E por que você acha que continuo aqui? Por gosto?
— Isso não sei. Não falo por mal, sabe. Mas tem gente que se acostuma.
— Ah, é?
— É sim. E o doutor Macedo dá corda. Logo percebe o tipo e dá corda. Não são todos que dão.

Heládio alisa a colcha da cama do acompanhante ausente e junta as peças atiradas a esmo, mostrando um desusado empenho na tarefa; retruca:
— O doutor Macedo achou arriscado eu ir para casa hoje.
— Pois sim! Era só o senhor insistir que ele dava alta. Agora não tem jeito. Já foi embora e deixou a alta assinada para amanhã.
— É o seguro-saúde que fiz que paga tudo, me entende? Eu mesmo não teria esses luxinhos, como você na certa chama o dia de hoje.
— O seguro-saúde é que é *o* luxinho. Quem chora miséria e tem seguro-saúde particular não me engana.

Heládio está furioso. Mas o que deu no rapaz, sempre tão obsequioso, parecendo até meio simplório, objeto de brincadeiras e caçoadas dos enfermeiros mais velhos? Diz para adulá-lo, pois ouviu contar pelos outros que é louco por música:
— Está com tempo? Gostaria de ouvir alguma dessas fitas?

O albino Nicanor examina as três fitas cassete que Heládio lhe mostra. Recusa todas as três mas uma espécie de fulgor passa pelo seu rosto despigmentado quando responde com um acento de paixão:
— Sabe o Brian Eno? Um amigo meu me emprestou um disco novo dele para eu gravar em cassete. Só que estou comprando um aparelho de som com gravador acoplado, junto com outro amigo, e o aparelho não fica na minha casa. Lá não tem espaço para nada. Vou ter que esperar o fim de semana para gravar o Eno.

Brian Eno. Heládio nunca ouviu o nome. Isso o intimida. Retruca em cima para não dar tempo a que o outro conduza a conversa:

— Quer o meu gravador Aiko? Se puder gravar ainda essa noite...

Mas Nico Aço manifesta o seu espanto e rejeição por um gesto desabrido:

— Eno!? Num Aiko!? Qualquer música num gravador dessa espécie dá nisso que eu às vezes vejo o senhor escutando, imagina o Eno! Gravar som de sintetizador num Aiko!

Heládio sorri amarelo:

— Para escutar um pouco de música aqui no hospital achei que um gravador pequeno...

— Ah, não, desculpa, meu santo! Eu se fosse o senhor não usaria nunca gravador desse tipo para música. Agora, o Eno, é boa! Veja, o Eno, percebe... é, é aquela quantidade de som que tanto pode puxar a cabeça da gente e deixar o sujeito apagado para qualquer outra emoção, como ficar ali do lado da gente, como quem não quer nada, como se fosse o ar, o simples ar em volta...

Heládio está estupefato. Não reconhece absolutamente o enfermeiro Nicanor nessa criatura apaixonada que tem pela frente; quanto ao próprio Eno, resolve finalmente ousar... se arrisca, solta a frase como um balão de ensaio, não tem a menor idéia de como irá terminá-la:

— Sei bem que a música do Eno...

— Sabe bem que a música do Eno não é exatamente música. (Pausa.) Ou não sabe?

Heládio balança a cabeça afirmativamente sorrindo de maneira pouco comprometedora. O albino volta à carga:

— Esta não é a maneira certa para se falar das suas últimas composições. Ele acha terrível ter que chamar o que faz de música.

— Sem dúvida...

— Meu santo, agradeço de qualquer modo — (Dá uma pancadinha com o anular em cima de uma das fitas cassete). — Está começando o meu plantão. Vim rapidinho um pouco antes só para saber como está passando. Amizade é isso aí.

Heládio permanece aturdido. Continua pensando em Brian Eno e no albino Nicanor. Ele lhe escapa, o garoto, ele lhe escapa completamente. Com o Mauro essa impressão sempre lhe ocorreu (no dia de ontem uma vez mais), mas é outra coisa. Com o filho Felipe também é outra coisa. Naturalmente sempre esteve preparado para pensar o filho como alguém que tem as suas idéias próprias a respeito não só dele, Heládio, como da vida em geral. Desde que o rapaz nasceu preparou-se para os primeiros sinais da puberdade. E eles vieram, ô-lá-rá se não! Mas o albino Nicanor apanhou-o de surpresa. Nico Aço parece que o vê ali, dentro do quarto, de uma determinada luz muito incisiva, isso o espanta. Está por conta dos outros. E isso não lhe agrada. Quando sai o Nico do seu quarto e bate a porta atrás de si para cumprir o seu plantão, então é certo que continua, continua por aí o safadinho, *perdura além* do plantão, vai batendo outras portas atrás de si, sai do hospital, continua, continua por aí afora e ele Heládio é que se apaga na cabeça do albino, fica esquecido para trás, atrás da primeira porta batida. Vai por aí afora o Nico, tem folga, come, descome, ama, escuta suas músicas, tem a *sua* vida..., espantoso realmente! (Os pensamentos vão se acumulando como uma apreensão indistinta perto do seu coração sobressaltado.) Espanta-o a independência do Nico. Um pouco como se espantaria se a mesinha de refeições com os seus pés de pequenas rodas, a lâmpada de cabeceira, mesmo o papagaio para colher urina e que durante aqueles dias de internamento disputou com o gravador Aiko as honras do lugar mais seguro onde passar a noite (o armarinho da mesa-de-cabeceira), pusessem-se juntos a avaliá-lo, a sopesá-lo com seus cerebrozinhos maldosos e imprevisíveis escondidos atrás de superfícies supostamente inócuas: madeira, ágate, fórmica, vidro...

... E a cara que fez quando falou no Brian Eno! Heládio pensa na imensidão das formas na cultura, que pesam umas sobre as outras, gastam-se, voltam, desaparecem; basta pensar na avassaladora proliferação das formas, desde a década de 50, quando fora jovem, aos dias de hoje. E que lhe vão à deriva, vão à deriva. E o Lima Barreto e o Kant, curiosidades antigas que trouxe para cá, e as deixou intocadas... E o Brian Eno agora, assim sem mais! Lançado-lhe no rosto como coisa corriqueira, do conhecimento de todos, como um nabo ou um, um... como o que se expõe à luz do sol, à vista de todos nas barracas da feira e não oferece mistérios; e, ainda assim, a despeito dessa identidade óbvia, catalisador de paixões e divisor de águas... Sim, pois o Nico Aço dele também falou como as velhas tias sempre lhe falaram de Halley, com aquela fulguração, aquela paixão luminosa que, na noite passada, não sabe como, lhe voltaram tão nítidas... Nabos e cometas, eis as pontas da existência, da invenção humana. E pensar que o Nico Aço, sim, ele próprio deve guardar dentro de si a amplidão dos sons, os imensos lagos de margens indistintas, os poços de límpida sonoridade que seus ouvidos descobriram no Brian Eno. E qualquer criatura... por que não?, deve abrigar também o seu próprio conteúdo desmedido, ora apenas um *lugar*, sem fundo, sem cobertura, sem lados; ora todo o esganiçamento, todo o encarniçamento, todo o encarniçamento dessa matilha de sons que vai, vai no encalço de uma presa definida, um termo seguro, um sucesso para cada existência. Leu recentemente alguma coisa sobre os sintetizadores, sem dúvida que leu. Uns instrumentos eletrônicos esquisitos, capazes de inventar novos ruídos, novos timbres, mas também *fingir* os velhos instrumentos musicais. Precisa se informar melhor... talvez por aí... quem sabe, o Eno, hum, o Eno.

Uma batidinha breve na porta e segue-se a entrada de um outro Nico Aço muito diferente do anterior. Encosta a porta atrás de si, vai até o meio do quarto, fala baixo com discrição:

— A filha do velho veio buscar umas coisas dele que ficaram no andar e pergunta se pode falar um minutinho com o senhor.

— Que velho?

— Já esqueceu? O 205. Olha aí o cartão. Vinha passando pelo corredor quando ela me pediu para lhe dar o recado.

O cartão, não muito pequeno, do qual escapa leve aroma de verbena quando Heládio o aproxima dos olhos, traz no alto, à direita, escrito em caracteres simples, em sépia, o nome: Dora Machado Leme. Os dois sobrenomes acham-se riscados com traços quase verticais, rápidos. O cartão diz numa letra graúda, vigorosa, de laçadas incompletas: "Parece que temos um amigo comum: Mauro de Castro. Poderia vê-lo um instante?".

Heládio lembra-se que Mauro lhe havia falado qualquer coisa sobre ela, qualquer coisa positiva, não recorda exatamente o quê. Lamenta ter trocado a roupa pelo pijama. Não, é melhor assim, pode voltar mais depressa para o quarto. Ela que não lhe pergunte por que está internado, não ouse! Coisa cacete, o que Mauro terá exatamente lhe contado? Pergunta ao Nico Aço:

— Onde está a pessoa?

— Estava lá perto da capela conversando com a enfermeira-chefe.

— O solário está vazio a essa hora?

— Tem uma operação grave no andar, mas o pessoal da família foi todo para a sala de visitas do outro lado.

— Pergunto é se tem algum doente.

— Não tem nenhum doente no andar em condição de chegar lá.
— Diga então à senhora que daqui uns dez minutos eu a encontro no solário.

entendimentos e cumplicidades

— O dia está nublado, por que será que não levantaram os rolôs?

Essa é a primeira frase de Dora Machado Leme à feição de cumprimento, sorrindo para Heládio do meio do solário.

— Vou suspender uma das cortinas — diz Heládio pressurosamente, aproximando-se da mulher, sorrindo também em resposta.

— Não... — retruca Dora —, está muito bem como está. Fica-se mais abrigado. Falei à toa. E o senhor — faz uma pausa, sorri de novo, muda o tratamento — você, está melhor da gastrite? Se entendi bem não chega a ser úlcera? Veio para tratamento ou foi operado?

— Assim, assim — balbucia Heládio e percebe no ato que sua frase não faz qualquer sentido. Sem transição arremata: — Meus pêsames. Senti muito.

O dia branco e cinza lá fora empalidece o amarelo das cortinas de lona. Alguns dos vidros devem estar abertos, porque as cortinas descidas tremulam fracamente. Acham-se os dois dentro de uma concha esmaecida, amarelo-água. Antes de se tocarem, apertarem as mãos, o leve perfume que cada um traz adiantou-se a ambos, cruzou o espaço do solário, cada aroma rapidamente orientou-se para as narinas do outro, num reconhecimento do terreno, como pequenos animaizinhos domésticos voláteis, ronronantes e cariciosos. "Aqui", "aqui", "aqui, queridinho", pareceu dizer cada apêndice nasal ao perfume do outro que acorreu alegremente ao apelo, satisfeito por poder contar alguma particularidade de seu dono ou dona, chamar a atenção para um detalhe de cabelo, um movimento de face. A verbena de Dora Machado Leme cruzou-se sem embaraços com o vetiver de Heládio (posto parcimoniosamente nas frontes e atrás das orelhas depois de Heládio ter lavado copiosamente o rosto e o pescoço). Muitas outras informações aéreas, quase táteis, graciosas e leves, cruzaram o espaço do solário em questão de segundos. Um dedilhar sem dedos como se apalpassem na imaginação um ao outro, descuidosos, sem *a prioris*, sem pretensões e ainda assim esperançosos. Como pequenas e intrigantes borbulhas de champanha evoluindo inicialmente de um fundo transparente e frio para logo lançarem-se e subirem em todas as direções, atordoadas com as alegrias do reconhecimento.

"Ela deve ter chorado ainda há pouco", observa Heládio quando lhe aperta a mão. "Mas não parece triste." "É uma bela, bela, mulher", constata. "Que bom." Mas o que acha da visitante é um pouco mais complicado, não é assim tão simples quanto a beleza. Tem ali diante de si uma jovem encantadora, sem dúvida, mas embrulhada na meia-idade. Isso é possível? Ela é de uma carnação branca, deve ter tomado sol sem chegar a ficar morena ou mesmo avermelhar, contudo um pouco de ouro vem com o branco da pele. O rosto é largo, meio eslavo, o nariz, bonitinho, de ventas ligeiramente alertas, "quase" arrebitadas. Os lábios são finos mas carnudos, e quando sorri sem praticamente descerrar os lábios os olhos castanho-amarelos sorriem juntos, apertados. Um pouquinho para gorda, tem os cabelos penteados para trás, lisos, claros e brilhantes, como se acabasse de emergir de uma piscina, com o tronco ereto, o pescoço forte sustentando a cabeça, sacudindo-a com firmeza para deixar escorrer a água dos cabelos. Muita, muita saúde é o que parece possuir, o que talvez seja também em parte responsável por essa impressão de uma mulher descansada, infantil, disfarçando-se dentro de outra, já madura. E nem ao menos *é* muito conservada, observa Heládio meio aborrecido, porque a despeito de ir anotando alguns senões que vão lhe chegando ao conhecimento — o encanto não se perde. De fato, tem umas rugazinhas bem fundas no canto dos olhos, talvez um começo de queixo duplo, as pernas são um tanto maciças, que idade poderá ter exatamente? Essa carnação tão luminosa não começa ainda a se apagar, é de leite e ouro mas as suas formas são de alguém que gosta de descansar comodamente, de se pôr inteiramente à vontade ao chegar em casa. E a casa é a meia-idade. Que se permite soltar toda a respiração e mostrar, não um começo de barriga (isso Heládio dificilmente admitiria, tem alguns princípios rígidos sobre beleza feminina dos quais não abre mão), mas coisa diferente, um começo de lassidão. Pois assim como suas formas generosas acolhem ainda a jovem encantadora de ontem, também apontam para a mulher velha de amanhã: instalada então numa corpulência indiscutível mas sempre firme, satisfeita com sua pele boa (corada, esfregada valentemente) e muitíssimo bem-humorada por ter podido finalmente "entregar os pontos". E é essa mobilidade, essas três idades em uma que talvez façam Heládio aprumar-se, hesitar, como se ali, naquela pálida luminosidade champanha do solário, uma mulher de creme e ouro lhe falasse dos ciclos da atividade amorosa, de excitação e repouso e novamente muita excitação e muito repouso. A mulher com quem sonhou pela manhã, e para a qual pediu emprestado o rosto da vizinha de apartamento que sempre lhe foi tão indiferente, se não existe mais nem como memória, nem como privação, perdura todavia como um doce campo imantado de desejo; prepara o terreno para essa carnação tão viva que se move pelas estações da existência feminina com tanta naturalidade.

Heládio tira os óculos quando se acha bem próximo de Dora para vê-la com nitidez de perto mas também para que ela o veja sem o afastamento que os óculos impõem à sua fisionomia. Precisa ter os olhos (que são encaixados fundo na cavidade orbital) livres da armação, para que deixem passar seu olhar "de verdade", possam falar de ternura, muita ternura.

— Senti muito mesmo a morte de seu pai. Fomos vizinhos de quarto, por pouco tempo é verdade.

— Conheceram-se? — pergunta Dora impressionada com a entonação.

— Não... eu,

— Que absurdo o meu — retruca vivamente a filha de Alcyr Machado. — Claro que não. Ele estava tão mal e ficou em coma três dias. Mas você está pálido! Sente-se bem? Perdeu sangue? — Dora avalia impressionada: "um rosto sofrido. Que olhos, que expressão!".

Heládio recua um pouco. À palavra "sangue", seus "cômodos inferiores" fazem-se lembrados, começam a latejar lentamente. Como se dessem as horas. Tam-tam-tam. Desconversa e faz humor:

— É o meu queimado de clube que envelheceu. Nada de importância. Fale-me do seu pai. Deve estar muito abalada.

Os olhos da mulher enchem-se de água mas ela teima em sorrir.

— Não, não. Faz tanto tempo, compreende, que ele estava nesse estado. Mesmo antes de entrar em coma já tinha muito pouco contato com a gente, com a família. Foi melhor assim.

— Sei — diz Heládio pensativo. Com as palavras da mulher "o paciente do escroto" ganha por fim uma agonia decente, uma agonia como a de "todo o mundo" que conheceu socialmente, de cuja morte teve notícia apenas por telefonemas ou anúncios fúnebres — não é mais seu vizinho de quarto com seus

segredos imundos, com seus dissolutos segredos da decomposição. Espanta-se quando pensa nessa vizinhança. Ocorre-lhe a idéia pela primeira vez: a de que provavelmente Dora Machado esteve ali ao seu lado todo o tempo, no cômodo vizinho, sem ele nem sonhar! Meu Deus! Pergunta:
— Ficou todos esses dias com seu pai?
— Revezávamos. Somos seis.
— Compreendo.
— Só meu irmão caçula que não pôde estar conosco. Chegou do exterior essa madrugada.
Ali inclinados, próximos, vão conhecendo um tanto afoitamente um pouco mais de um e de outro. O marido de Dora Machado Leme é muito previsivelmente o Leme do sobrenome. Reginaldo Leme. Um dos diretores do grupo A. G. Machado. Eles têm duas filhas mocinhas. Seria impressão ou, quando fala no marido (e por extensão nas "mocinhas"), sua voz trai ligeira reserva, como se o afastasse com a fala, o empurrasse leve mas firmemente para um determinado cômodo, exigindo que lá fique tranqüilo, preferivelmente em companhia das "mocinhas", para garantir sua permanência de boa vontade? Dora não conhece prima Lavínia e Heládio arrepende-se de haver perguntado se a conhecia. Lavínia deve ter sido uma amizade particular do velho (se não outra coisa!). Também não sabe de nenhum Júlio, amigo de Felipe, que namore uma das netas. Suas filhas não são. O Avancini ela conhece, claro, mas seu irmão mais velho é que tem contato regular com ele, chegou também a refazer os frontões da casa de um amigo do pai, como os artífices antigos. Um artista? Talvez. Continuam falando disso e daquilo, um pouco à toa. Heládio não pode se permitir ficar tanto tempo passeando sobre os assuntos, praticamente "debruçado" sobre a mulher, é obrigado finalmente com grande pena a recuar o corpo, afastar-se, voltar a pôr os óculos. E com isso ela tam-

bém se afasta, tem a impressão de que Heládio desceu as "vidraças da alma", fechou-se para qualquer intimidade, Dora Leme acha-o mesmo um pouco desinteressado agora, pode ser a gastrite (ou úlcera?), pode estar com dores. Mas por trás das vidraças Heládio continua bem ao contrário a espiá-la interessadíssimo. E todo o tempo que conversam Heládio quer se lembrar dos termos que Mauro usou para defini-la, sim, disse qualquer coisa como "boa", não, não poderia ter dito "boa de cama"; ele não iria esquecer. Mas "boa", "boa", assim sem mais? Como, "boa"? Ninguém é boa simplesmente. "Boa", tem certeza de que ele usou o termo. E falar de uma mulher e dizer que é boa, quer dizer que é boa, acabou. Não, ele não disse boa pensando em seus encantos físicos. Contudo também não disse boa pensando em seus encantos morais. Disso também tem certeza.

Dora suspira, endireita mais o corpo. Os olhos estão de novo cheios de água. Ela tira o lenço e se assoa com força. O nariz e as faces se avermelham. Ela esfrega o rosto, enxuga os olhos, como se confortasse e acarinhasse de forma vigorosa e esportiva a mulher jovem que a habita, que ela, com tanta graça, hospeda no seu regaço outonal. Fica por um momento séria. Depois, com a voz baixa, aproximando o rosto de Heládio:

— Mauro me contou. Não soube explicar bem. Que incidente horrível! Você foi ofendido, muito ofendido aqui, nesse mesmo lugar, não foi?

Heládio se assusta. Tira mais uma vez os óculos. Brinca com a armação. Dora novamente é atingida por aquela fisionomia sem defesas: "Que rosto! Que expressão! Ele parece muito boa pessoa, Mauro disse que posso confiar nele, que é muito 'sério'. Sim, parece realmente muito sério!"; continua:

— E foi para meu pai então que ele quis dizer tudo aquilo? Foi dirigido a ele? Será possível?

— Ah, por favor Dora! Mauro se adiantou muito! Eu disse

a ele que *supunha; supunha!* Espere, não fique assim, na verdade, não, não vou absolutamente repetir as palavras! Não insista! Vamos esquecer o homem, por favor, por favor, não fique assim!

Dora continua transtornada:

— Mauro me perguntou se eu conhecia o homem. Mas na casa de papai nunca vi ninguém assim como ele me descreveu! Sabe de uma coisa, Heládio?

— Sim? — (Heládio está muito compreensivo. Há uma perfeita correspondência nesse momento entre seus doces olhos de "capota abaixada", como dizem os Pompeu, e sua ternura para com o mundo.)

Dora confidencia com intimidade:

— O mal de papai foi se dar com todo tipo de gente. Meu pai foi um homem muito bom, mas tinha o hábito de tratar todo mundo igual. Não fazia distinção.

A frase tem o efeito de uma ducha sobre Heládio. "Que coisa mais estúpida para se dizer" — pensa. "No fundo, por trás de toda essa mansidão, que mulherinha mais preconceituosa! Uma frase que poderia ter sido dita perfeitamente por uma Pompeu-Leitão!" (O subgrupo remanescente mais esnobe e mais rico da família.)

E exatamente nesse instante se lembra: Mauro falou qualquer coisa como ela ter "muito boa cabeça". Mauro, tão crítico! O que quis dizer exatamente com isso? Mauro com suas idéias iria engolir sem retrucar frases do tipo?

Dora, continuando a falar, vem em seu auxílio:

— Me dou muito bem com o Mauro. Claro, somos muito diferentes. Mas gosto muito dele. Ele — faz uma pausa, dá uma risadinha espremida meio parecida com uma careta arrulhante, sem muito sentido — ... sabe disso melhor do que eu. Mas diz que eu sou "sólida", às vezes quando vai se irritando comigo se interrompe e fala: "Tá, com você passa". Diz sempre que eu tenho boa cabeça para negócios, que eu devia, com minha simpatia, são palavras dele, muito generosas, me associar a ele.

"O espertalhão", pensa Heládio escandalizado. Imediatamente perdoa as tolices que Dora já disse ou porventura voltará a dizer. O que ela precisa é de proteção contra as espertezas de Mauro; ele vai tratar disso.

A cálida taça amarelo-champanha se enche mais e mais. Estão os dois ali dentro dela no solário de cortinas descidas e sabem ambos que se falam para além da conversa articulada, construída laboriosamente, falam de *outras* coisas, roçando aqui e ali avidamente o outro, com as pequenas antenas da imaginação e do desejo. Os animaizinhos voláteis, cariciosos, Verbena e Vetiver, já ronronam juntos, enroscam-se, confundem-se, correm à volta dos dois, arteiros e cúmplices. Indubitavelmente parte não desprezível do acordo secreto a que o homem e a mulher sentados dentro do solário chegaram tão rapidamente — deve-se a eles. Pois felizmente para o casal tão absorto um no outro, os escrúpulos das mulheres Pompeu, mantidos vivos por Lavínia e outros descendentes com a obediência rigorosa à máxima: "A finalidade do perfume é produzir uma sensação agradável, mas a origem ou causa dessa sensação deve permanecer ignorada", não existem. Ambos se permitem francamente farejar um no outro os respectivos enfeites aromáticos, discretos todavia perfeitamente discerníveis: Verbena e Vetiver! Aqui, aqui, queridinhos!

Combinam por fim um encontro para a próxima semana, quando Heládio estiver mais forte, trocam o número do telefone. Nesse período irá ela muito disfarçadamente procurar obter dos irmãos alguns dados. Mas prefere que sua família fique fora dessa história suja do homem do solário, seu marido é um pouco nervoso e as meninas muito tagarelas, prefere que seja ela a telefonar primeiro, quando achar oportuno; escolher dia e hora. Heládio aquiesce, inclina a cabeça, compreende que ela aja assim. Mais uma vez tem a impressão de que Dora empurra, com suas largas mãos brancas de unhas curtas e polidas, o peito de Reginaldo Leme para o fundo de um cômodo aconchegado e penumbroso, rescendendo a copiosas refeições quentes. As filhas ali estão ao seu lado, duas mocinhas tagarelas mas que por falta de conhecimento do homem do solário falam com o pai apenas de seu cotidiano juvenil, conversam, atordoam-no com uma domesticidade cálida e confortante, não o deixam nem por um momento "ficar nervoso". Heládio endireita o corpo e recoloca os óculos. Dora suspira, ergue-se, amassa contra o peito a sacola de plástico com os chinelos e o santinho com a imagem colorida de Nossa Senhora da Aparecida, de Alcyr Machado, que a enfermeira-chefe resgatou de um canto do quarto 205.

Quando Heládio retorna ao 203 o jantar o espera. Sente-se um pouco trêmulo, a excitação o impede de comer imediatamente. O quarto está cheio da luz branca-e-cinza do dia encoberto, todavia não voltou a chover. Irá jantar pela última vez com dia claro, um costume a que não se habituou e ao qual se submete cada vez como a algo levemente indecoroso. A árvore defronte à janela, nessa luz sem sol, perdeu a coloração das folhas, a luz retirou-lhe parte do peso como se ela tivesse se desenraizado e levitasse imóvel no retângulo da janela, diante de Heládio. "Bela, bela árvore", pensa Heládio como há instantes pensou no solário "Bela, bela mulher". O outro solário, pesado de sol, com sua densidade de gema e fruta, onde se encontrou com o homem do pomo-de-adão, e o de hoje, de pálido amarelo-champanha, de leve consistência de água e ouro, misturam-se. A repulsa, o medo e a curiosidade diante do homenzinho mesclam-se ao conhecimento que fez de Dora Machado Leme, e sabe que o prosseguimento de sua relação com ela prende-se estreitamente ao episódio, deverá reorientá-lo diante do caso, pois lhe chega muito claramente à consciência que o ulterior prazer que essa mulher ainda possa vir a lhe dar irá depender de sua maior ou menor habilidade em "pular por cima" do episódio ou, ao contrário, em "atravessá-lo". Um arrepio de desejo parece fazê-lo levitar ali no quarto, imitando a grande árvore. Um desejo que ele conheceu não tantas vezes assim na vida, que carrega consigo expectativa e alegria, uma certa angústia, uma curiosa opressão cheia de ternura. Como se uma pipa, um papagaio de papel amarrado bem na pontinha de seu membro, puxasse-o para o alto, revirando-o, fazendo-o perder o equilíbrio costumeiro, sua verticalidade diante do mundo. Uma pipa que o carregasse para inimagináveis viagens pelas cercanias de sua vida diária, pelo descampado. Ele naturalmente irá sofrer com os empuxos dessa pipa ancorada em lugar tão frágil e de tão fácil excitabilidade. Vai se machucar. Não se importa. Vai se machucar.

Só quando a copeira se retira com os pratos, toma conhecimento, com a movimentação feita por ela, que lhe haviam deixado bem em cima da cama, para que vindo do solário enxergasse logo na entrada — o que não se deu — três envelopes de tamanhos diferentes. Examina-os. Dois deles sem muita curiosidade. O pequeno é do filho, o azul-pálido, grande, de Vitório Avancini ("Raio de homem pegajoso! O que ainda quer comigo?"); o terceiro de Mauro. Abrirá os dois primeiros para saborear por último, o de Mauro, que talvez tenha o que contar.

Acha graça na forma que os três encontraram para se comunicar com ele. Estão respeitando até demais, em seu último dia no hospital, o seu desejo de isolamento. Chama aos três envelopes, com simpatia, de "as minhas missivas", um termo meio antiquado, "missiva", como ele mesmo talvez. Qual foi mesmo o amigo que o teria chamado em outros tempos de "antiquário ambulante" pela sua insistência em carregar para onde quer que fosse suas histórias de família? Quem quer que tenha sido o malandro sabia o que dizia! Pensando bem, o filho teve a quem puxar. "Quem sai aos seus não degenera", máxima de vovô Pompeu que se ajusta admiravelmente à circunstância. Está sem dúvida de muito bom humor.

Mais tarde lhe virá às mãos a quarta missiva. *Sem remetente.*

as quatro missivas

Heládio abre o envelope pequeno, lê rapidamente o bilhete do filho:

Pai, espero que tenha se distraído com a tevê. Liguei agora pela manhã duas vezes, mas estava fora de casa falando de um orelhão (mamãe continua sem saber de nada, como você pediu), o PBX do hospital não completou a ligação para o andar, não sei o que houve. Não subo porque estou com um colega indo para a cidade. Fica então combinado assim: me telefone para eu buscar você na saída. É só avisar de véspera. Não pense que vai dar trabalho porque não vai. Por favor, não esqueça a tevê, sim? Abraço do Felipe.

Heládio faz do bilhete uma bolinha e a joga para o ar repetidas vezes, pensativamente, dando-lhe tapinhas como a uma peteca. É evidente que Felipe não tem intenção alguma de buscá-lo. É também evidente que não vai telefonar ao filho e que este sabe muito bem disso. A preocupação com a Sony desmonta o truque da solicitude filial. Se estivesse noutro estado de espírito Heládio poderia ter se irritado com aquele bilhete falsamente empenhado, com a desimportância daquela escrita apressada correndo sem nenhuma necessidade sobre o papel. Mas no seu humor presente alegra-se mais do que nunca com a folga familiar garantida. Não quer Felipe por perto aporrinhando-o com o prestígio do Alcyr Machado, agora que conhece a filha. E inspirado possivelmente na entonação reservada de Dora Machado Leme, sempre que mencionava na conversa de há pouco o pequeno grupo dos Leme, afastando-o para uma região apagada — transporta rapidamente o filho, sem qualquer hesitação, para uma igual "reserva" na sua geografia familiar; empurra-o amistosa mas firmemente para fora de suas preocupações atuais; para o fundo de uma sala fechada por pesado reposteiro, um recinto atulhado, onde Felipe se deixa lá ficar muito tranqüilo, mexendo alegremente, com as mãos curtas e grossas, os guardados de tia Santinha.

Rasga amolado o grande envelope que traz no verso o remetente Vitório Avancini. Observa por um momento o papel que tem diante dos olhos sem atentar bem para o seu sentido. A letra do escultor é fina e inclinada, o P com que abre a carta lembra uma margarida desfolhada da qual teria sobrado uma única solitária pétala tristemente inclinada para o solo; os *as* maiúsculos são tesourinhas de lâminas em ponta, graciosamente equilibrando-se no papel; os *os*, bochechudos rostos carregando um chapeuzinho de lado com uma pequena laçada para o ar, como a pena espetada no chapéu de um tirolês; o *t* maiúsculo, um guarda-chuva escancarado, as varetas viradas pela ventania, o cabo muito torcido. O abecedário desfila diante dos olhos de Heládio, uma multidão de figurinhas animadas e inanimadas, nitidamente arrumadas uma atrás da outra; um engraçado cordão formado por cabeçorras de homúnculos, mulherinhas minúsculas arrastando pelo chão enormes traseiros, uma pá, um narigão, um pagode chinês, um ancinho, um caracol, e é preciso literalmente *esquecer* essas encantadoras coisinhas disparatadas, amarradas umas às outras em fila indiana, para se chegar ao pensamento de Avancini.

Pois o que tem a dizer não se afina nem um pouco com esse mundo de pequenos prodígios dessemelhantes entre si, esses fantásticos ideogramas de mentirinha, maliciosos na fingida leitura que propõem.

O teor da carta de Vitório Avancini é o seguinte:

Caríssimo Senhor Heládio. Salve!

Pedi à minha irmã Bice, que ia para os seus lados, que lhe deixasse esta minha cartinha. Aos Pompeu, com tantos membros na Consolação e com tantos outros ainda por enterrar, acredito que o assunto diga respeito de perto. Não me entenda mal, não lhes estou augurando nada de sinistro, constato apenas uma situação de fato; quem está vivo, morre; quem está morto, enterra-se. Foi consternado que tomei conhecimento ontem do estado de alguns túmulos de mármore da Consolação, um deles aliás de minha responsabilidade. Colhi as informações necessárias e não resisti ao impulso de fazê-lo o primeiro sabedor do assunto. Não escondo que o nosso reencontro ontem comoveu-me profundamente e que sua distinta pessoa reclinada no alto leito hospitalar trouxe-me de volta em toda a sua plenitude a figura insigne de dom Heládio Marcondes Pompeu, como aliás o fiz sabedor no exato momento em que lhe deitei os olhos em cima. Pois bem! O assunto é grave! Trata-se de algo a respeito do qual — envergonha-me dizê-lo — até o dia de ontem não havia considerado com a devida atenção. Ontem, não sei se está lembrado, quando discorri sobre a durabilidade dos mármores, não me passou pela cabeça a doença terrível que poderia acometê-los e que — é com horror que comprovo — já atinge um número apreciável de monumentos na cidade de São Paulo, funerários ou não. Que não se dirá em outras cidades populosas do Brasil, nas grandes capitais do mundo, então! Refiro-me à "lepra marmórea", verdadeira praga ocasionada por sujeira e poluição e que retira completamente do mármore o seu caráter de material longevo, para não se dizer mesmo intemporal. Assim, uma escultura de mármore atingida pela "lepra" vai ficando áspera, seca, vai se esfarelando, vai ficando esburacada, perdendo pedaços, daí o terrível nome. Ontem mesmo após sair da Consolação estive com um estudioso de materiais escultóricos, um conterrâneo meu (cujo nome declinarei oportunamente), homem muito recatado, avesso a sensacionalismos e que talvez por isso ainda não tenha procurado as autoridades competentes (sê-lo-ão? sê-lo-ão?) para alertá-las a respeito. Como é do seu conhecimento, os veículos e as indústrias são responsáveis pelo enorme volume de monóxido e dióxido de carbono no ambiente dos grandes centros industriais. E veja, senhor Heládio, meu patrício disse-me que, em contato com a umidade, o monóxido e o dióxido formam os gases sulfídricos aos quais não só o mármore como também o bronze são sensíveis. (Não me assinalou todavia casos concretos de lepra brônzea, mas sua simples possibilidade me horripilou, pois o jazigo dos Bocaiúva Rego que executei no Cemitério do Paquetá, em Santos, e ao qual sou particularmente afeiçoado, é inteiramente realizado em bronze!) Não lhe parece irônico que materiais nobres como o mármore e o bronze, utilizados para arrostarem os séculos, acabem se decompondo como nossa mísera e perecível carne? Soube ainda por esse meu patrício do triste estado em que se encontra na nossa querida Itália, na praça do Capitólio em Roma, a estátua eqüestre do imperador Marco Aurélio. Contou-me que por causa disso mais cedo ou mais tarde o imperador terá de descer do cavalo. Mostrou-me uma foto. Fiquei verdadeiramente contristado.

Meu medo ainda é que os ecologistas funerários, sobre os quais tive também ocasião de lhe falar, peguem o pretexto da marmórea e a utilizem como mais um falso argumento para o seu lema: "Abaixo os túmulos". Façam dela um aliado, compreende, caríssimo? Tenho mesmo a sinistra impressão de que algum membro desse funesto movimento anticivilizatório já tenha entrado em contato com o meu patrício. Notei certa hesitação nele, alguma coisa no olhar, não sei, espero estar enganado.

Transmita à sua excelentíssima família e a quem possa interessar que, nos casos menos graves, ainda não muito adiantados da lepra, a superfície atingida pode ser tratada por meio da cuidadosa aplicação de resinas selecionadas. Brevemente terei condições de lhe falar, com mais detalhes sobre o assunto.

Senhor Heládio, seja como for, não me deixarei abater! Escrevo-lhe nesta manhã pardacenta não apenas para lhe transmitir minhas apreensões como também minhas esperanças, e essa é a segunda razão de minha carta. Quero que seja o primeiro a saber que o projeto para o jazigo dos Machado me veio inteirinho à cabeça esta manhã, nos seus mínimos detalhes, num arroubo de inspiração! Havia lhe falado ontem da minha inclinação pelo ferro forjado. Abandonei-a inicialmente porque o que me informou sobre a opinião atribuída a dom Heládio a respeito das sacadas de nossas antigas residências de Higienópolis na sua relação com o pecado feminino da imodéstia, desencorajou-me. Imprimiu ao material um caráter profano! Lembrei-me porém a seguir dos inúmeros detalhes piedosos trabalhados justamente com ferro forjado, tão encontradiços em nossas queridas capelas e igrejas, e vi que tinha me deixado arrastar por um exagero de interpretação. De resto, o senhor é o primeiro a não confirmar a autoria do pronunciamento. Assim, entreguei-me aos balouços da fantasia de consciência leve, no que fiz bem. Pois pode imaginar algo mais belo, com perdão da imodéstia (em outro sentido do termo, bem entendido), do que um anjo firmado sobre uma fina superfície de mármore negro, inteiramente modelado em ferro forjado como um antigo gradil *art nouveau*, com suas belas curvas florais? Envio-lhe um xerox do esboço para que possa ter uma idéia aproximada. Deixo-o com o coração jubiloso e uma renovada fé na escultura tumular. Que

o nosso encontro de ontem augure uma nova fase em minhas relações com os Pompeu, muito particularmente com o senhor. (Recordo-lhe que os Pompeu-Leitão me são praticamente desconhecidos e ficaria muito grato se me introduzisse nesse ramo da família.)
Sempre seu,
Vitório Avancini.
Heládio abre mais o envelope com os dedos e o sacode. Solta-se de dentro um outro pedaço de papel com o esboço do jazigo. De fato o desenho é muito bom, sim senhor, de mestre! Heládio examina-o virando-o na mão, inclinando a cabeça, com o ar entendido dos desentendidos. Mas sua admiração tem lá suas razões. Trata-se de um gradil semicircular (em suma como o das ditas sacadas) porém de curvatura reduzida, com ricos desenhos florais que, pela relação mantida entre os espaços cheios e os vazios, projetam, do interior, a figura de um anjo de braços abertos. O emaranhado de linhas traçado com segurança sugere perfeitamente a figura alada nascida desse espaço quase abstrato, destacada da aparente gratuidade das tiras de ferro perseguindo-se umas às outras. O desenho passa ao observador uma impressão de leveza mas também de robustez, de forma bem lançada e equilibrada. Na verdade nada além de um retângulo semicircular, vazado, limitando o espaço interno sobre a laje para os dizeres do jazigo e a deposição de flores. Que idéia! Ora vejam! Ainda que qualquer coisa no anjo, na sua postura inclinada com os braços abertos debaixo das enormes asas, recorde vaga, muito vagamente... Hum! E depois de ter levantado a suspeita Heládio observa que cada vez mais a semelhança se impõe. Já não é vaga. Quem sabe as histórias em quadrinhos sejam o vício secreto do velho escultor, quem sabe! Heládio lê, novamente, apreensivo, o final da carta: "Que o nosso encontro de ontem augure uma nova fase em minhas relações com os Pom-

peu, muito particularmente com o senhor". Invade-o uma náusea de tédio. Batman! Está vingado! O homem não deve ter-se dado conta do parentesco! Talvez ninguém irá se dar. É preciso uma certa disposição de espírito para descobrir as coisas! Ô-lá-rá se não! Está vingado da chatice toda. Não será necessário falar a ninguém sobre a semelhança. Muito menos a Dora Machado Leme. Afinal, não vai querer criar embaraços para o velho Avancini e correr o risco de deixá-lo sem o ganha-pão. Não. É um segredinho apenas; para curtir muito na intimidade: de *si* para *consigo*. Uma lembrança para ser acionada no momento certo. Satisfeito com a esperteza da descoberta, Heládio se permite como recompensa ler finalmente a carta de Mauro.

Vem datilografada com correções a mão.

Heládio:

Estou indo para Lorena, o encontro que tenho lá com gente da região foi antecipado na última hora. Fico aproximadamente uma semana e na volta telefono. Não sei ainda onde me hospedo, se precisar falar comigo deixe recado na Mochila.

Negócio seguinte: Esta tarde a filha do dr. Alcyr deve procurar você. Falei dela, Dora, está lembrado? Precisa passar por aí e aproveita para uma palavrinha. Desculpe a indiscrição. Quando deixei escapar que o encontro com o homenzinho se dera no Santa Teresa, não tinha mais jeito. Não se preocupe: para ela você é um *senhor* muito ocupado, estressado; com uma gastrite tensional, o que acha? Falamos rapidamente ontem por telefone, depois que te deixei. Confesso que estava morto de curiosidade. Apesar da impropriedade da situação e da hora, fui direto ao assunto. Ficou pasma; não entendeu. Não conhecia ninguém parecido com tua sinistra criaturinha, mas prometeu investigar. Concluí também que não entende patavina dos negócios do grupo A. G. Machado ou então se faz de sonsa porque lhe interessa. Quem sabe você tem mais sorte com ela.

Heládio interrompe a leitura, coça o canto do olho esquerdo, seu olhar detém-se dubitativamente na aldrava da janela. A palavra "sorte" dança por instantes diante dos seus olhos, no espaço entre a aldrava e a ponta do nariz, faz-lhe momices encantadoras. Em seguida continua:

O grupo é poderosíssimo. Fiquei sabendo que, além da cadeia de supermercados, tem uma fazenda de gado de corte no sul de Goiás, aqui uma indústria transformadora de plástico, especializada em embalagem para alimentos, e estão entrando no ramo dos congelados de sal. Estive até as três da madrugada com duas pessoas ótimas, absolutamente de confiança, sabem muita coisa da família mas também não puderam adiantar nada sobre o teu homenzinho. A gente do dr. Alcyr é de Campinas, começou especulando com terras; o pai, Eliseu, era incrível nas jogadas que fazia, o dr. Alcyr parece que sempre esteve na coisa também. Contaram-me sobre um processo rumorosíssimo de reintegração de posse movido contra pai e filho, ocorrido nos anos 40 e que deu ganho de causa à família, apesar da coisa ser líquida e certa para os lados dos querelantes, por aí você vê. Não preciso dizer que pai e filho sempre estiveram por dentro de todos os planos de melhoria da cidade de São Paulo, mesmo ainda no tempo de Campinas. Para aonde ia o trilho do trem, para aonde ia a rua, aonde chegaria a luz, a água, aonde passaria a avenida. *Sabiam antes.* Compravam tudo por uma bagatela, de gente miserável; logo depois o valor quadruplicava. Conta-se, também, que nas terras que o dr. Eliseu tinha em São Bento do Sapucaí, em área que hoje pertence a Campos do Jordão e permanece com os Machado, "as cercas caminhavam sozinhas de noite". E não davam passinhos pequenos!

A respeito da lisura ou não dos negócios do grupo hoje, nada sei. Acrescento apenas que o dr. Alcyr tinha amizades graúdas, gente do primeiro escalão, de Brasília, o que me diz? Fato

que Dora nunca me fez saber. Também, imagino que não se sentisse à vontade para falar disso, a coitada. O que me interessa em suma é percorrer em sentido contrário o caminho dessa fortuna colossal, me entende? Não largo mais o assunto e nem ao menos preciso do teu homenzinho do solário para isso. Acredito firmemente que esta história, se levada até o fim, pode ser exemplar; uma magnífica experiência pedagógica. E me ajudar muito pessoalmente. Não estava brincando ontem quando te falei das minhas ambições. Para isso preciso do concreto, de dados como esse, para trabalhar em cima. Ficamos em contato então. Assim que voltar, telefone. Saúde. Abração,
Mauro.
P.S.: O G antes de Machado. Esqueci de perguntar. Você sabe?
Heládio está confuso. Como sempre, sente admiração por Mauro, uma ponta de inveja. Mas agora está também acovardado. Mauro disse que não vai mais largar o "assunto"; e Dora então, como fica? Lê de novo o seu comentário sobre o silêncio de Dora quanto às "amizades graúdas" do velho em Brasília: "Também, imagino que não se sentisse à vontade para falar disso, a coitada!". É bem de Mauro! Diante dos novos planos que exigem completa dedicação para serem levados a cabo, Dora já se transformou numa "coitada". Ou para ele sempre foi? Oh! Vai ver que é mesmo! Lê mais uma vez a linha procurando extrair dela um juízo definitivo. Não se decide. Mauro também chega a admitir no começo da carta que ela possa ser "uma sonsa". Decerto nunca a levou a sério. Uma amizade assim, casual, a mulher é muito rica, é simpática, é bonitona, é... e é isso, só. Heládio continua acovardado. Precisa firmeza, *ele* precisa saber o que pensa, o que quer, caso contrário esse segundo encontro no solário, tão doce e secreto, vai acabar perdendo o sentido. Como os sentidos que se perdem num desmaio. Como os sonhos. Co-

mo qualquer coisa que se sonhou sobre uma mulher e não se lembra mais o que foi. Mesmo sua culpa e seu medo difusos diante do primeiro encontro no solário, com o homenzinho, o homem do pomo-de-adão, percebe agora, fazem parte desse particular, doce sentido. Nos últimos minutos tais sentimentos se transformaram em uma espécie de provação, uma angustiante e vergonhosa provação pela qual todavia deve passar para ganhar por "merecimento" a consumação do particular acordo a que chegou com a mulher visitante, tão descansada, tão "largada dentro de si mesma" e ainda assim tão segura; de pele inusitadamente clara. (Através da qual ele entreviu, numa oscilação intermitente, ora uma, outra outra estação da existência feminina. Carnação luminosa como a de um luzeiro movendo-se de lá para cá atrás de finas cortinas brancas, orientando, dentro da noite, o transeunte tardio que passasse diante da habitação, sobre os seus diferentes cômodos, seus usos alternados.)

A bem da verdade, o par que conversou há poucos instantes em voz baixa no solário, com crescente prazer, precisa dessas vagas apreensões; os dois que o compõem precisam desse fingido trabalho de detetive a que se propuseram para se permitir continuar falando cada vez mais baixo, cada vez mais prazerosos. Serão os dois, detetives inúteis mas atarefados, cada vez mais atarefados, cada vez mais inúteis. Falarão das prováveis "causas emocionais" na raiz do comportamento do homem. (Cuidadosamente Heládio evitará as *suas* causas, sufocará as *suas* próprias emoções que *foram* também as do *outro* quando este se debruçou sobre a espreguiçadeira no solário; deve cuidadosamente evitar aquele olhar de ódio que há muitos, muitos anos, apanhou pelo espelho retrovisor do Rolls-Royce de tio Vicente. Olhar de bala mandada. Vai esquecer, vai procurar *não* saber.) As outras emoções, as que se amontoam solitárias no fundo lodoso do homenzinho, sem paternidade definida — que venham! Prazerosamente o casal falará cada vez mais baixo e inutilmente delas até atingir o estágio feliz da perfeita e mútua inaudibilidade. Ficarão por fim só as emoções flutuando no ar, como um pesado e intoxicante aroma clandestino imiscuindo-se por entre o assanhamento crescente de Verbena e Vetiver. O homem e a mulher irão pôr esses encantadores animaizinhos voláteis no encalço de tão opressivo aroma. Irão chamá-los para fazê-los desalojar o intruso: "Aqui, aqui, queridinhos!" — Heládio divaga. Cruza os braços atrás da cabeça. Enxerga uma requintada mesinha-de-cabeceira, muito diferente dessa do hospital, onde seus óculos irão ficar por muito tempo. Ele nem faz questão de enxergar "nítido" nesse quarto. Será enxergado, que delícia, olhado dentro dos seus "verdadeiros olhos". Não sabe bem no chão de qual quarto apóia-se o requintado móvel. O seu, é pouco provável; pois o requinte é indiscutível ainda que percebido de forma indistinta para quem o examina de um ângulo complicado como o dele, atravessado de viés em uma cama desconhecida, a imaginação acompanhando obediente os limites dos olhos míopes desfocados. Mas naturalmente, ainda que a sua posição oblíqua na cama permita formar uma idéia de suas dimensões amplas, descartando em definitivo a hipótese de uma cama de solteiro, não será também o quarto *dela*. O "nervoso" de Reginaldo Leme o assalta repentinamente, arroja-se sobre ele seguido por agudos e desafinados gritinhos juvenis, uma casquinada que se abate "tagarelando". Estremece. Volta a pensar na carta.

Pois agora a carta de Mauro lança uma luz impiedosa nesses sentimentos confusos, em parte angustiantes, em parte deliciosos, nessas divagações. Tateia na imaginária cabeceira o par de óculos. Sente o seu peso na sela do nariz. Precisa sair de perto de Mauro enquanto é tempo. Mas conhece Mauro. Simplesmente não vai dar. Ele escreveu: "Não largo mais o assunto e nem ao menos preciso do teu homenzinho do solário para isso". Parece que está vendo sua cara feiosa, desossada, de bebê moreno precocemente envelhecido, de comilão de idéias, satisfeitíssimo com o rumo de suas investigações, cada vez *menos* pessoais, *mais* sonantes, *mais* visíveis. Conhece-o bem. Como foi ele Heládio que lhe trouxe o prato, vai dividi-lo com ele, vai lhe narrar tudo judiciosamente, tintim por tintim, prestando-lhe contas ao mesmo tempo que o dispensa (como já dispensou o próprio homem do solário), agarrando-o no seu entusiasmo pelo pano da camisa e logo em seguida afastando-o com as costas da mão num tapinha amistoso, falando-lhe pelos cotovelos e ainda assim ignorando-o como interlocutor. Antevê o seu arzinho maroto, sua satisfação, seu gosto em apresentar mais e mais dados, uma avalancha de dados! E Dora! Dora, então! (O que tem essa mulher branca e animosa a ver com isso, descoberta na tarde sem sol quando o amarelo das cortinas do solário descaíra até o interior atingir a leve e excitante qualidade da champanha?) Dora nessa avalancha! Conhece-o bem. Quando chegar ao final das suas investigações e andanças, sua impessoalidade terá atingido simplesmente um estado mirífico! Ele assina e lava as mãos. *O assunto vai caminhar por si.* Por que Heládio não se engaja no que já lhe foi entusiasticamente antecipado como uma "magnífica experiência pedagógica"? O que o segura? Sente-se de repente um imbecil com o seu interesse repentino pela filha do Machado, que o torna tão cauteloso; esteve com ela apenas uns instantes ainda agorinha. Depois, uma mulher velhusca! Capaz de ditos tão idiotas como "Meu pai foi um homem muito bom, mas tinha o hábito de tratar todo mundo igual. Não fazia distinção". Ai! Ai! "Não fazia distinção"! Estará ele também ficando idiota?

 Suspira. Pois o que experimentou de bom e de ruim no solário tem pouco a ver com as virtudes do discernimento ou as excelências da pedagogia.

O turno do dia ainda não terminou e ele ali permanece olhando, sem ver, um ponto qualquer no quarto: a junção entre o batente da porta e o assoalho. Há quanto tempo aquele pedaço branco de papel estará ali no chão? Levanta-se e o pega. É um envelope apenas com o seu nome. Abre-o. Numa folha de papel quadriculado, ordinária, algumas palavras em letra de forma como as do envelope, esforçadamente desenhadas para imitar letra de imprensa; dizem:

Seu Pompeu:
Estou escrevendo no meu nome e do meu primo. O meu primo pensou que era o filho que tinha a triste moléstia, o dr. Geremias, que uns também conhecem por dr. Gerê, mas o dr. Geremias estava na Europa e nem chegou para o enterro. Mas não faz diferença. A malícia de um é a malícia do outro. O meu primo anda muito fora do seu sério, por causa disso vim para S. Paulo, já vai para três meses que estou na cidade. Pelo susto que meu primo lhe passou faço questã fechada de ir onde o senhor mora com ele ou sozinho para explicar umas coisas. Achei que o senhor podia querer dar queixa na polícia por causa do susto que tomou, por causa disso também estou escrevendo, para pedir para não fazer nada. Não fale com ninguém é um favor que peço, também para o seu bem. Vou avisando que nem eu nem meu primo temos mais medo de ameaça como a do mês passado e que o senhor vai saber. Não dá para contar no papel, só diretamente, eu espero o senhor sair e ficar bom para depois me ouvir, que Deus Nosso Senhor Jesus Cristo lhe devolva a saúde em dobro. Não tive coragem de bater no seu quarto, achei que ia piorar a situação. O senhor me desculpe. Eu sei que uma carta que não é assinada é uma carta anônima mas como eu expliquei no começo dela, estou escrevendo no meu nome e do meu primo. Quer dizer que esta carta vai sem assinatura por garantia mas não é anônima o que sempre achei muita sem-vergonhice. É minha e dele.

Heládio lê. Relê. Pasma.
E o turno do dia rompe o seu particular acordo com Heládio.
O turno do dia tem seu tempo próprio para se gastar. Há durante o dia no Santa Teresa, turnos menores, da manhã, da tarde, trocas e reposições para diferentes serviços, mas é com o fim do turno do dia que o hospital, feito uma pachorrenta, pesada e velha locomotiva, aguarda a nova composição para o seu reingresso compassado no coração da noite. O paciente, quando já se instalou dentro da rotina do hospital, quando já saiu do pós-operatório, quando convalesce sem grandes problemas, como Heládio — passa a reconhecer e mesmo a antecipar cada pequena mudança ou passagem da rotina: como nos trens da infância de Heládio que lhe cruzaram as vigílias e os sonos, apitando longe, morrendo à distância — ou perto, muito perto, pois é ele que vai dentro acenando, vai de noturno para o Rio, desce a serra do Mar com os pais, pelos caminhos da antiga São Paulo Railway — atento à travessia dos túneis, a cada novidade, à interrupção completa do movimento, a sua retomada em marcha regular. Os quartos do andar são como os vagões de uma antiga composição; a paisagem muda no retângulo da janela, escurece, clareia, rostos assomam quando a composição diminui a marcha, são deixados para trás na estação logo que se põe novamente em movimento com os pacientes entregues a si, cabeceando com as frontes distendidas, mal embrulhados nos próprios pensamentos. Ontem, com o leite da noite, e hoje, pela manhã, com a copeira trazendo-lhe o café para a primeira refeição do dia, Heládio viveu, sem o saber então, de ponta a ponta, o seu último turno completo. Pois mesmo tendo passado noite tão acidentada, sempre soube, de uma ou de outra forma, que com ele passava também a rotina do hospital, carregando-o dentro, janelas e portas trancadas sacolejando, para a sua entrada segura e inquestionável na plataforma do dia. Desde que saiu

do entorpecimento do pós-operatório — e talvez mesmo então — a rotina do hospital ali esteve todo o tempo arrastando-o como o faria uma velha e pesada locomotiva do passado, resfolegando um pouco mas segura e excitante como o são as viagens da infância — dividindo-lhe a consciência em pequenos pedaços, ora de propriedade da vigília, ora do sono; como os túneis que se atravessam sem se perder de vista o conjunto da paisagem correndo na janela, como passageiros que se quedam no assento, a cabeça batendo de lá para cá, ora menos despertos, ora mais — contudo sabendo que não serão jamais esquecidos dentro do vagão, sempre os irão passar para outra composição, a do dia, a da noite.

Mas agora o turno do dia estanca como anteontem no solário estancou ao ver-se Heládio diante do pequeno homem que se debruçara sobre a sua espreguiçadeira, o pomo-de-adão saliente, com a roupa muito sovada no corpo magro, o seu cheiro peculiar, "esforçado", de sabão de pedra e desinfetante, e que lhe soprou bem perto do rosto palavras inadmissíveis, inadmissíveis! Como ocorreu na ocasião, também o dia estanca e muda de direção e de sentido. Só que agora não há mais volta. Nenhum reingresso possível na rotina. Nada nem ninguém mais nela o acolhe. Deixa de haver qualquer sintonia entre a rotina do hospital e a sua. Os turnos alternados do dia e da noite chocam-se, há um descarrilamento no conjunto dos pequenos acontecimentos que até então se engastavam um no outro, forrando o curso da sua estada. E o último dia se precipita. Pula a passagem da noite. Como por uma sinalização errada Heládio entra no turno da noite com o *dia seguinte* já apontando, fazendo-se urgente como a saída de um túnel pelo qual nem se entrou ainda, exigindo-lhe a presença muito consciente, de pé no vagão, malas e guardados despencando-lhe pela cabeça, o passo inseguro com o chão movendo-se por baixo, as urgentíssimas providências a serem tomadas, imediatamente, *antes,* o coração batendo, o medo da chegada,

... que é o da sua partida do hospital, a urgência de se achar em outro lugar, rápido, rápido, rápido.

Ele parte amanhã, e o amanhã já é hoje. Ele o sente como sendo hoje. Ele *cancela* a noite. Tem medo, medo, o seu medo se complica, tem medo do que não sabe, do que não soube. Só que agora o que não sabe está ali com ele, por trás, pelos cantos do hospital ou pela frente, adiantando-se a ele para zelar pela sua saída, e o espia, o espiona, aguarda seus passos, sua saída, espera que melhore, que fique bom, que saia, para então se apresentar de frente, fechando-lhe a passagem, explicando, exigindo, barrando-lhe a frente. Ele tinha um propósito: passar despercebido. Deixou-se internar como quem se esconde, bem enroscado e apertadinho no próprio corpo, no seu próprio buraco dolorido, no miolinho bem amassado do seu ridículo. Ele se queria incógnito. Embuçado no seu mistério perfeitamente bobo. E os incógnitos são os outros. Anônimos, incógnitos, quantos? Um cortejo deles o segue. Está à mercê. Mesmo dos outros que o visitaram sem *nenhum* ter sido chamado. Sem a *nenhum* ter oficializado sua permanência ali; mesmo dos outros está à mercê. Dora irá lhe telefonar; que ele aguarde. Mauro, que ele aguarde sua volta de Lorena. Vitório Avancini soletrará lentamente o seu nome como se fosse o do outro, o que teve a sua esplêndida morte assistida pelo monsenhor amigo que a passou para a família, para o mundo! — basta o seu nome ser soletrado como o de uma relíquia eclesial para ser tomado de esquisita paralisia interior, o sono de uma vetusta estátua jacente, será inércia e pedra nas mãos do velho escultor —, ou um anãozinho de massa, de jardim, de nariz e traseiro roídos, igual aos encontrados nos jardins do casarão de d. Reducinda Alves, prima-irmã de vovô Pompeu (Heládio é o detalhe "pitoresco" menos relevante da crônica familiar: "Sabe o filho mais velho do Alfredo Marcondes Pompeu? Tem nome de bispo!" "E acabou bispo também?" "Ora, vejam o que acabou!"). Não deixa de ter graça. Ele se queria incógnito e está ali *continuamente sendo roubado de si mesmo às vistas do próprio nome!* E por quem? Por gente que nem ao menos convidou para a festa. Mas aquele unzinho da carta que acoberta o outro, o do solário, esse um mais o outro, esses se escondem e à sua identidade ("por garantia") para melhor abordá-lo. Ele pode, se quiser, chamar a enfermeira-chefe. Fazer barulho. Gritar. Exigir uma sindicância. Que ela descubra imediatamente *quem*, quais os elementos do corpo hospitalar romperam o sigilo que lhe é devido como internado. Quais daqueles que lhe parecem tão solidários, "do lado dele", quais passaram informações. Não vai fazer nada. Mostraria a alguém do hospital a carta? A quem vai mostrá-la finalmente? (Aquela carta de uma ignorância safada, sabida!) Ali dentro dela existem desculpas sinceras mas muito bem misturadas a ameaças, para outros decerto, mas não só para outros! "Eu e meu primo", ah, "Eu e meu primo"! Até onde vão as ameaças, o que *podem*, não se sabe. Heládio distingue uma cadeia de medos dali para trás e cada medo parece trazer dentro de si, fechado e duro como um punho ou caroço, a ameaça correspondente. Para trás, para trás. A polpa mole de um medo podre de tão velho, afundando com a pressão dos dedos tateando o passado, e o caroço duro, dentro. Pensa um instante em Mauro e na *sua* política, para desprezá-lo. O que ele, diligente e arguto, sabe daquilo tudo? Daquela pobreza incontornável nas suas graduações infinitesimais, um pouco mais, um pouco mais, um pouco menos, um pouco menos, um pouco menos, menos ainda; daquela pobreza que não se atinge porque é visceralmente desigual, desce e sobe a balança com os gramas somando menos ou mais, há uma oscilação constante nos pratos da balança pesando a diferença, sempre a diferença entre uma pobreza e a outra é maior do que a soma. Como esses brancos-negros da sua família, das outras. Porque não podem, não podem separar o partido negro do partido branco, lhes dar vísceras próprias e os revestir de uma só pigmentação (ou *uma só miscigenação* mas que resulte polida como aço e ouro, precisa e exótica). Que não podem marchar juntos já que o seu uniforme não o é, não é o que os distingue, mas o que os confunde. Dilaceram-se por dentro sem conseguir dar cabo de si. Ah, também esses pobres, essa pobreza disfarçada, essa pobreza disfarçada das sobras de domingo, escondida nas dobras da muita riqueza. Aflora às vezes nessas tristes casas de Higienópolis que ainda se apóiam na sua primeira existência, a do esplendor do ano da sua construção. A pobreza sobe e desce na escala, atinge esporadicamente com a ponta dos dedos a riqueza que foi a dessas casas para depois voltar a descer resvalando, perder-se escondida numa dobra menor, menor. Nas dobras maiores se amoitam os facadistas. Toda parentela tem um, tem vários. O facadista é sempre nomeado por quem é o alvo da sua ação ou a espia de longe, divertido. O que a pratica, o facadista mesmo, esse, sinceramente não se sabe. Sabe do outro, no qual *não* se espelha. Os facadistas se cruzam, não se vêem nem se refletem. Quem pede a ajuda a um parente, ou amigo de parente, ou, ou, e vem se chegando, vem falando rápido na sua desgraça, ou no seu negócio em perspectiva, os olhos muito abertos (aturdidos pelo susto que tomou ou pelo negócio que divisa no horizonte), piscando, um riso crespo, esquisito, quase uma careta, aflorando sem se soltar (exige esforço e equilíbrio manter a boca naquele estado sem deixá-la se render a um tremor invencível), insistindo nas recordações comuns, uma depois da outra, mais alto, como pregão na bolsa, o ar displicente de encomenda, cúmplice, conivente na hora errada com a abastança do outro — quem assim vem se achegando, um ombro na frente como se fosse arrombar uma porta imaginária, um pé para trás como para ensaiar uma possível fuga estratégica, quem assim o faz é um ocasional "solicitante" apenas. O que o vê chegando, o que na verdade o percebe se achegando quando ele já chegou, o que fala mais do que compreende, mais depressa, como pode, o riso crespo soltando-se da boca, um tanto mecânico, quá, quá, quá, o pregão das recordações comuns devolvido na ordem inversa, a cotação sumindo, a fala despistando as conclusões, rápida, alegre, familiar, e lept, lept, lept, o olhar enviesado ou atrapalhado (dependendo de certos fatores circunstanciais e de personalidade, difíceis de serem determinados *a priori*), arrancando de si, a custo, uma resposta definitiva, ou a enterrando de vez — quem assim reage e faz frente às vicissitudes do encontro com lances de criatividade talvez maior do que os daquele com que se defronta — é nada menos do que um "solicitado". ("Venho lhe solicitar, meu caro Mendes...") Há os facadistas que se dão mal, os que prosperaram no ofício, os ocasionais, os fixos, os itinerantes. Heládio, nesses anos seus que não são poucos, o que já não presenciou na vida! ("O que já não presenciei na vida de oportunismo, meu caro Mendes!") Mais para baixo, mais para baixo, sobe a violência do pedido, mas a voz pode ser reduzida a um fio, um fio de cuspo, deixa o visgo. ("Uma miséria pesada judiciosamente, de pontos contados como grama de ouro, há pontos a serem ganhos ou perdidos, me entende, caro Mauro?") Ah, pensa Heládio, Mauro conta formar um exército de pobres, exigir sua presença *maciça*, para *identificação* e posterior *catalogação* a céu aberto, para a chamada geral num pátio sem sombras (sem deixar nem meia-meia-meia miséria de fora), de luz plena, de onde foram retirados "os milagres" substituídos por "benfeitorias", rimadas, de enlace perfeito do tipo papai & mamãe, como por exemplo: latrinas e doutrinas, ou, ou... Ali estão todos: assalariados, subassalariados, desempregados, agregados, forçados, marginais, perdidos, perdidos mesmo para a exploração, sem serventia até para documentação "da espécie", a esmo, fuçando a própria carne como ratos esfaimados de si mesmos mas também desconfiados e arredios, arrepiados. Mas que coisa louca — pensa Heládio. Mauro os quer como soldadinhos, um, dois, marchando juntos! Que loucura — pensa Heládio andando agitado pelo quarto, pela milésima vez verificando se não esqueceu nada, pela milésima vez separando as gorjetas — Mauro não sabe de nada! De nada! Desses pobres que acompanharam, acompanham a sua existência como as sombras à tarde que os objetos projetam prolongando-as indefinidamente, que se alongam sem se lhes divisar o termo. Não caminham juntos, é ilusória a sua comparação com o chão liso das sombras, sua desuniformidade desce a uma escala que não se alcança a olho nu, por isso pode-se tê-los nesse exato momento entrando pelos poros, invasivos, sem que se os veja, mas sofrendo o peso de sua presença disseminada. São inabordáveis para uma doutrinação rápida e higiênica! Que pena para Mauro! Você pode separar os pigmentos dessa miséria em uns poucos partidos, uns poucos batalhões, e lhes dar uniformidade? Que pena para Mauro se não pode! Heládio vai de lá para cá pelo quarto relendo as palavras meticulosamente desenhadas no papel quadriculado. Nada mais o acolhe.

É então que resolve. *Deve* sair disfarçado. Tomará todas as providências para que sua saída pareça, a olhos desavisados, como a de alguém em estado de completa invalidez. Assim não corre o risco de uma abordagem indesejada. De um confrontamento na portaria. Assim afastará por alguns dias, até ter tempo de pensar tranqüilamente em qual a melhor atitude a tomar, os riscos de um encontro cujos desdobramentos por ora não pode prever. É a melhor decisão e ele a levará a cabo com habilidade suficiente para não provocar um resultado errado: o prolongamento de sua permanência no hospital; agora impossível de ser suportado. Pois acabou a rotina; se partiu. Deve jogar com *grande* habilidade. Mostrar um exterior absolutamente depauperado para os que porventura forem espioná-lo à saída, mas menos para os outros que o ajudarem a sair. Justificar as medidas que vai tomar mas de forma a não alarmar os enfermeiros e provocar, com a alta assinada, uma visita extra do dr. Macedo. Uma pequena encenação bem equilibrada é o suficiente, o de que precisa. Readquire alguma coisa do seu humor de minutos atrás. Veremos quem se esconde de quem! Quem esconde o que de quem! E estamos conversados.

no declive

No andar térreo, nos fundos de um comprido corredor, chega-se a um outro, curto, voltado para o pátio interno. Aí fica o depósito do hospital. A chefe do almoxarifado cabeceia de sono. Mais uma vez teve problemas em casa e pouco dormiu à noite. É miúda, amarela, magrinha. Cuida das coisas do almoxarifado com o zelo dos infelizes.

O menino com a farda de recepcionista está olhando para ela de boca aberta; fala:

— Mas o 203 está precisando. Está de saída.
— E não tem então nenhuma outra no andar?
— Deve de não ter. Se não o seu João não pedia.
— Muito engraçado. E o que falta no 203? Pernas?
— Não...
— Tem problema de espinha?
— Estava andando pelo quarto quando eu subi no segundo.
— Escuta aqui. Diga para o João que esta cadeira é do estoque novo. Vai entrar em uso pela primeira vez, me ouviu?

— Certo, dona. Eu falo.
— Você é novo aqui?
— Entrei faz poucos dias.
— Está se vendo. Onde trabalhava antes?
— No supermercado da esquina.
— Já vi como vocês todos empurram os carrinhos lá. Isso é uma cadeira de rodas, me entendeu? Coisa fina. Diferente.
— Certo, dona. Pode deixar que eu cuido.
— Espera. Entrega esse papel para o João assinar e me volta com ele depressinha, hein? Esse outro fica comigo.

A chefe do almoxarifado suspira. Mostra para o menino como é que se breca e desbreca a cadeira, como fazer as curvas, como deve ser empurrada para frente e para trás tendo de prestar atenção ao movimento das rodinhas da frente: elas que fazem a cadeira virar "assim e assim". Observa a cadeira desaparecer na curva no fim do corredor e suspira de novo.

Quando sai fora de vista, o menino dá impulso com o corpo e dobra à direita. Ultrapassa o segundo corredor, vai pela rampa lateral que encomprida um pouco o caminho e fora muito usada no tempo em que a ortopedia tinha um pavilhão só para si. A cadeira é de encosto fixo, de curvim azul-marinho com armação de tubos metálicos. Está precisando de um pouco de óleo nas junturas. Vai ganindo levemente, coim, coim. O menino acelera o passo, vê se não vem ninguém, coim, coim, acelera mais, quase voa, depois o diminui quando entra triunfalmente no segundo andar. Ultrapassa a capela, faz uma postura absolutamente digna, sem olhar para os lados, ao passar diante da enfermaria. A enfermeira-chefe o vê lá de dentro e chama:

— Ei, menino, é você que vai descer com o 203?
— Estou trazendo a cadeira.
— Como é o seu nome?
— Arlindo.

— Arlindo, diga "sim senhora".
— Sim senhora.
— Olha, Arlindo, serviço de portaria é outra coisa, mas quando um de vocês está servindo doente é como se fosse atendente ou auxiliar de enfermagem, ouviu?
— Sim senhora.
Arlindo está orgulhoso e uma idéia lhe risca a cabeça naquele mesmo minuto, pela primeira vez.
— Quero estudar para enfermeiro.
— Ah! Muito bem! Vamos ver se merece. Vai, vai que estão esperando.
A cadeira entra no 203, coim, coim.
Heládio está olhando a grande árvore à janela pela última vez. "Secularmente bronca", pensa consigo ressentido, pois a placidez da árvore nesse novo dia rosado e sem vento é uma ofensa para quem traz tanta agitação dentro de si. O enfermeiro João insiste atencioso:
— Não quer mesmo que chame o doutor Macedo?
— Não!
— Fique calmo. Não se agite. Não entendo a fraqueza. A pressão está ótima.
— Quanto?
— Desculpe. Não passamos informação a doente. Mas vai tudo bem. Às vezes é psicológico, sabe, se o senhor tivesse seguido o meu conselho e se vestido vai ver ia se sentir mais forte.
— O corte dói quando me movimento muito.
— Engraçado. Todos os que fazem essa operação, no dia da alta ainda se queixam é de algum probleminha para sentar. Não para se mexer.
— Pois comigo está sendo diferente. Depois das primeiras horas não tive problema nenhum para sentar.

O enfermeiro João mostra-se pensativo. Sorri de leve; vira-se para Arlindo e lhe fala:
— Espera lá fora.
Fecha a porta atrás do menino.
— Não quis falar perto dele para não tomar confiança. O senhor conhece o provérbio: "Cada cabeça, uma sentença"? Pois o doutor Macedo sempre diz depois de cada operação desse tipo que faz: "Cada traseiro, uma sentença". Se todo doente fosse igual!
Heládio sente um repentino ódio do dr. Macedo, mas sorri amavelmente. Dá graças a Deus que o enfermeiro João esteja ali e não algum outro. Esse, nunca se meteu a confiado. Pequeno e discreto, é sempre o mesmo. A sabedoria do dr. Macedo que lhe acaba de passar deve ser o máximo a que se permite, o seu limite. Tem a fisionomia que todos os enfermeiros deviam ter, pensa Heládio: "impassível". Sorri-lhe grato e insinuante:
— Um pouco de tontura só. Esquisito, não é, com a pressão boa, com tudo em ordem?
— Muito esquisito.
Um minuto de silêncio. E o quarto deixa morrer as últimas recordações que guarda. Uma agonia sem espalhafato nem transportes e o quarto já está vazio. Heládio olha com surpresa para tudo aquilo. E pensar que viveu tantas e tantas horas ali dentro; só se deu conta de quantas exatamente quando a administração lhe mandou a conta. O andar se agita com novos pacientes e assuntos. O quarto 205 já está ocupado. Heládio ajeita o roupão cor de vinho contra o corpo enquanto se acomoda cauteloso na cadeira de rodas examinando-lhe os detalhes com fingida atenção:
— Assim estou mais seguro.
O enfermeiro João não responde. Abre a porta e chama Arlindo, que está encostado do lado de fora de boca aberta. "Como tudo é rápido", pensa Heládio. Está aliviado, também um

pouco entristecido. Já fez as despedidas no andar. Desde ontem começou, naquele fim de turno que se misturou ao de hoje. O pessoal do andar corre de lá para cá com seus passos abafados. Várias portas estão com as luzes sobre o batente acesas. Uma enfermeira passa depressa resmungando, antes de entrar num dos quartos: "Isso aqui hoje está parecendo a avenida Paulista". O enfermeiro João vai empurrando Heládio, o menino segue ao lado com a maleta de mão e a sacola. Heládio pede: "Cuidado com a sacola, que vai dentro a televisão do meu filho". A enfermeira-chefe está de costas na enfermaria atendendo o telefone e não o vê passar. Na outra extremidade do corredor há um movimento inusitado. O enfermeiro João se curva para Heládio:

— Se importa de ir descendo com ele? — e diante da negativa:

— Arlindo, leva a maleta e a sacola para o elevador depressa e venha pegar o doutor.

Arlindo volta radiante.

— Vem, seu doutor. O elevador já desceu. Nós vamos pela rampa da ortopedia.

— Mas minhas coisas..., que rampa,

— Vão deixar na portaria. Não tem perigo.

O enfermeiro João já está indo adiante e acena para Heládio uma última vez. Deve haver algum caso grave no andar. Rápido, rápido, precisa sair.

Suas costas estão eretas. Sorri à esquerda e à direita para os que reconhece, como se passasse em um carro alegórico, o rosto quente, duas manchas vermelhas nas faces. Respondem-lhe desatentos; uns, mostrando surpresa, viram-se quando ele passa. Uma figura esguia de mulher corta-lhe a frente, lembra-lhe prima Lavínia. Ela teria se voltado, abertos os braços feito um guarda de trânsito e gritado bem alto parando a cadeira: "Heládio, seu grandessíssimo farsante!".

Quando viram a curva dando a volta por trás da capela, saem num lado da ala nova pela qual Heládio não havia ainda passado, e nem percebera quando da sua entrada no Santa Teresa. E então iniciam a descida. Heládio deixa descair o corpo e curva a cabeça para os que porventura estiverem lá embaixo na recepção saberem que ele não se encontra nada, nada bem. E de fato não está muito.
— Ei, rapaz! Devagar!
Arlindo empurra extasiado. Quanto pode pesar um velho como aquele? Observa sua nuca fina, sua cabeça delicada trepidando levemente, vai fazendo os cálculos: mais do que cinco quilos de arroz somados a cinco de feijão, de açúcar, de farinha, três latas de óleo, de, de. Um carrinho de supermercado com metade do que acaba de somar dá muito mais trabalho. A cadeira é maravilhosa, parece que não leva quase peso, uma coisa mesmo muito fina, como disse a mulher lá embaixo. Carregar gente é para quem pode. Vai empurrando, é maneiro em cada curva, manobrando as rodas menores da frente com grande habilidade, não se esquece do pequeno recuo inicial, como lhe foi ensinado. Dobra aqui e ali, a cadeira vai ganindo, coim, coim. Arlindo mostra-se um perfeccionista, continua com seus complicados cálculos para ver se consegue chegar ao peso certo. Ora bota mais um quilozinho de açúcar, ora tira uma lata de óleo. As compras do supermercado acondicionadas em pacotes de papel pardo funcionam como os pesos de uma balança de precisão. Tira um, bota dois, tira, bota. Os pacotes crescem e diminuem à sua frente, empilham-se em várias torrezinhas inconseqüentes que sucessivamente perdem e ganham altura. Arlindo está plenamente feliz. A rampa passa por trás do último lance da escada e desemboca na recepção. O impulso é grande. Heládio tira os óculos e os coloca no bolsinho do roupão, bem à altura do coração, fecha os olhos como se dormitasse para não ver

quem possa estar ali no saguão àquela hora. Não quer ver ninguém, saber de ninguém. Que o ponham já, já no táxi. A cadeira vai com o impulso aumentado, atravessa a recepção de um só arranco, avança para a saída perto do meio-fio onde os carros estacionam. Heládio berra:
— Ei rapaz, segura aí!
Arlindo breca subitamente, Heládio salta, verga o corpo para trás, o que diminui o impacto da queda mas não o impede de ser despejado da cadeira como o conteúdo de um pacote que se suspende por cima mas se rompe por baixo e vai todinho para o chão. Ali, à luz daquele dia que se anuncia rosado e pacato. Os óculos de dois graus de miopia em cada lente, coisa pouca, partidos, apertados contra o seu coração assustado e o chão duro. A cabeça de lado, a face direita recebe um pouco do calor do sol da manhã, o ouvido esquerdo está colado no chão. Como os "índios vestidos" dos filmes das sessões ziguezague da infância, pela escuta chegam-lhe por baixo do solo notícias das terras circunvizinhas. Aquele calor próximo ao solo leva-o mais uma vez para o coração de Higienópolis. Para o bairro pequeno e novo, nascido do outro, uma porção de acidentes como brilhantes cogumelos pintados de cores vivas, brotando do mofo. Uma vida miúda e agitada rente ao solo, longe dos muros altos com suas precipitações de hera verde-escura, seus globos de concreto, suas figuras de mulher que deslizam lá, no alto, no jardim suspenso, na morrinha do crepúsculo, olhando para baixo sem ver. Rente ao solo uma outra vida pipocando: sapatarias, consertos de relógios, "alugam-se quartos para moças", papelaria, quitanda. Vindos dos lados do cemitério os ruídos e sinais por baixo do solo sobem-lhe à concha do ouvido: os carros passam cantando os pneus, a rua está sendo consertada, o asfalto arrebentado, a britadeira funcionando, cartazes, ônibus, avisos, estacionamento máximo de uma hora sujeito a guincho, coloque flores murchas e papéis no

lixo. Mantenha o cemitério limpo. O muro pichado com grandes garranchos: "Terra para quem trabalha. Fora com os defuntos" (Sumam-se: todos). Zoeira. Muita. "Por que não se levanta, garoto, está passando mal?" — Ajuntamento à sua volta, a vergonha lhe ardendo nas orelhas, a mala da escola atirada longe, os joelhos ralados. "Não é nada. Quando caio costumo ficar assim." "Mas esse meu filho está um moço e continua sempre muito envergonhado." "Nada de pitos" — aconselhou o discípulo do dr. Nilo Cairo. "Não é o caso. Para medo de ridículo, *Palladium* e *Natrum Muriaticum*. A dinamização em geral deve ser a da trigésima. Uma dose cada duas horas."

De bruços. Todo o ridículo do mundo empilhado em cima. Exibido à visitação pública. Uma coisa pública como um chafariz na praça, uma mulher pública. Uma garra no ombro forcejando por levantá-lo. E outra. Como a um catálogo público, manuseado sem qualquer cerimônia. Resiste. Se encolhe. "Quando caio costumo ficar assim." Uma nuvem cobre o sol e projeta sua grande sombra em cima de Heládio. Em 1934 seu tio-avô, d. Heládio Marcondes Pompeu, o bispo, interpôs-se entre o lustre e o tapete da sala dos avós Pompeu e exigiu com sua poderosa voz saída de dentro da sombra: "Tirem esta criança esparramada do chão".

As coisas voltam mas são outras. Exatamente no ano de 1986, o cometa de Halley será novamente visível. Se o sobrinho-neto do bispo que lhe leva o nome estiver vivo (o que é mais que provável pelos cuidados que diariamente toma com a sua pessoa), deve então se mostrar muito atento; prestar muita atenção quando erguer a cabeça para o céu e olhar o cometa. Pois ele o estará vendo pela primeira vez, ainda que assim não lhe pareça. Quem diria. Tio Oscar, com suas gloriosas escapadas pelo céu no finzinho da vida é que precisaria estar presente para apreciar de novo. Iria gostar de fazer as comparações. Ora se. Coitado do homem. E pensar que todo tempo o seu interesse

por astronomia foi tomado pelos filhos como agarração senil à distância. Cada vez simpatiza mais com esse tio.
"Quando caio costumo ficar assim." Está morrendo de ridículo. Mas o ridículo tem esse feitio. De susto, morre-se de vez. De ridículo é que não se acaba nunca de morrer. Que vergonha. Por que será que *isso* que carrega entre as pernas é chamado "as suas vergonhas"? Por que será também que é chamado "partes", são as *suas* "partes"? Ora essa!
Estão forcejando para que se levante. A vergonha é muita. Fração de segundo e parece um tempão. Faz o corpo pesado, de propósito o faz para parecer que está meio fora de si. Mas não pesado de todo, caso contrário ainda vem algum interno e o carrega de volta para dentro.
As suas partes e as suas vergonhas. Como se parecem com a sua vida inteira.
Uma mulher de pele tão branca está sentada muito no bembom de si mesma. Vai subir por ela devagarinho cobrando-lhe explicações sobre a vida, por que a vida carrega tão tristes e alegres vergonhas consigo e só as oferece à compreensão por partes.
Pois claro que vai.
Ô-lá-rá se não!

Posfácio

Um romance paulista

Roberto Schwarz

"¿Para qué Ciências Sociales en el Paraguay?" A pergunta, não sei se com alguma ironia, serve de título a uma reflexão recente sobre o papel da Sociologia no país vizinho. O questionamento abrupto, dirigido aos fundamentos, é de inspiração heideggeriana ("O que é pensar?", "Para que poetas?"), ao passo que o propósito, mais cordatamente, é de modernização nacional. Mas a graça está na singeleza da pergunta, que permite imaginar a resposta do compatriota despreparado, a quem a mencionada ciência pode parecer dispensável ("¿Yo? me cago en Picasso"). O efeito aliás não seria outro se alguém explicasse as razões da Metafísica em São Paulo. Lá como cá as disciplinas modernas ou as questões radicais parecem chiques a uns, supérfluas e presunçosas a outros, e estrangeiras e irreais a todos. É a província que não está à altura delas, ou são elas que não passam de perfumaria, indigna do esforço de pessoas sérias?

   O primeiro catedrático de Filosofia da USP, professor Cruz Costa, tinha muito presentes essas dúvidas e o seu ridículo, de que se defendia debochando e tomando o ponto de vista do vulgo. Por exemplo, para trazer à realidade os colegas existencialistas, adeptos da "abertura para o ser", Cruz Costa dizia tratar-se de uma acepção ginecológica da filosofia, o que é menos que uma refutação, mas recorda aos pensadores o sentido corrente das palavras.* Pois bem, o romance de Zulmira Ribeiro Tavares tem a ver com questões semelhantes: a fissura anal de Heládio Marcondes Pompeu, o embananado herdeiro de um nome paulista ilustre (o nome do bispo!), foi inventada nesse mesmo espírito. A ferida, inevitavelmente boba, vai presidir à crise intelectual de seu dono e à revisão do passado e presente de uma família tradicional. Assim, o materialismo funciona como antídoto contra as ilusões do grã-finismo intelectual, um sarcasmo em que a fatalidade provinciana de dizer *bunda* quando o outro diz *cultura* adquire uma dimensão crítica verdadeira (*vide* Oswald de Andrade e Paulo Emílio Salles Gomes). A marcha de nossas elites em direção da modernidade ideológica sempre foi recalcitrante.

O romance é organizado em torno da crise existencial de Heládio, crise aliás que do ponto de vista do espírito não leva a parte alguma, embora do ponto de vista do corpo ela termine num tombo homérico, de comédia de pastelão, que lhe põe ponto final. A substância está nas diferenças e nos arranjos entre a nova sociedade, dita de massas, e o antigo mundo paulista das parentelas. Para efetivar-se, essa construção depende de contrastes em que esteja implicado o tempo. E de fato, acontecimentos e tendências que fizeram data são uma especialidade do livro, que por esse lado tem afinidade com o bom cinema de reconstituição de época, em que se casam a informação histórico-sociológica e a pesquisa cuidadosa da cultura material.

Aparecem, entre outros: o tempo em que os moços finos faziam o corso de baratinha no Brás; o tempo em que os freqüentadores de livrarias progressistas acabavam na Polícia Federal, instalada no casarão da esquina da Piauí com a Itacolomi; o tempo da glória dos entregadores de supermercado, pilotando a toda os

---

* Paulo Arantes prepara um estudo sobre o piadismo filosófico de Cruz Costa.

seus carrinhos, como se fossem patinetes; o tempo em que prima Lavínia, que não falta aos enterros da família, passa a freqüentar motéis de cama redonda; o tempo em que os exilados voltam do exterior e se lançam à política eleitoral etc. etc. E espalhado por tudo, tão errático quanto essas referências, o tempo de São Paulo. Que pensar dessas indicações? Pela heterogeneidade mostram que a História se move em toda parte e toma formas imprevistas. O ingrediente de modernização ora é simpático (as baratinhas, os entregadores), ora antipático (a Polícia Federal), ora de avaliação incerta (as camas redondas, a política eleitoral). Não há conclusão a tirar, e no entanto a perplexidade não tem nada de confuso, pelo contrário. O quadro é de indefinição, mas sem quebra da nitidez, o que é um valor dos mais sugestivos. Aliás, a precisão descritiva e analítica da prosa de Zulmira talvez seja única na literatura brasileira atual.

Vistos em conjunto, a exatidão da escrita (marcada pelo *nouveau roman*?) e o cuidado iconográfico têm algo de rigor científico. Há neles uma atitude objetiva e disciplinada, que não é propriamente da ordem da ficção, embora aplicada a situações fictícias, o que cria um clima humorístico, de ciência do imponderável. E, de fato, o romance está cheio de minimonografias brilhantes ao extremo, que são conhecimento propriamente dito e pouco devem ao enredo, salvo o pretexto, inteiramente ocasional. Sirva de exemplo a extraordinária redescoberta do tio Oscar, que andou pela Inglaterra (*isn't it? isn't it?*), e cujos traços britânicos a certa altura deixam transparecer o mulato loiro, que por sua vez faz lembrar as tias de cabelo ruim, que puxam outra lembrança mais escondida no inconsciente dos Pompeu, a dos quintais pobres dos parentes escuros que ficaram pelo interior. Noutras palavras, as revelações que de hábito são trazidas pelo enredo aqui nos vêm pela prosa de ensaio, como aliás há ótimos momentos de lirismo que vêm pela descrição acurada e disciplinada do movimento da folhagem ou das mudanças na luz do dia. Sem alarde, empurrada pela exigência de seu material, a ficção (?) de Zulmira escapa às divisórias entre os gêneros e compõe um destes seres híbridos e racionais em que se reconhece a consistência do moderno. Quem é Heládio? A sua carreira é medíocre: não termina o Direito, ganha do pai uma loja de eletrodomésticos, que abre falência, mais tarde vende esquadrias de alumínio, e agora pensa negociar com terrenos. Não obstante, conserva alguma disponibilidade em espírito e dinheiro, além do peso do passado, folga que lhe permite alimentar projetos de estudos diversos, sem naturalmente realizá-los. E o mais importante, a sua linguagem refinada e algo empertigada, muito paulista, lhe permite formular. Assim, a qualidade da prosa e a reunião muito pessoal e sugestiva dos assuntos, que dão valor ao livro, aparecem ligadas à indefinição e à meia-cultura da personagem. Entretanto, a sátira ao tipo social ("meus sonhos juvenis de suprema elegância, poder e cultura tinham-se reduzido a um nível bem paulista", Paulo Emilio Salles Gomes, *Três mulheres de três pppês*) não é de mão única. O diletantismo hesitante e loquaz de Heládio — um homem que não se logrou enquadrar é um homem não-enquadrado? — desdobra-se na prosa admirável de Zulmira, racional, audaciosa e sem preconceitos, alimentada de liberdade moderna, mas nem por isso senhora de alguma verdade. Não faço aqui o elogio da perplexidade em geral: trata-se de constatar que esta prosa, escolada pela disciplina, pelo estudo e pela autocrítica, interessada portanto em concluir, não arma um quadro capaz de transcender a sua personagem passavelmente acanhada, e que aí parece estar a sua força artística. Liberdade moderna, mais incertezas de uma classe decadente, mais amor literário da precisão, formam uma aliança em que o desejo de conhecer e de transformar são fermentos fortes, uma aliança cuja atualidade não passou, e que é de vanguarda (sobretudo quando redimensionada pela fissura de que falávamos inicialmente).

ESTA OBRA FOI COMPOSTA EM ELECTRA PELO ESTÚDIO O.L.M.
E IMPRESSA PELA GRÁFICA BARTIRA EM OFSETE SOBRE PAPEL PÓLEN SOFT
DA COMPANHIA SUZANO PARA A EDITORA SCHWARCZ EM AGOSTO DE 2004